「在浴室裡穿著『泳裝』嗎？
人族還真是有著不可思議的
習慣呢。」
基滋梅爾
在第三層的活動任務裡成為伙伴的NPC。種族是「黑暗精靈」。封測時期的她會因為活動進行而強制被殺害，但……
是……是啊。」

「龍騎士艦隊，前進！」
「——桐人！怪物的血條快要變紅了！」

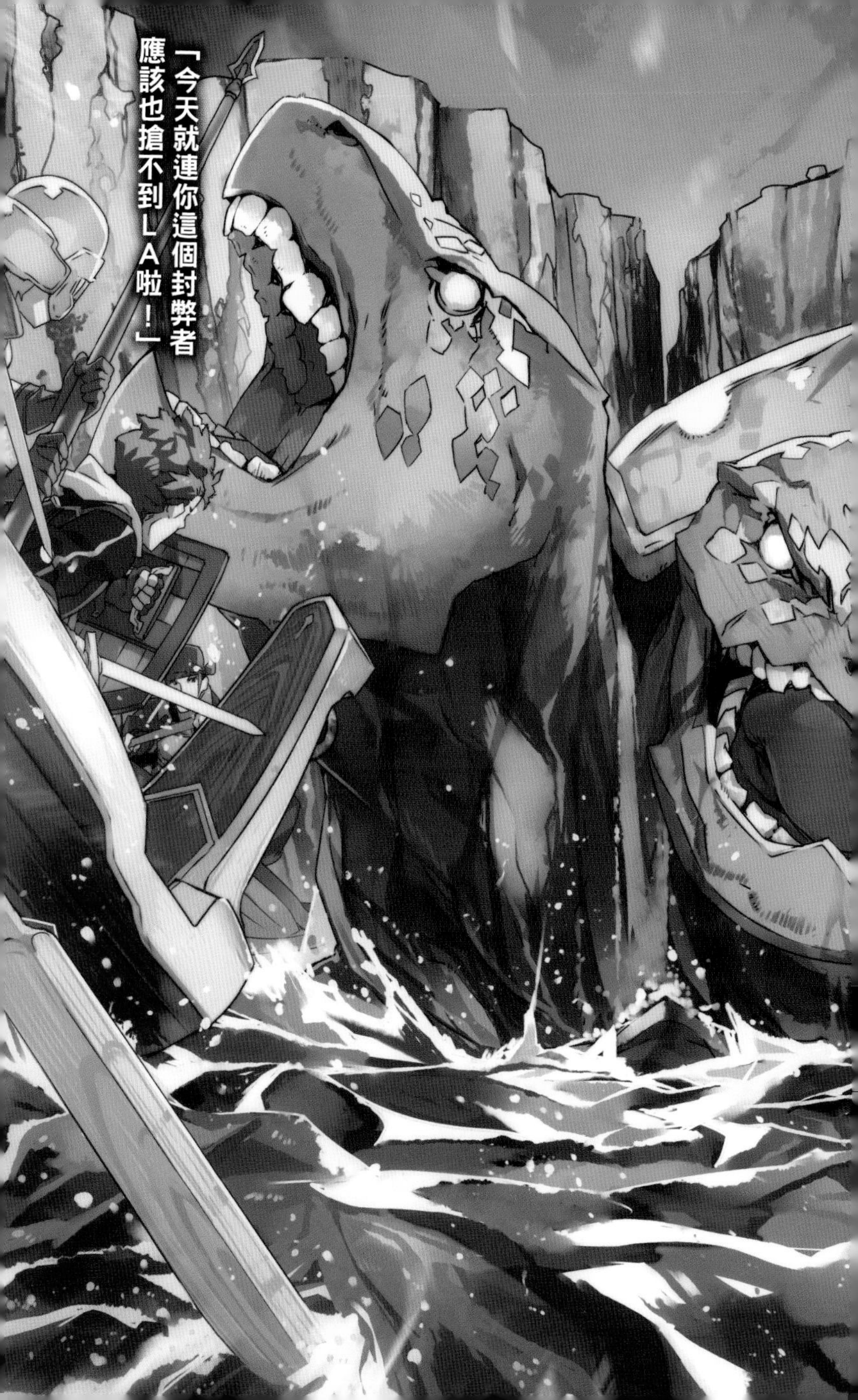
「今天就連你這個封弊者
應該也搶不到ＬＡ啦！」

浮遊城艾恩葛朗特 各樓層檔案 AINCRAD

■第四層

封測時期第四層的設計主題是如蜘蛛網般錯綜複雜的乾枯峽谷，也就是所謂的「枯谷」區域。但是正式營運後當桐人來到第四層時，景色已經有了變化。地形雖然和以前相同，但原本普通的山丘變成島嶼，深茶色地面也被青綠色的地衣類覆蓋，錯綜複雜的峽谷則全充滿了水。

第四層至此有了新的設計主題「水路」。此處的主街區是「羅畢亞」，其東南方有一片廣大的森林地帶。沿著水路南下後，有一座直徑三百公尺左右的「卡魯戴拉湖」。繼續順流而下則可以到達最上層有樓層魔王棲息的「迷宮塔」。

第四層的樓層魔王是「馬頭魚尾怪．威茲給」。這隻前半部是馬，後半部是魚的魔王怪物，通常攻擊方式、特殊能力很可能也跟樓層的設計主題一樣，與封測時期不盡相同。

插畫／來栖達也

Progressive 003

「這雖然是遊戲，但可不是鬧著玩的。」

「SAO刀劍神域」設計者
茅場晶彥

SWORD ART ONLINE

REKI KAWAHARA

abec

川原 礫
插畫／abec
Kadokawa Fantastic Novels

泡影的船歌

艾恩葛朗特第四層　二〇二二年十二月

我無言地抬頭看著藍色的石造門扉。

從浮遊城艾恩葛朗特第三層的魔王房間，通往下一層的螺旋樓梯的終點。只要打開這扇門，就是前人未至的第四層了。對身為最前線組的我來說，比任何人都要早目擊新世界，然後在全新土地上留下足跡，一直是最大的喜悅之一——原本應該是這樣才對。

但我現在就只是茫然站在距離最後的樓梯平台還有三階的地方。

經過大約十秒鐘左右，站在上面一階的栗髮細劍使，像是再也等不下去般說道：

「我說啊，你要發呆到什麼時候？門扉上的浮雕已經看得夠久了吧？還是說因為是第四層，所以害怕了？」

當從右耳進的問題快要從左耳出時，腦袋才把它留住，而我也轉過臉去。

「……『因為是第四層』是什麼意思？」

結果細劍使以一半焦躁一半調侃的視線往下看著我並說：

「在飯店等地，不是都會有人討厭入住四樓或十三樓嗎？你也是那種人？」

我終於了解她的言外之意，這時才急忙搖了搖頭。

「不……不是啦。如果我是迷信這種事情的人，那就不會喜歡穿著這種漆黑的大衣了。」

「那你為什麼一直站在那裡？」

「呃……這是因為……」

含糊其辭的我再次抬頭看向前方的大門。

這扇應該有三公尺高的雙開式大門上，可以看見精緻的浮雕。浮雕的設計每層都不同，仔細看就能發現是暗示下一層風景或故事的圖案。比如說，通往「牛之樓層」——也就是第二層的大門，中央就有牛頭的浮雕；而通往「森林與精靈的樓層」——第三層的大門上，則有兩名戰士在巨大樹木底下對峙的浮雕。

而現在聳立在我眼前的第四層大門，中央可以看見一名旅人划著貢多拉般小船的浮雕。

「……那個圖案怎麼了？你在封測時期也看過了不是嗎？」

面對焦躁感上昇六成並如此詢問的細劍使，我緩緩地搖了搖頭。

「……錯了，我沒看過。正確來說，我看過這扇門，但沒看過這個浮雕。」

「咦……？這是怎麼回事？」

「圖案不一樣。封測的時候，圖案是旅人在乾枯的谷底徘徊。但現在正如妳所見，變成划著船了……」

我的話讓細劍使微微歪起腦袋。她的長髮跟著搖曳，在微暗的梯廳裡灑下淡淡光粒。

「……封測的時候，第四層是什麼樣的地方？」

「呃……樓層整體的地面都是砂地，還有網狀的峽谷四處縱橫，結果玩家都只能通過這種地方，而且畢竟都是砂地，所以實在很難走。」

「是喔……確實是『行走在谷底的旅人』圖案。然後，圖案現在變了……也就是說……」

她一邊這麼呢喃一邊爬到螺旋階梯頂端後，就把手放在門扉中央的貢多拉浮雕上，然後毫不猶豫地把門推開。

「轟隆」的沉重聲音響起，巨大的石造門扉緩緩往左右兩邊分開。我急忙跑上階梯，來到細劍使身邊。

午後刺眼的陽光從緩緩打開的門後方照射進來，將視界染成一片白色。瞇起眼睛的我，在視力恢復前就先聽見一些聲音。

那是由扭曲的低音，以及雀躍的高音所形成的二重奏。

水聲。

我終於習慣大量光線的雙眼，所看見的是過去原本是乾枯峽谷的地方，已經出現迅速流動的深藍色溪水。

輕輕把手放在呆立現場的我右邊肩上……

「……就是這麼回事吧。」

細劍使不知道為什麼，有些驕傲地這麼說道。

1

二〇二二年十二月二十一日星期三，下午一點三十二分。

雖然在門前浪費了一些時間，但我這個等級16的單手劍使桐人，以及暫定的搭檔等級15的細劍使亞絲娜，搶在所有玩家之前到達了浮遊城艾恩葛朗特的第四層。

如果要為封測時期的第四層訂一個主題，應該就是「枯谷」吧。正如自己在大門前對亞絲娜所說明的那樣，樓層全體皆被宛如蜘蛛網般錯綜複雜的乾枯峽谷占據，不論要到什麼地方都得通過谷底，除了很難走之外也很容易因為迷路而進退兩難。

但是目前存在於我眼前的光景，卻和封測時期完全不一樣。

剛離開懷抱著往返階梯的涼亭，就發現它是蓋在一座小山丘頂端。地形雖然和過去相同，但之前是茶紅色砂礫整個外露的地面，現在則全部被青綠色的地衣類覆蓋。即使在沒有牆壁的涼亭環顧四周，也只看到後方長了一棵大樹，沒有怪物或者NPC的身影。

直徑三十公尺的山丘被周圍陡峭的懸崖圍住，不過東南與西南兩處有狹窄的山谷蜿蜒連結其他的峽谷。西南的山谷間有洶湧的清澈水流注入，環繞山丘一圈之後由東南的山谷流出。也就是說，過去原本只是山丘的地點，現在已經變成「島」了。

ＳＡＯ正式營運後，就因為開發者茅場晶彥而變成不可登出的死亡遊戲，而我們已經深切體認到，目前的遊戲跟四個月前的封測時期比起來，存在著為數不少的變更點。但是至今為止，從來都沒有像這樣練功區外表完全改變的例子。這個根本就不能稱為「枯谷」樓層了。

說起來呢，封測時期原本是唯一一條通路的峽谷，現在也出現了足以捲起白浪的急流，這也就表示──

「喂，你要在那裡呆站到什麼時候？」

被亞絲娜用手肘戳了一下，我才終於從精神上的暈眩狀態恢復，接著先向搭檔道歉：

「啊……對不起。我在發呆。」

「不用道歉啦，不過不快點到主街區去把轉移門有效化的話，下面的人就快要失去耐性嘍。」

「對……對喔。嗯……首先要通知亞魯戈已經擊敗魔王了……」

雖然大概二十分鐘前就在沒有任何犧牲者的情況下，擊敗身為第三層樓層魔王的樹木型怪物「邪惡樹妖．涅里烏斯」。但是迷宮裡無法傳送即時訊息，所以除了魔王攻略聯合部隊成員之外，還沒有人知道第三層已經被突破了。首先到達第四層練功區的我們，應該要先發訊息給擁有「老鼠」外號的情報販子亞魯戈，讓她對下面階層的所有玩家發送情報才對。

當我急著用右手打開選單視窗時，亞絲娜就用力把我的手推了回去。

「在你發呆的時候，我已經跟她聯絡了啦。」

「這……這樣啊。給妳添麻煩了……」

「那我們快點到主街區去吧。不論谷底有沒有流水，路線應該還是跟封測時期一樣吧？」

「啊～嗯，我想……應該一樣才對……」

「那就快點帶路吧！」

背部「啪」一聲被拍了一下後，我也只好邁步往前走。

離開石造涼亭，一邊踩著潮濕的青苔一邊走下南側的斜坡。接著在岸邊停下腳步，窺看滔滔不絕的流水。

由於流水的透明度相當高，甚至可以看見被白砂覆蓋的河底，但水同時也相當深。目測應該有兩公尺以上吧。當然，這樣就不可能徒步渡河了。

就連站在旁邊的亞絲娜，跟我一樣看向河川後，也終於說出彷彿理解我的困惑般的發言：

「咦……這麼深嗎？這樣不就沒辦法到對岸去了？」

「就是啊……應該說，根本沒有什麼對岸。」

「…………這是什麼意思？」

「就是字面上的意思啊。封測時期連結城市、村莊和迷宮的唯一一條枯谷，現在變成水很深的河流了。大概整個樓層都變成這樣了吧。」

結果細劍使就用力蹙起柳眉。

「也就是說……路消失了？」

「正是如此。」

「…………」

來到第四層就體認到這件事情的我整整發呆了將近三分鐘左右，但亞絲娜在短短五秒鐘內腦袋就重新運轉，然後開始看著四周。

「……那個懸崖上面呢？」

聽見她這麼說，我也看向圍著圓形山丘的斷崖。垂直聳立且帶著濕濡光芒般的灰色岩石至少有三十公尺以上的高度，頂端籠罩在白霧底下根本看不清楚。

「不知道。封測時期沒有人可以爬到上面。」

「是因為有系統上的屏障嗎？」

「不是，雖然沒有那種東西，但岩石相當脆弱，大家爬到一半就掉下來了。當然我也是一樣。順帶一提，爬到一半以上掉下來的話，通常會因為跌落傷害而死。」

「……那就算下面是水面，嘗試爬上去也太危險了……」

我默默點頭同意亞絲娜的呢喃。在不容許賭上性命來反覆嘗試的現狀下，當然不能魯莽地挑戰攀登斷崖。

亞絲娜將仰望的視線移下來後，再次看向河面。

「那就只能在這條河裡游泳了吧。」

但我也無法立刻贊成這個提議。

瞥了一眼細劍使身上的胸甲、皮革裙子以及暗紅色兜帽斗篷這樣的裝備後，我首先問道：

「那個……亞絲娜小姐有在ＳＡＯ裡游泳的經驗嗎……？」

「…………」

亞絲娜不知道為什麼一邊做出以左臂遮住身體的動作，一邊輕輕搖了搖頭。

「沒……沒有啊。」

「這樣啊。那我簡單說明一下，ＳＡＯ的游泳與現實世界裡身體的使用方式相差許多。必須經過相當的練習才能真正學會游泳，而且就算練習了也還是有溺水的危險。」

「溺水的話……會怎麼樣？」

面對一邊繃起臉一邊這麼問道的暫定搭檔，我簡短地回答：

「溺水，也就是連頭都沉到水裡面的話，不久後ＨＰ就會開始減少。一直沒辦法浮出水面的話，當然就會死。」

即使聽見我這麼說，亞絲娜也只有稍微咬著嘴唇。瞄了一眼藍色河面後，就又堅強地繼續問道：

「你說的練習，大概要多少時間？」

「嗯……當然是因人而異，我的話是花了一個小時以上。而且還是在水深只有一公尺左右的淺湖裡。在這麼深而且水流如此湍急的河川練習實在太危險了。」

「這樣啊……──如此一來，就表示得先回到之前的樓層，找適當的地方練習了……」

亞絲娜一邊這麼呢喃一邊伏下視線，正當我不知道該怎麼回答她時，她就又點了一下頭然後繼續說道：

「那就這麼辦吧。你從這裡游到主街區去。我就從剛才的樓梯回到第三層。我記得樓層北側有一座滿適合的湖泊，我就在那邊練習，等到會游泳後再利用轉移門到第四層。我們的小隊就先在這裡解散吧。」

以比平常還要快的速度迅速把這些話說完後，亞絲娜就抬起右手，準備叫出選單。

和幾分鐘前相反，這次由我抓住了她的手。

「…………」

她淡褐色的眼睛一直回望著我的臉。瞳孔反射著河面搖曳的光芒，覆蓋眼睛深處的情感。

就連完全沒有對人溝通技能的我，都能推測出亞絲娜應該會拒絕「我陪妳一起回去練習吧」的提議。這名自尊心相當強的細劍使，不可能接受轉移門因為自己而延遲開通的事態。雖然就算我們不做，凜德或者牙王也會把它有效化，不然討伐完第三層魔王經過兩個小時後它也會自動有效化，但就算這種合乎邏輯的主張應該也發揮不了效果。

這時我則是想辦法要將看到第四層完全改變樣貌時，內心一直感覺到的不對勁感用言語表達出來。

「嗯……我有點不太能接受。」

「…………不能接受什麼？」

把視線從輕聲如此反問的亞絲娜身上移開，我直接瞪著不停流動的溪流。

「剛才也說過了，ＳＡＯ的游泳相當危險。尤其現在又是一旦喪命就結束的死亡遊戲，再怎麼說這種一從往返階梯出來，就立刻要上場游泳的地圖實在太不合理了。我們大概錯過了什麼東西。看起來……不像有其他通路，所以那這個島上應該有什麼保險，或者是輔助的手段才對……」

我有一半是對自己這麼呢喃著，然後改為抬頭往背後的小島看去。

已經確認過直徑只有三十公尺的圓島上沒有怪物或是ＮＰＣ了。顯眼的物體也只有內藏往返階梯的涼亭，以及長在北側附近的寬葉樹──

「…………嗯？」

我把逐漸往左邊移動的視線往回拉了兩公尺左右。然後瞇起眼睛，直盯著在意的地方。

「到底怎麼了？」

亞絲娜臉上露出疑惑的表情，依然抓住她右手的我則是往坡道爬了一兩步。確定看到自己想看見的事物後，就全力往該處衝刺。

「哇……等……險！」

我拉著大概是想大叫「哇，等等，很危險」的亞絲娜，一口氣衝到頂端。繞過涼亭，站在大樹的根部，接著凝視最高處的樹枝。

「妳看那裡。」

用放開亞絲娜右手的手往上指後，細劍使就刻意拍了拍裙襬，然後才同樣把視線往上移。她原本不悅的表情立刻變開朗了兩成左右。

「啊，有長果實耶。而且形狀好可愛喔！」

正如亞絲娜所說，寬葉樹樹梢附近吊著幾顆各種顏色的小果實。它的形狀相當特殊，是中央開了洞的圓形——也就是像甜甜圈的形狀。即使經歷過封測時期，我也是第一次看見那種形狀的果實。

不過浮現在亞絲娜嘴唇的淺笑馬上就消失了。

「……確實看起來滿好吃的，但現在不是吃點心的時候吧？凜德先生他們差不多快分配完掉寶道具了。如果到主街區需要練習游泳，就必須在大家來到這裡前先通知他們才行……」

「嗯，我們先把果實打下來看看吧。」

這麼回答完，我就把雙手放到直徑大概有五十公分的樹幹上。接著沉下腰部、雙腳踏穩，以全身的力量晃動樹幹。但巨樹卻紋風不動，當然也就沒有果實掉下來。

大樹的樹皮相當光滑，沒有「輕功」技能的我不可能爬上去。也曾想過撿小石頭來投擲，但沒有「飛劍」技能的我也無法丟中。

「啊～真是的，如果再多三個技能格子……不對，再多五個的話就好了！」

我一邊毫不害羞地說出所有SAO玩家應該都有的不滿，一邊像是在遷怒般以握住的右拳揍了樹幹。結果在無意中發動了「體術」技能的基本技「閃打」，帶著紅色特效光的拳頭就猛烈打在樹幹上。發生的衝擊波讓巨木整個晃動了起來。

「…………啊。」

亞絲娜剛發出聲音，兩個甜甜圈——不對，應該是環狀果實就無聲地掉了下來。以左右手同時把它們接住的我，為了掩飾這只是瞎貓碰到死耗子，就先在臉上擠出笑容。

結果這次露出傻眼表情的亞絲娜則聳了聳肩表示：

「我說啊，雖然結果是皆大歡喜，但樹要是折斷了怎麼辦？我們怎麼說也還算是黑暗精靈的一員，要好好愛護自然才行吧。」

「遵……遵命，真的很抱歉……」

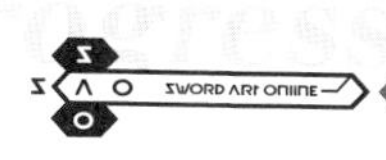

我一邊道歉，一邊想起應該在這一層某個地方的黑暗精靈騎士基滋梅爾。她會不會也因為乾涸的山谷變成河川而不知所措呢？還是用了精靈的魔法，直接能在水面上行走——

可能也想起基滋梅爾了吧，亞絲娜也沉默了好一陣子，但還是比我先回過神來，直接開口表示：

「那你準備拿這個甜甜圈果實做什麼？要吃的話，我要選黃色的那個。」

我握在兩手上的果實，一邊是鮮豔的鈷藍色，另一邊則是淡檸檬色。藍色這顆確實完全無法引起食欲，幸好我把果實打下來不是為了食用。

「沒有啦，我想這不是甜甜圈的形狀喔。」

「……那是什麼形狀啊？」

我不回答她的問題，直接把嘴巴靠近藍色果實。對露出「果然是要吃嘛」表情的亞絲娜使了個「等著看吧」的眼神後，我就含住由側面伸出一公分左右的小突起——也就是連結樹枝的「果蒂」部分。

直接用鼻子吸進大量空氣，然後用力把空氣吹進筒狀的果蒂。

一開始雖然有很強的抵抗感，但是空氣不久後就隨著宛如氣閥打開般的感覺進入果實裡，下一個瞬間——

藍色樹果就隨著「砰！」一聲爆炸般巨響瞬間巨大化了。原本只有七八公分的直徑，現在

已經有一公尺了。這下怎麼看都不像是甜甜圈──

「咦…………這難道是……游泳圈？」

露出驚訝表情的亞絲娜這麼呢喃著，我則是再次對她咧嘴一笑，並且將左手的黃色果實交給她。

「亞絲娜也試試看吧。」

「嗯……嗯。」

點了點頭後，細劍使就噘起嘴含住突起。她用力向後仰吸了一大口空氣，閉起眼睛把它吹進果實裡。

傳出第二次尖銳的爆破聲，接著亞絲娜手邊也出現游泳圈。她差點讓體積雖然大卻相當輕的泳圈掉到地上，嘴裡嚷著「哇……哇」往上捧了好幾次後，才終於用雙手將它緊緊抱住。

「呼～……真是的，這到底是什麼啦……」

「不就是甜甜圈嘛。」

在本能和衝動下加了這麼一句話後，亞絲娜就一邊以帶著冰點以下寒氣的視線貫穿我的眉間，一邊這麼說道：

「說不是甜甜圈的也是你吧？要是這麼喜歡裝傻，那你就去轉移門前面去表演相聲啊。」

「咦……這表示亞絲娜小姐願意當吐嘈我的搭檔嘍？」

「我才不要呢！你去找牙王先生和你搭檔啦！」

「…………」

一瞬間想像起那種情境，在被腦袋裡的牙王吐槽「搞什麼啊！」的時候才回過神來。

「……我……我看還是算了吧。」

我一邊用力搖著頭一邊叫出選單視窗來確認時間。到達第四層之後，很快就已經經過將近十五分鐘的時間。距離第三層魔王被打倒則已經過了三十五分鐘。

叫出選單後就順便讓白紙捲軸實體化，然後迅速在上面留下訊息。內容是以打擊屬性劍技能讓樹木果實掉落，以及吹氣就能讓果實變成游泳圈。我點了一下捲軸讓它捲起來，並將其放在附近涼亭的地板上。

雖然這樣一直放著就會因為耐久度持續減少而消滅，但應該能撐到凜德與牙王他們上來這裡才對。

「那麼，既然已經得到游泳圈了，今後的行動方針應該也要有所變化了吧。」

回過頭去的我一這麼說，亞絲娜就看了一眼雙手抱住的巨大環狀物，然後以半信半疑的表情回答：

「……有這東西的話，初學者也能安心游泳嘍？」

「當然一開始還是先由我來嘗試，不過我想應該是這樣吧。SAO裡的游泳，只要頭在水面上HP就不會減少。主街區從這個山丘，不對，從這個島南邊的峽谷往東前進的話馬上就到了。只不過……」

「……不過什麼？」

「為了安全起見，我想還是先把重裝備解除掉比較好。」

「重裝備是指哪些？」

我的視線從頭到腳打量了細劍使好幾遍後，就一邊在腦袋裡計算裝備重量一邊回答：

「呃……首先還是把那件兜帽斗篷脫掉比較好。還有細劍與胸甲也當然要脫掉，靴子和手套也是。可以的話背心也……皮革裙子其實也很重……至於束腰外衣嘛，嗯，這個……」

「…………這些全脫掉的話，就沒有任何裝備了吧！」

亞絲娜用力丟過來的游泳圈直接擊中我的臉，發出「啪噗」這種令人愉快的聲音後就剛好套在我脖子上。

「既然你這麼說，那你也會把那件黑色和這件黑色以及這件黑色的全部脫掉吧！」

「……沒……沒有啦，我只是考量能不能安全地游泳而已……」

實際上，不只有金屬防具，穿著皮革或者布料裝備進入水中，濕濡效果就會發揮到極限，除了重量增加之外也會阻礙行動。就算有游泳圈這個祕密武器，到了緊要關頭還是存在無法敏捷行動這個不安要素。如果是泳池或者湖泊也就算了，在湍急的河川裡，很有可能無法到達上陸地點就直接這樣被沖走。

不知道是不是了解我真摯的擔心了，亞絲娜收起臉上的怒色，對著我伸出右手。把黃色游泳圈丟還給她後，她就將伸直的食指伸進洞裡把它接下來，並直接開始轉動。

「…………嗯，我理解必須要輕量化了。嗯……只留下束腰外衣的話，應該沒問題吧？」

「咦？啊，這個嘛，嗯，應該沒問題。」

她最後又瞪了一下不停點著頭的我……

「那我們快點走吧。」

才用冷冷的口氣這麼說完，就快步走下山丘去了。我急忙從後面追上，再次移動到南邊的河岸。

停下腳步的亞絲娜，再次抬頭看了一下山丘上的涼亭──應該是在確認還沒有人走出來吧──然後才打開視窗。接著背對著我，迅速操縱自己的指令。左腰的細劍首先消失，接著是斗篷與裝甲類以及背心。

最後皮革裙子也被收納進道具欄裡，只剩下一件白色的束腰外衣。外衣的前後襬都相當長，所以不至於會露出內褲，但感覺這樣好像反而增加了某種破壞力──

一邊這麼想一邊茫然站在那裡的我，發現亞絲娜似乎快要轉身時就把身體轉向九十度，並按了兩下視窗裡的裝備解除鍵。包含劍在內的所有裝備瞬間被收進道具欄裡，只剩下一件四角褲型的內褲。

在超級美女，年紀應該跟我差不多的暫定搭檔面前變成這副模樣當然讓人覺得很不好意思，但暗紅色的四角褲看起來也有點像比較短的海灘褲。當我對自己說著這只是心情的問題，說起來只不過是多邊形構成的角色，並關閉視窗時，耳朵就聽見……

「噗呼……」

這樣的奇怪聲音。畏畏縮縮地轉過頭，就看見亞絲娜用左手遮住嘴角，視線還到處游移。

就在我想著「這動作到底是什麼意思」的時候——

「噗……噗呵呵……噗哈，啊哈，啊哈哈哈哈哈！」

平常那個冷酷、喜歡挖苦人又充滿謎團的細劍使大小姐忽然就大笑了起來，我立刻反射性用游泳圈遮住自己的內褲。

「不……不用笑成這樣吧！剛才說要全部脫掉的人不就是妳嗎？」

有些受傷的我提出了異議。但亞絲娜還是彎曲著上半身，按著肚子一直笑著。

「啊哈哈哈……因……因為……那太犯規了，啊哈哈哈哈……」

「犯……犯規？……確實顏色是有點鮮豔啦……」

「才……才不是哩，不是顏色……噗呵呵呵……你沒注意到嗎？後面……看看自己的屁股啊！」

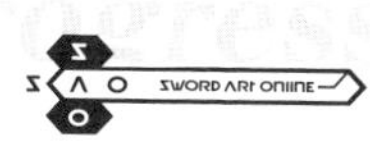

「咦，後面……？」

我急忙扭轉身體，試著確認身上這條四角褲的後面，但即使將角色的柔軟度發揮到極限也還是看不見自己的屁股。忽然有了點子的我，讓屁股映照在附近的水面上，然後從兩腿中間窺看。下一個瞬間——

「這……這是什麼啊啊啊啊！」

我的嘴裡就迸發出這樣的叫聲。

因為暗紅色四角褲的臀部部分，印了一個又大又閃閃發亮的金色「牛頭」。

這種丟臉的模樣讓我僵在現場，大笑好不容易才開始止歇的亞絲娜，又用調侃的口氣問：

「你是在哪裡買到這種內褲的？NPC商店裡應該沒有賣印著如此帥氣圖案的內褲吧？不會是你自己設計的吧？」

「……我沒買，也沒自己設計啦……」

好不容易從衝擊裡恢復過來的我，搖搖晃晃地撐起上半身這麼回答。

「這件四角褲是第二層的樓層魔王……不對，應該說是牠的部下『巴藍將軍』的最後一擊獎勵啦。我以為是沒有任何圖案才會穿上去，想不到屁股的地方還有這樣的陷阱……」

「哦，既然是獎勵道具，那有什麼不錯的特殊效果嘍？」

「是啊。可以增加一些STR，還有加強一些對生病系與詛咒系阻礙效果的耐力……」

「這樣啊……雖然ＬＡ獎勵老是被你拿走真的很沒意思，但沒有拿到這件四角褲真的太好了。因為要煩惱是不是要穿上男生用，而且還印著牛頭的內褲實在太愚蠢了。」

「等等，如果是亞絲娜的掉寶，應該就會變成女生用的。雖然還是會有牛頭就是了……」

如此回答的我，腦袋裡不可避免地出現細劍使大小姐穿著牛頭內褲的模樣，結果亞絲娜再次準備將游泳圈朝我丟過來。但是我立刻不停搖頭，她這才用鼻子哼了一聲並中斷投球動作。

無奈地嘆了一口氣之後，我就跪下去把右手伸進溪流當中。河水雖然相當冰冷，但還不至於到無法忍耐的地步。

同樣確認過河水感觸的亞絲娜，改變口氣呢喃道：

「之前你曾經說過，艾恩葛朗特的各個樓層，有的地方會重現現實世界的季節對吧？」

「……雜誌裡頭是這麼寫的。當然是死亡遊戲化之前的報導，現在的艾恩葛朗特就不知道怎麼樣了……」

「至少這一層也沒有寒冬的感覺。雖然會覺得沒有季節感有點無趣，但現在這樣就又會覺得很感謝了。那麼——我們差不多該出發了。」

說完亞絲娜就裝備上檸檬黃的游泳圈，我也急忙把鈷藍游泳圈套過頭部。然後用雙手確實拉住它……

「首先由我來試試看，妳先等一下。」

這麼對她說完後，我就把右腳伸進水裡。確認岸邊的水流不是那麼強勁後，就緩緩把身體沉進河水當中。

正如我所期待，甜甜圈果實，不對，應該說「游泳圈果實」發揮強大浮力，輕鬆就讓只穿著一條四角褲的我浮在水面上。光是腳輕輕踢動，就足以對抗水流。

「應該沒問題。」

抬起臉招了招手後，這時連亞絲娜也以緊張的表情點了點頭，然後以十分慎重的動作進到水裡。這個瞬間，濕濡的原色束腰外衣就發生半透明特效，我則急忙把視線移開，但她本人似乎沒有注意到這件事。不但把身體靠在游泳圈上，臉龐還浮現天真無邪的笑容。

「嗚哇啊，有種很懷念的感覺。」

「既……既然要游的話，希望可以在海上游。」

「說不定也有海喲。啊，這樣的話，我就做件泳裝吧。」

「對喔，妳有提升裁縫技能。那也幫我做一件沒有牛頭圖案的嘛。應該說……到主街區後可以馬上幫我做一件嗎？」

因為今後可能也必須面對以游泳圈來移動的情況，所以這對我來說是相當急切的需求，但亞絲娜卻帶著滿臉笑容說：

「那就讓你從小熊、小貓和青蛙圖案裡選一個。」

「…………我……我考慮考慮。那……我們走吧。」

「嗯。」

互相點了點頭後，我們就同時轉身。

被斷崖包圍的圓形空間有兩條成為出口的山谷。由於河水以極快的速度從其中一條流入，所以我們當然就朝著流出的那一條山谷前進。緊緊抓住成為祕密武器的游泳圈，開始利用腳部打水來移動。

僅僅前進了三公尺左右，就聽見後面傳來聲音。

「啊……好奇怪的感覺。」

「水觸碰到肌膚的觸感和抵抗感與現實不一樣吧？就因為這樣，不使用游泳圈的話就需要練習才能游泳。但是，就算是這樣，感覺跟封測時期比起來已經改善不少了。」

「這樣啊……這樣確實需要練習……」

「游個一個小時大概就能習慣了……哎呀，出口差不多要到了。從這裡開始水勢就變急了，要注意別被沖散了。」

話才剛說完，從後面靠近的亞絲娜，右手就伸進我的身體和游泳圈之間的空間。

「這樣就能放心了吧？」

「……我是不是也該這麼做？」

我也回過頭姑且這麼問了一下，細劍使靜止了兩秒鐘左右，才露出這次特別允許你這麼做的表情點了點頭。

「那就失禮了……」

我也把左手伸進亞絲娜的游泳圈裡，然後確實把她拉過來。這麼一來，沒發生什麼嚴重事故的話，兩個人應該就不會被沖散了吧。

在連結狀態之下，進入寬三公尺左右的山谷當中。由於山谷蜿蜒曲折，所以看不見前方，但地形如果和封測時期相同的話，再往前一點應該就會和一座大峽谷——過去算是樓層的幹線道路——會合了。

順著水流前進之後，正如自己所預料，前方出現廣闊的水面。是一條由西往東流的大河。雖然兩側依然是直立的峭壁，但因為河川的幅度超過十公尺，所以很有開放感。河水的速度也沒有原本害怕的那麼快。

到達河川中央後就停止打水，把身體交給河流觀察著周圍。

「…………地形果然和封測時期完全相同。我記得曾經看過那塊岩石。」

我半自言自語地這麼呢喃完後，身邊的亞絲娜也開始環視周圍。雖然每當她的身體一動，我的左手就會有種很舒服的感觸，但我還是發揮鐵壁般的自制心把它隔離在意識之外。

「這樣啊……為什麼乾涸的山谷會有水湧出來呢？」

「嗯……露骨一點的說法呢，可能是封測時期時與液體環境相關的程式尚未完成。因為在三個月後總算到達可以接受的程度，所以正式營運時就把乾涸的山谷變成溪流……大概就是這樣吧……」

「……雖然可以接受，但真是很無趣的答案。」

「抱……抱歉。」

我一道歉，亞絲娜就輕輕聳了聳束腰外衣的白色布料貼在上頭的肩膀。話說回來，這種「由濕濡的布可以看見肌膚的感覺」，封測時期也沒有出現過。雖然很不願意去想——這是在SAO遊戲製作人，也是將一萬名玩家關進死亡遊戲裡的超級罪犯——茅場晶彥堅持之下的結果。

當我想到這裡時，亞絲娜依然一邊看著周圍，一邊說道：

「但是……既然枯谷全面變成河川，那麼除了地形之外，可能也會出現許多改變的部分吧？」

「妳指的是？」

「詳細來說就是任務NPC的台詞，能夠收集的素材……啊，還有出現的怪物種類。」

說到這裡，細劍使的話就唐突地中斷了。

理由我也能夠了解。在裝備幾乎全部解除的狀態下，萬一遭遇怪物的話……她應該是害怕這件事吧。這時我急忙搖了搖頭。

「等等，別擔心啦。封測時期從往返階梯到主街區的路上幾乎沒有出現過怪物……」

「……幾乎？」

「而……而且，擊破樓層魔王後大概三十分鐘內，怪物的湧出率會極端下降……」

「……極端？」

亞絲娜重複我的話裡有問題的部分，然後露出更加懷疑的表情繼續說道：

「說起來呢，三十分鐘什麼的老早就過了啦。」

「啊，對……對喔。但是目前不要說怪物了，連一條魚都沒見到。說不定是被某種大傢伙給吃光了。」

我加上這句話後就想笑著把事情帶過，但是耳朵裡——就聽見噗通一聲不規則的水聲。亞絲娜似乎也聽見了，於是我們兩個人同時緩緩往後看去。

距離十公尺左右的地方，有物體正準備從水面下冒出來。

結果是劃出平滑曲線的三角形背鰭，光是從水底冒出來的部分就有三十公分吧。就像是要給我們最後一擊般，標示在上面的顏色浮標是漂亮的紅色。腦袋裡隨即浮現曾經在哪裡聽過的恐怖BGM。

「……喂，那怎麼看都像是……」

沒辦法將亞絲娜沙啞的呢喃聲聽到最後，我迅速把身體轉回來。伸長雙腳準備全力打水，然後小聲地下達指示：

「快一點吧。」

這次就連亞絲娜也相當聽話。

「好吧。」

「那說開始就用力打水……」

稍微往背後瞄了一眼，確認與那不祥背鰭之間的距離沒有縮短後，我用力吸了一口氣。

「……開始！」

一邊在內心發出「嗚喔呀啊啊啊啊」的吼叫，雙腳一邊使盡全力打水。後方噴起一陣巨大飛沫後，我們就一口氣加速。在游泳圈幾乎豎成垂直的狀態下，朝著河川下游衝去。

如果我的記憶沒錯，連結主街區的支線——不對，應該說是支流再來也剩下不過一百公尺的距離而已。在山谷往右轉，然後再次往左轉後，果然就在右側看見了垂直切落的岩石。

「亞絲娜，在那邊！」

「了解！」

我一面以吃奶的力氣打水準備衝過這最後一段距離，一面再次往後看去。那個恐怖的背鰭，應該也被我們拉開距離了才對…………

「咿……咿────────！」

我的嘴裡迸發出這樣的悲鳴。撕裂河面的藍灰色背鰭，不知道什麼時候已經在我們背後僅僅五公尺左右的地方了。如果水面下的追蹤者擁有符合那片背鰭大小的軀體，恐怕長了一大堆尖刺般長牙的嘴巴已經逼近到我雙腳附近了吧。

要是腳尖之類的部位被咬到，那個瞬間就只能用「快速切換」Ｍｏｄ把劍裝備上去來進行水中戰鬥了。雖然有了這樣的覺悟，我還是把打水的推進力增加到百分之一百二十。

「喂……喂，後面怎麼樣了？」

似乎沒有餘力回頭的亞絲娜以斷斷續續的聲音這麼叫著。

「別……別管了！現在拚命游就對了！」

「知……知道了！」

我們一隻手互相纏住對方的游泳圈，另一隻手不停撥著水。雖然前方的入口已經越來越近，但感覺後面的背鰭卻以更快的速度朝著我們逼近。

「準…準備右轉！」

「了……了解了！」

我咬緊牙根，把身體往右傾。因為轉彎而減速的瞬間，腳尖好像碰到了什麼東西，但事到如今也只能全力衝向終點了。剛衝進寬五公尺左右的支流，我就相信紅色牛頭內褲的ＳＴＲ上升效果，擠出最後的一絲力量。

支流在大約二十五公尺前方碰上了一塊小規模的沙灘。封測時期這個峽谷也是上坡，爬完之後就能看見主街區的門聳立在前方。只要能逃到純白的沙灘上，這場追逐賽就是我們獲勝了。

「嗚喔喔喔喔喔喔———！」

我一邊迸發出這一個半月來大概是第七次左右的吼叫聲，一邊衝過最後一段距離———不對，應該是游過最後一段距離。打水的腳尖碰到河底細砂的瞬間就立刻撐起上半身，左手拉著亞絲娜往前衝刺。即使腳下已經從潮濕的波浪邊緣轉變成全白的乾砂，我也繼續往前跑了十公尺以上才回過頭去。

這個時候，追著我們的尾鰭也正好高高躍出水面。看來對方明明是隻魚卻還想挑戰陸地上的戰鬥。想著那就放馬過來的我，隨即以右手打開視窗，準備按下快速切換的快捷圖鍵，就在這個瞬間———

「…………啥？」

亞絲娜這時就吊在我抱在左手的游泳圈裡，發出了脫力的聲音。

其實也不能怪她。因為長度應該有三十公分的雄壯三角背鰭底下，竟然是寬僅僅十公分，長只有五十公分，而且有一雙大眼睛的蝌蚪般小生物。

那個傢伙掉到潮濕的波浪邊緣後，隨即啪啪地扭動身軀。看來是因為背鰭太重，實在沒辦法用小小的手腳站立起來。

但是後方立刻有更大的浪打過來將這隻蝌蚪吞沒，然後把牠帶回水裡去。不久後水面又出現剛才那片背鰭，迅速往主流的方向游去。

「……那是什麼啊……」

由於氣力已經放盡，讓我的膝蓋直接跪到沙灘上。左臂的游泳圈也因此而滑落，讓亞絲娜的臉撞到了砂地。

最後她緩緩撐起身體，整個人癱坐在沙灘上，但這次就連她也沒有對我剛才那種行為生氣的餘力了。雖然砂子貼在潮濕的肌膚，凌亂的頭髮貼在額頭與臉頰上，甚至連濕濡的束腰外衣都緊貼在身體上的模樣實在很像攝影週刊裡的泳裝美女照，但她本人卻是以空洞的眼神目送逐漸遠去的三角背鰭。

「……我下一次碰到那種怪物，一定要打倒牠並用牠的肉來做菜給桐人吃。」

聽見這以無力的聲音發表的宣言，我姑且還是吐嘈了一下：

「……妳自己吃不就得了。」

「不要，看起來很難吃。」

「……」

「而且好像有毒。」

「…………」

——算了，如果她願意幫我做菜的話，還是心懷感激地吃完吧。只有背鰭的話，說不定會有魚翅的味道。

堅強地下了這種決心站起來後，我對亞絲娜伸出左手。

「還是先恢復裝備然後到主街區去吧，雖然在這邊應該不會感冒才對。」

當我隨口這麼說完，原本準備握住我手的亞絲娜，身體就整個僵住了。低頭看著自身模樣的細劍使，臉龐急遽變紅。我湧現跟在背後發現背鰭時一樣的不祥預感，接著開始一點一點往後退。

但是，亞絲娜神速閃動的右手直接抓住我的左手。用力一拉之下站起身子，跟平常一樣漂亮地用幾乎快要造成傷害的力道，對著我的下腹賞了一記泰拳式膝擊。

2

「喂，第四層的主街區是什麼樣的地方？」

亞絲娜一邊以皮靴底部沙沙踩著從細浪拍打的岸邊往南延伸而上的白沙坡道，一邊這麼說著。穿著則已經變回平常的皮革裙子與兜帽斗篷了。

「這個嘛……」

同樣再次裝備上黑色大衣的我，回想著過去曾經見過的街道準備回答她——只不過……

「啊，還是算了。反正馬上就到了，還是在沒有先入為主的觀念下自己看好了。」

「說得也是，這也是ＭＭＯＲＰＧ的醍醐味嘛。」

我雖然點著頭，但腦袋裡已經重新浮現石頭打造的第四層主街區了。

但真要說的話，這是個印象薄弱的城鎮。跟把圓桌型山脈刨空的第二層主街區，以及由怪物般猴麵包樹連結的第三層主街區相比，構造與素材都相當普通。硬要說有什麼特徵的話，大概就只有所有建築物的玄關不知道為什麼都在二樓，從路上要到玄關的話一定都得爬上一段石頭階梯吧……

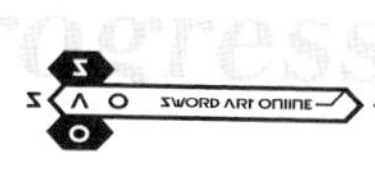

「啊，看見大門了！」

亞絲娜比平常高昂兩成左右的聲音讓我抬起頭來，結果就看見坡道盡頭有一扇長著青苔的石製拱門。瞄了一下變更裝備時就一直打開的視窗來確認時間。發現已經快到下午兩點了。

剛來到第四層時花了幾分鐘，走下河岸花了幾分鐘，在甜甜圈樹那裡花了幾分鐘，因為在幾個地方都花了一些時間，目前距離擊破第三層魔王已經過了五十分鐘的時間。現在各個轉移門廣場上，應該有許多玩家等待著「城鎮開拓」的瞬間吧。雖然延遲了有效化的時間對他們很不好意思，但他們看見沒有道路的練功區時應該就能理解了。

我一邊這麼想，一邊小跑步爬上坡道追趕上細劍使。

早一步到達拱門處的亞絲娜，發出了興奮度增加了五成的聲音。

「哇啊……！好漂亮的城鎮……！」

——漂亮？

是這樣嗎？我記得整體是座灰色的土氣城市啊。

感到懷疑的我，也加快腳步跑上坡道。穿過石頭堆積起來的拱門時，立刻有無數光芒射進視界當中。封測時期存在於眼前的四方形窪地當中的極平凡城鎮，這時已經發出寶石一般的光芒。

光芒的來源是在深藍水面搖曳著的閃亮午後陽光。

過去曾經是石頭道路的地點，現在已經全部變成深邃的水路。建築物的石材也從暗沉的灰色變成明亮的白色，所以形成一座浮在正方形湖泊上的白堊都市。以城市的美麗程度來說，絕對在第二層與第三層之上。也難怪亞絲娜會發出這樣的歡呼聲了。

「…………原來如此……一開始的完成品就應該是這樣，所以門才會設在二樓……」

了解是怎麼回事的我深深點頭如此呢喃著，這時搭檔就像是等不及了一樣對我招手。

「來，快一點啊！」

「是是是！」

如此回答完，我就走下由往上變成往下的石板道路。

途中忽然想起一件事，於是點了點頭。

這第四層的主題，就決定是「水路」了。

鑽過成為街道正門的巨大拱門後，視界就出現「ＩＮＮＥＲ　ＡＲＥＡ」的字樣。

在那裡等待著我們的，是寬三十公尺左右的船埠，以及上面乘坐著ＮＰＣ船夫的大大小小船隻。

「哇啊，竟然有這麼多貢多拉！好棒哦，就像威尼斯一樣！」

急忙把聽見亞絲娜這麼說後，就準備思考她究竟是在照片還是電影裡看過，還是實際到現場去過的思緒拉回來。對於思考關於現實世界裡的她的這件事，多少還是有一點抵抗感。

由於街道在船埠就結束了，所以要到城鎮的其他地方應該都只能利用貢多拉。當然也有活用收納在道具欄裡的游泳圈這樣的方法，但看見亞絲娜的眼睛已經變成貢多拉的模樣，就知道在提案的瞬間一定就會被駁回。其實就算還沒有其他玩家，我也不想只穿著印有牛頭的內褲走在街上。

停留在碼頭旁的貢多拉，從單獨乘坐（當然ＮＰＣ船夫除外）的小型船到十個人以上乘坐的超大型船一應俱全，尺寸可以說相當豐富。看了設置在幾個地方的銅板費用說明表後，知道兩人座貢多拉乘坐一次的費用是五十珂爾。雖然不論到城市任何地方價格都不變讓人頗為安心，但每次稍微要移動就得花五十珂爾也覺得有點浪費。

但是現在也只有乘坐這個選項了。

「嗯……這條可以嗎？」

用手指著停在附近的象牙白兩人座貢多拉後，亞絲娜先是一臉認真地檢查了一下才「嗯」一聲點了點頭。我們走下船埠的階梯，先由亞絲娜，接著是我跳上了船。結果戴著草帽，身穿橫條紋襯衫的健壯船夫就開朗地對我們打招呼：

「兩位，歡迎來到『羅畢亞』！到任何地方都只要五十珂爾喲！」

「那先載我們到轉移門廣場吧。」

回答完之後，就開始擔心ＮＰＣ不知道能不能聽懂這個地名，幸好船夫彈了一下帽緣後就大叫：

「了解了，交給我吧！」

紫色的支付視窗出現，當它消失時，船夫手上的長槳就划了一下。白色小船順利往前移動，站在船頭的亞絲娜這時也拉下帽子，再次發出歡呼聲。

離開水路北側船埠的貢多拉，就這樣在以十字狀貫穿四方形城鎮的Main Street（主要街道），不對，應該說是Main——

「亞絲娜啊，水路的英文怎麼說？」

「Channel！」

——就這樣在Main Channel上滑行。

寬二十公尺左右的水面上有各色的船隻往來，水路的兩側則建有大大小小的商店。雖然陳列的武器、防具以及道具都誘惑著我，但在這種狀況下很難繞過去品評一番。雖然應該可以變更目的地，但是感覺一下船就又得付五十珂爾的運費。何況也不知道貢多拉願不願意在商店前等我。

應該以有效化轉移門為優先，我一邊對自己這麼說，一邊對船夫提出其他的疑問：

「那個，這條船也可以到城鎮外面去嗎？」

幸好這個問題也包含在他的應答模式裡，船夫一邊用力划動船槳一邊回答：

「抱歉，沒辦法喔。我的工作範圍僅限羅畢亞這個城鎮。」

「那其他船的話就能到城鎮外面去嘍？」

「抱歉，這個問題我無法回答。」

船夫的回答無法了解是問題不包含在模式裡，還是有什麼原因讓他沒辦法回答。雖然其他還有許多想知道的事情，但根據封測時期的經驗，關於城鎮的詳細情形，除了某些特定的NPC——比如長著白鬍鬚的長老、一臉相當可疑的傢伙以及消息靈通的小孩子等——之外，通常都不會告訴你。

這讓我忍不住又想起語言能力與人類不相上下的黑暗精靈女騎士，但沉浸在感傷的情緒之前，還有許多事情等著自己去做。

——開通轉移門後，就先休息一下，然後就開始收集情報吧。

在腦袋裡如此註記之後，前方就出現一塊相當大的碼頭。那是位於主街區中央的轉移門廣場。

船夫大叔以精湛的划船技術將貢多拉側靠在廣場南邊的船埠，接著再次把手放在帽子上叫著：

「久等了！歡迎您再次乘坐！」

和亞絲娜一起向他道謝後就下了船。結果正如我所擔心的，貢多拉離開碼頭後就回到城鎮入口去了。

但是船埠還停著其他貢多拉，回去時用這些船應該就可以了。先不管這些事情，還是得快點把轉移門開通才行。

這麼想的我一回過頭，就看到亞絲娜依然以閃閃發亮的眼睛說道：

「真的好有趣！」

「那……那真是太好了！」

「回去的時候也要搭喲！」

「也……也只能搭船啊。」

這真的是那個超級酷的細劍使大小姐嗎？我忍不住這麼懷疑了好一陣子。

擊破第三層樓層魔王後一個小時，終於把轉移門有效化的我和亞絲娜，就在廣場角落待了一下，眺望著許多玩家從搖曳著藍光的穿越門跳出來的模樣。

為了參加「城鎮開拓」這個活動而來到此地的大多數觀光客，三三兩兩地站在廣場各個角落，為了眼前美麗的城鎮發出歡呼聲，不過也有不少擁有明確目的的玩家。除了為了購買稍微強一點的武器而朝商業區前進的中間層劍士們、為了進些稀有商品而來的商人之外，也有裙子

的腰部掛著打鐵用榔頭，認真瞪著街道地圖的短髮女孩子。

想要追上最前線組的戰鬥職玩家，以及想支援他們的生產職玩家已經慢慢增加了，因為這樣的現象而獲得勇氣的我，接著就和亞絲娜一起移動到廣場外圍部分的小小旅社裡。

為了不重複在第三層主街區茲姆福特犯的錯，這次確實租下了並排的兩間房間，不過因為必須在休息前先決定今後的行動方針，所以就先在我的房間裡開會，目前就坐在我房裡的沙發上。在這種狀態下，搭檔的早期警戒雷達通常都會全力運轉，但可能是貢多拉的乘船體驗依然發揮著效果，讓她臉上沒有出現僵硬的表情。

喝了一口用房間裡的茶組沖泡的茶後，我就對坐在正面的亞絲娜問道：

「……妳喜歡船嗎？」

結果她先眨了兩三次眼睛，才有露出有些害羞的微笑。

「對於船本身是沒有什麼喜好……但是——搭乘貢多拉一直是我的憧憬。沒想到能在艾恩葛朗特實現這個夢想。」

「這樣啊。那第四層浸在水裡也不都是壞事嘛。」

我剛這麼說，亞絲娜才露出這時終於發現的表情點了點頭。

「啊……封測時期，這個城市裡也沒有水路吧？」

「Yes。是個充滿灰塵，到處都是灰色且不起眼的城鎮。老實說，我根本沒什麼印象。」

「那我比較喜歡這種模樣。雖然貢多拉好像不能航向鎮外，到時候又得游泳才行……但這點我也可以忍耐。」

雖然她看起來為了貢多拉著迷不已，但還是有確實地聽著我和船夫之間的對話。搭檔的超高性能讓我忍不住露出苦笑點了點頭。

「就是啊。關於今後的預定呢，我想就是先休息一下，然後到街上去進行補給、維修與更新裝備，再把所有能接的任務都接下來，接著一邊完成任務一邊收集第四層的情報。不過這樣就一定得離開城鎮到各個地點去，到時候每次都得使用剛才的游泳圈……」

結果亞絲娜臉上愛作夢少女的表情開始慢慢減少，最後恢復成平常的冷酷模樣。

「游泳雖然可以忍耐，問題是怪物啊。剛才那隻不知道是蜥蜴還是蝌蚪的傢伙，雖然和尾鰭比起來軀體明顯太小而讓人有點脫力，但浮標還是很紅對吧？等級應該相當高才對……」

「確實如此。而且出現的怪物不可能只有那一種……看來還是得先確實練習好水中戰鬥才行了。」

我在封測時期曾經有一些在水中戰鬥的經驗。除了需要換氣之外，水的抵抗力還相當強，使用大型武器的玩家在武器揮動，使用小型武器的玩家則是在身體動作上會受到限制。最適合的是身體不用有太多動作就能發動廣泛圍攻擊，而且還因為以突刺技為主所以在水中抵抗力較小的長槍系武器，但我和亞絲娜都沒有選擇長槍系技能——應該啦。

現在開始修行實在太不切實際了，看來就只有讓亞絲娜以雖然比不上長槍，但在水裡較容易使用的細劍好好努力，而我也主要以突刺技來應戰……當我想到這裡時——

喝著茶的亞絲娜忽然大聲說道：

「啊，對了！都給忘了，得製作泳裝才行。」

「妳……妳是認真的嗎？」

「那是當然了。雖然街上的店家似乎也買得到，但難得修行了裁縫技能，不用白不用。這樣也可以省點錢。」

「嗯……嗯，這倒是真的……那麼，雖然很抱歉，但我的海灘褲可不可以也麻煩妳呢？幫我做一件沒有牛頭圖案，樸素一點的。」

「那改成剛才那隻有尾鰭的蝌蚪如何？」

當我準備說「請饒了我吧」的時候，就換成從我口中發出變了調的聲音：

「呃……咦，等一下喔。」

「怎……怎麼了？我還沒開始做呢。」

「不，不是這件事……」

我皺起眉頭，試著從記憶裡拖出在第三層的黑暗精靈營地裡，與亞絲娜談過裁縫技能的對話。

在第二層當中，從亞絲娜的道具欄裡掉出大量的內衣褲。她當時是說那不是自己要穿的，只是為了提升裁縫技能的熟練度才會製作。說完之後，亞絲娜確實又加了這麼一句話。她說已經把裁縫技能從技能格子中移除了。

「……這……這樣不行啦。」

「什麼不行？」

「因為妳現在格子裡面已經沒有裁縫技能了吧？如果是在不知道的狀態下移除，妳可能會大受打擊……技能一旦從格子裡移除，熟練度就會歸零了。」

畏畏縮縮地這麼說明完，細劍使連眉毛都沒動就點著頭回答：

「就算我是菜鳥，這點小事我也知道啦。說起來呢，要把技能從格子裡移走時，就會出現警告的訊息了不是嗎？」

「對……對喔。那太好了……不是啦，那麼妳難道還想從頭開始修練裁縫技能嗎？」

結果她這次換成「真受不了你」的表情搖了搖頭。

「就算我是個相當努力的人，也沒有這種耐性啦。應該說……」

露出懷疑表情的亞絲娜伸手打開視窗。她迅速操縱著道具欄，把裡面某個小小的道具實體化。

喀咚一聲放在眼前矮桌上的，是一個樹果造型的小水晶瓶。有相當厚度但透明度也很高的容器底部，可以看到累積了一些發出淡淡光芒的藍色液體。

「……這是什麼？」

「你在封測時期沒有看過？」

「沒有……我沒印象耶……」

我一邊這麼回答一邊把手朝著小瓶子伸去，結果亞絲娜迅速擋住了我的手。

「不知道的話就等一下！絕對不能把蓋子打開喔。」

「知……知道了啦。我只是要看看說明文。」

通常聽見對方這麼說後，好像反而會想打開蓋子把裡面的液體喝掉，而我也確實冒出這樣的念頭，但我的志願不是成為搞笑藝人，所以還是作罷。注意著不去碰到小小的玻璃瓶蓋把它拿起來後，就發現這個全長僅有七公分左右的瓶子倒是相當沉重。左手指尖在瓶子腹部點了一下，然後窺看出現的屬性視窗。

「道具名稱是……『卡雷斯．歐的水晶瓶』？果然沒有看過。嗯，讓我看看……『這個瓶子，能夠保存設定在技能格子當中各種技能的熟練度』……這樣啊…………」

隔了三秒鐘左右的時間——

「什……什……什……什麼——————！」

我的吼叫變成衝擊波讓房間的牆壁出現裂痕、羽毛棉被遭到撕裂，並粉碎了所有窗戶。

實際上只是杯子裡的茶稍微產生波動的程度，但在應該要引起這種大破壞的驚愕侵襲下，我只能張開嘴巴僵在現場。從這樣的我手上把小瓶子拿回去後，亞絲娜就操作屬性視窗的設定欄，然後隨手拔開玻璃蓋子。

累積在瓶底的液體，變成藍色光芒飄盪在空中。用鼻子把它們吸進去的亞絲娜，相對地也從嘴巴吐出黃色光芒到瓶子裡。把蓋子跟原來一樣蓋好後，光芒就變成檸檬油般的液體。

把瓶子放回桌上的亞絲娜，看著我露出了燦爛的笑容。

「這麼一來，裁縫技能的熟練度就復原了，相對的『奔馳』技能的熟練度則被我保存在瓶子裡。」

「…………原……原來如此……不是啦，那個，嗯，首先呢，這個道具是在哪裡得到的……？」

「之前因為一陣兵荒馬亂而沒辦法確認，不過大概是那個時候。就是剛來到第三層時，我們不是幫助基滋梅爾和那個森林精靈的騎士戰鬥嗎？大概就是從那個騎士身上掉下來的吧。」

「喔……喔喔………」

依然還沒從衝擊當中恢復過來的我，這時候只能點點頭。聽她這麼一說，我的確記得黑暗精靈騎士基滋梅爾曾告訴過我，「卡雷斯．歐」是森林精靈過去存在於地上的王國名稱。

我確實也從那個強得恐怖——應該說本來是事件戰鬥，玩家根本無法獲勝才對的森林精靈騎士身上得到幾件似乎很稀有的道具。但是，之後基滋梅爾馬上以不像NPC的口吻說話讓我嚇了一大跳，也只好暫時延後檢查掉寶品了。

我想亞絲娜最快也是到當天晚上才注意到不知何時入手的「水晶瓶」吧。我們兩個人在沒有必要的情況下，都盡量不說也不過問對方技能構成與道具欄的內容，所以才會在完全沒想到亞絲娜已經入手這種驚人道具的情況下度過一週的時間。

「喂，你要發呆到什麼時候？沒話要說的話，我也換好技能了，可以到自己的房間去製作泳裝了嗎？」

似乎對陷入行動延遲狀態的我失去耐心，亞絲娜開口這麼表示。

「啊……啊～呃……」

我拚命整理自己的思緒，舉起雙手來留住她。

「等……等一下。還有幾件事情想確認。」

「……是沒關係啦，但你要不要先冷靜一下？」

「嗯……嗯。」

一口氣喝下已經變冷的茶，然後呼一聲吐出一口長長的氣。

「卡雷斯．歐的水晶瓶」就這樣隨便地放在我放回杯子的桌上。我默默地凝視了一陣子那有著通透黃色光芒，溶解了技能熟練度的液體。

液體的量大概是瓶子容量的二十分之一左右吧。如果亞絲娜的「奔馳」技能熟練度是50左右——而液體的量又和熟練度成比例的話，這個瓶子就是連距離還相當遙遠的熟練度1000，也就是完全習得狀態的技能都能保存了。

我再次深吸了一口氣，然後才抬起頭來。

「……亞絲娜，妳有把這個瓶子的事情跟除了我以外的玩家提起過嗎？」

結果細劍使一邊聳肩一邊搖了搖頭。

「真的嗎？連亞魯戈也沒說過？」

「我說啊，得到這個瓶子到今天剛好是一週的時間，雖然是因為情勢發展，但我這週不是一直都跟你待在一起嗎？根本沒有趁你不在的時候和亞魯戈小姐見面的機會。」

「對……對喔……」

覺得這樣就可以先放心的我放鬆肩膀的力道，而亞絲娜則是用更加納悶的表情看向我。

「……總覺得，你從剛才開始反應就很誇張耶。這個瓶子不過就是能取出並放進技能的熟練度而已，結果還是得靠自己修行才可以啊。如果喝下去熟練度就能加100的話就算了，但這真的是需要這麼大呼小叫的道具嗎？」

「……………」

對我暫定拍檔的說法感到愕然的同時，也覺得對角色扮演遊戲不熟悉的人來說它可能就只是這樣的道具，於是決定盡力讓她理解我的驚愕與擔憂。

「這個嘛……剛才也說過，在這個ＳＡＯ裡，把技能從技能格子裡移除時，熟練度就會歸零。也就是說，現在等級16的我，同時能夠鍛鍊的技能最多就只有四個而已。」

「這點小事我當然知道。應該是『單手直劍』和『體術』、『搜敵』……還有『隱蔽』對吧？」

——被看透了。

但這樣的驚訝在這種狀況下根本是不值一提的小事。我乾咳了一聲，繼續說明下去：

「嗯……嗯，是啦。然後我現在正全力煩惱著要不要把搜敵或隱蔽移除來換成『游泳』技能。」

「游泳技能……確實有這種東西。取得後會有什麼改變？」

「游泳的速度會變快，水的抵抗力也會減少，在水裡活動的時間也能夠延長。在這個樓層應該能發揮不少功效，不過終究還是不會換吧。因為下一層的地形應該又會完全不一樣，所以光是為了攻略這個第四層，就放棄至今為止修練的搜敵或者隱蔽技能熟練度實在太浪費了。」

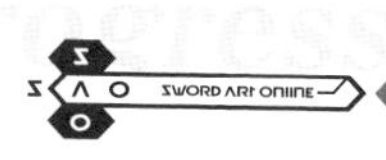

「這樣啊……那——這時候如果有這個瓶子的話，就可以先把某一個技能保存下來，然後用待在這一層的時間裡把游泳技能設置在技能格子裡了對吧。」

「正是如此。我想來到這裡的所有玩家大概都有同樣的煩惱。這時候，要是出現『有玩家擁有能夠保存熟練度的瓶子』這樣的消息……就會不斷有人找妳收購，或者是詳細地詢問情報，到時候會很麻煩喔。」

其實我還想到另一個有可能會發生的嚴重問題，但是沒有說出口。朝桌上伸出手並拿起水晶瓶的亞絲娜，似乎終於了解這個道具的價值般認真地看著它。

「這樣啊……現在想起來，在第二層遇見的『傳說勇者』的涅茲哈先生，只要有這個瓶子的話，就不用為了習得『體術』而放棄『單手武器製作』了對吧……把它當成實際上能夠增加一格技能格子的寶物，那可能真的是會引起大騷動的道具……」

雖然早已司空見慣，但她依然發揮出不像初學者的理解速度這麼呢喃著，然後又抬起臉來有些加快速度地繼續表示：

「乾脆把跟這個道具相關的情報全部公開如何？只要跟亞魯戈小姐講，她就會全部寫在『攻略冊』上吧？這樣的話，就不用特別跑來問我了吧。」

「嗯……我也不是說要把情報隱藏起來啦……但是……」

我往前彎曲身子，把下巴放到合起來的雙手上，然後一邊想一邊開口說：

「問題是，掉下這個瓶子的森林精靈騎士……『森林精靈．聖騎士』，目前這個階段，還是只能在第三層『迷霧森林』的事件戰鬥裡才能與其戰鬥。而且以自身力量和他戰鬥的機會基本上只有一次。我想攻略集團的所有主要玩家……牙王的『艾恩葛朗特解放隊』以及凜德的『龍騎士旅團』應該都走正常路線完成任務了……」

「這樣啊……現在把情報流出去也已經太晚了嗎？」

「嗯。說起來呢，也不是跟他戰鬥就一定能獲勝啊……」

「哎呀，我們不就贏了嗎？」

被對方一臉輕鬆地這麼回答──我也只能點頭並表示：「嗯，是沒錯啦。」

我一面用右手撩起瀏海，一面說出為時已晚的台詞：

「……說起來，我們為什麼能夠贏過那個森林精靈呢……」

在短暫沉默中回想起來的，是在黑暗精靈野營地的浴室帳篷裡，和騎士基滋梅爾交談的對話。

她表示最近作了很不可思議的夢。

基滋梅爾在夢中和身為強敵的森林精靈騎士戰鬥著。這時候我和並非亞絲娜的幾名伙伴一起前來幫忙。但是我們敵不過森林精靈，一個一個被他打倒──最後基滋梅爾為了救我們而解放了「聖大樹」的加護，然後喪失了生命。

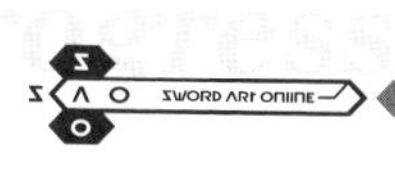

這裡必須先把「ＮＰＣ為什麼會作夢呢」、「說起來ＮＰＣ是真的睡著了嗎」這樣的問題丟到一邊。她所說的夢，內容與我經驗過的，ＳＡＯ封測時期的「翡翠祕鑰」任務導入部分實在太相似了。

基滋梅爾是經過高度ＡＩ化的特別ＮＰＣ。這一點無庸置疑。

難道是因為這樣，她才會保有封測時期的記憶嗎？還是說，就是因為記憶殘留著，她才會這麼特別？在正式營運的時候，我和亞絲娜之所以能贏過那個不可能戰勝的森林騎士，就是因為有基滋梅爾在的關係嗎……？

「……我想是我們大家一起努力的緣故喔。」

亞絲娜忽然這樣呢喃，我則是猛然抬起臉來。

「桐人、基滋梅爾，當然還有我都相信一定能獲勝而拚命地戰鬥。我在艾恩葛朗特經歷過的所有戰鬥裡，那應該是精神最為集中的一場了。老實說，甚至超越樓層魔王攻略戰。」

「…………」

不論再怎麼努力，也不可能光靠這樣就改變「必敗事件」的結果——身為遊戲玩家的我不由得有了這樣的想法，但說出口的卻不是否定的言論。

「……說得……也是……那個時候的亞絲娜確實很驚人。說起來，拚到那種程度的話，掉一兩個超稀有寶物也沒什麼好大驚小怪的。」

「等一下，我可不是為了寶物才會那麼拚命的喔！」

我一邊笑，一邊對著揮起左拳的搭檔道歉。

沒錯。Sword Art Online刀劍神域和我至今為止玩過的多數RPG不一樣。除了是無法登出的死亡遊戲之外，它也是世界上第一款「VRMMORPG」。如果拘泥於僵硬的固有概念，很可能會連近在眼前的事物都看不見。

於是我正色對著亞絲娜說：

「可不可以暫緩討論要怎麼處理這個水晶瓶的情報呢？剛才也說過了，我不是想一直隱瞞大家。但既然有可能會引發麻煩，我還是希望以亞絲娜的安全為優先考量。」

由於預測到她可能會有「別一直把我當初學者，我會保護自己安全」這樣的反應，我已經先準備好接下來說服她的台詞了——但是……

亞絲娜默默地凝視了我的臉好一陣子後，才忽然把頭別開。在垂下來的長髮後面，可以稍微看見她的嘴角動了起來。

「……嗯，如果你想要這樣的話，那就這麼辦吧。」

「啊……可……可以嗎？」

意外的答案讓我在意起暫定搭檔目前臉上的表情，於是我從沙發上把身體往右傾，試著想看見側髮後面的臉龐。但亞絲娜卻把臉更加往左邊轉去，即使我往旁邊移動也沒有停止旋轉，最後終於變成在沙發上跪坐並完全面向後方的姿勢。

——到底是怎麼了？

心裡雖然這麼想，但因為有了這時候要是不停下來，細劍使大小姐又要爆發了的預感，我只能乖乖坐回原位並說道：

「呃，嗯……那麼我們先休息一下吧。集合的話……我看就晚間六點時在一樓的咖啡廳如何？」

默默點了點頭的亞絲娜，保持著背對我的姿勢滑下沙發。迅速站起來後，就把雙手拿著的「卡雷斯．歐的水晶瓶」收回道具欄裡，最後還是沒有讓我看見臉龐就從房間裡離開了。

我到底是按到了什麼按鈕？

心裡懷抱這個疑問的我，就這樣慢慢陷進椅面當中。

解除所有武裝，丟了一封即時訊息出去後，躺在窗邊床上的我，閉上眼睛五秒鐘後就睡著了。

當我被起床鬧鐘那冷漠的聲音轟起來時，整個房間已經染上夕陽的顏色。搖搖晃晃地撐起上半身，接著拉開左側的窗簾，從二樓窗戶低頭看著主街區羅畢亞的轉移門廣場。

短短三個小時當中，四角形廣場上已經充斥著數不清的玩家。有品評NPC商店的前線組，也有在攤販買了輕食後就吃了起來的觀光客，甚至有坐在面水路長椅上的男女二人組。

從死亡遊戲開始到現在是第四十五天，雖然是可覺得長也可覺得短的時間，但是如果狀況已經穩定到能出現情侶的話倒是一件大大的好事。我一邊想著這種類似中二男孩的不服輸宣言，一邊移動著視線，結果就注意到廣場南側的貢多拉乘船處已經排了一條長長的隊伍。

「嗚哇……對喔，這下糟了……」

我保持著在床上以膝蓋撐起身體的姿勢發出呻吟。

應該早就要料想到會有這樣的事態。既然貢多拉的數量有限，那麼當超過船隻數量的玩家擠到這裡來時，就一定會開始排隊了。今後有好一陣子，在羅畢亞的街上移動時，都要有先等待很長一段時間的覺悟了。

算了，應該對有如此大量的人數等待，卻沒有人引發問題，大家都守秩序地排隊感到高興吧——當我正想放鬆肩膀的力量時……

就看見五名全副武裝的玩家，像是推開隊伍前頭的一群人般，直接準備坐上剛好來到船埠的大型貢多拉。

當然被插隊的集團也就發出抗議的聲音。但是似乎是武裝集團領袖的高大雙手劍使，卻反而大聲地怒吼了回去。

聲音雖然傳不到遠方旅社的二樓，但我內心已經猜想到內容了。

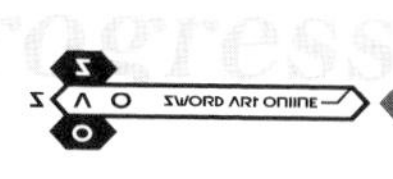

——我們是為了解放你們這些一般玩家而戰，優先搭船本來就是理所當然吧。

他一定是說了類似這樣的話。只穿著簡樸布料裝備的觀光者們，只能心不甘情不願地退了下去。雙手劍使與他的伙伴們，就像是要炫耀閃爍鈍重光芒的金屬裝備般轉過身子，直接跳上大型貢多拉。

我一邊目送著貢多拉離開碼頭，一邊再次自言自語：

「……這樣不好吧，哈夫先生。」

插隊的五個人都穿著同樣的藍色緊身上衣。那無疑是在第三層剛組成的前線攻略公會，「龍騎士旅團」的幾名成員。而領頭的雙手劍使，就是名為哈夫納的副隊長。

大概是在主街區完成補給、保養並接受了任務，現在終於要開始樓層攻略了吧。我也不是不能了解他們「哪能優閒地排在利用下層轉移門來到這裡觀光的玩家後面」這樣的心態。

但是，我認為絕對要避免前線組濫用特權，以致造成反感的情形。因為目前還沒有拿起劍的玩家們，將來也可能會離開圈內和怪物戰鬥，最後親自來到最前線。

不對，應該說不這樣的話，這款死亡遊戲就不可能被完全攻略。憑現狀大概只有五十多人的前線組人數，樓層攻略總有一天會遇到瓶頸。必須盡量想辦法增加攻略集團的人數才行。

我一邊把嘆息吞回去一邊確認時刻，目前距離約好的下午六點只剩下三分鐘了。

從床上下來的我，迅速把劍以外的裝備穿到身上後，踩著沉重的腳步走出房間。

在旅社一樓的咖啡廳裡，隔了三個小時左右才又見面的亞絲娜，已經完全恢復成平常的冷酷模樣了。

「讓妳久等了。」

我一邊這麼對她搭話，一邊坐到她對面的椅子上。可能是視野不好而不受歡迎吧，咖啡廳裡除了我們之外就沒有其他玩家了。

「我也剛來而已。」

冷冷這麼回答的細劍使，把正在看的菜單滑到我面前。一看之下，不只有飲料和零食之類，也能看見幾道似乎是魚料理的名稱。

「……現在還有點早，要在這裡吃飯嗎？」

「我想在攤販買點東西，然後直接在外面吃。」

「這樣啊。那就只買飲料……算了，乾脆直接出去吧？」

「可以啊。」

——雖然感覺好像跟平常有點不同，但我們待在一起的時間也沒長到能讓我做出正確的判斷，所以我便先不下結論從座位上站起來。在現實世界的話，這是只在咖啡廳裡碰面卻沒有點餐就離開店裡的過分行為，但這個世界的ＮＰＣ服務生卻沒有任何不高興的表情，直接送我們離開店裡。

依然租借著二樓房間的我們來到外面，發現上層的底部已經變成從暗紅色慢慢轉移成藍色的漸層色了。再過三十分鐘左右，周圍就會完全變暗了吧。

但是轉移門廣場對面的貢多拉排隊人潮，似乎反而變得更長了。油燈與火把照耀著石造建築物，其光芒又經過水面反射形成了相當夢幻的景象，所以很可能夜晚才是能享受乘船之樂的時間。

「嗯，目前就是這樣的情況……要去排隊嗎？另外也有放棄貢多拉，直接在水路上游泳的方……」

說到這裡就從兜帽下方被狠狠瞪了一眼，我也立刻收回這個提案。

「……不行呢。那我們先到商業區去，過去排隊吧。」

「在那之前，我想先到攤販那裡去。」

「好……好的。」

點了點頭後，就往並排在轉移門東側的五六間看起來頗為時髦的洋風攤販走去。

大致看了一下後，發現可以當成晚餐的攤販只有三間。商品分別是炸魚與燙蔬菜套餐，上面放著墨魚還有貝類，看起來像海鮮披薩的食物，以及把烤魚與香草類用平板麵包夾起來，像是帕里尼般的食物。

「……原來如此，這層的食物是以魚貝類為主嗎……」

「你不喜歡嗎？」

聽見簡短的問題後，我急忙搖了搖頭。

「沒有啦。也不致於不喜歡。只不過……難得是以魚貝類為主，就覺得有點和風的菜色也不錯啊。像是燉魚或者生魚片之類的。」

「就這個城鎮的景色來看，怎麼可能有那種東西嘛。」

「說得也是……那就期待第十層吧……我決定買那個類似帕里尼的東西，亞絲娜妳呢？」

「我也要那個。」

「那我去買過來，妳到那邊的長椅上等一下。」

我說完後，亞絲娜再次由兜帽深處往上看了我一眼，不過馬上就又把頭別開了。

……這種感覺，讓人回想起在第一層的托爾巴納吃奶油麵包時的事情。

我一邊這麼想，一邊朝著攤販走去。買了兩個一份十二珂爾的帕里尼後，回到長椅旁邊。把其中一個交給亞絲娜，她就打算付款而準備叫出交易視窗，但我立刻用右手阻止了她。

「不用了，我請客。」

「……為什麼？」

「沒有啦，嗯，那個……就當作是妳幫我製作海灘褲的工錢。」

「…………………」

幸好亞絲娜就這麼點了點頭，接受了我的提案。雖然樣子有點奇怪，不過看起來也不像是在生氣。

到底是怎麼了……就在心裡這麼想的我，準備坐到她身邊的時候——

從長椅後方的黑暗處，迅速伸出一隻手。同時傳來調侃的聲音：

「抱歉了，桐仔。讓你請客。」

——依然是令人相當佩服的隱蔽技術，

是要這樣耍酷……

——還來！這是我的晚餐！

還是老實地拒絕對方呢？不知道該如何選擇的我，最後選擇的是兩者皆非的台詞：

「隱蔽技術還是相當令人佩服，但這是我的晚餐，所以不能給妳喔！」

「哦～就可以請小亞，但是對我卻這麼冷淡。」

「什麼……妳……妳也聽見了吧，我只是謝謝她幫我製作道具，哪有什麼冷不冷淡的，根本不是那麼一回事好嗎！」

拚命辯解的我視界裡，無聲無息地出現一名嬌小的女性玩家，她身穿形狀與亞絲娜身上的相同，但是更加樸素的黃灰色兜帽斗篷。雖然看不太清楚藏在捲髮下面的眼睛，但是臉頰上那三條清晰的鬍子彩繪，就已經主張著絕對不會把她和其他人搞錯的特徵。

情報販子，「老鼠」亞魯戈帶著滿臉笑容靈巧地飛越長椅的椅背，直接坐到亞絲娜身邊。她看向左邊，輕輕抬起兜帽的邊緣。

「晚安啊，小亞。第三層的魔王戰和第四層轉移門的有效化，辛苦妳了。」

「晚……晚安，亞魯戈小姐。嗯……這個，妳要吃嗎？」

亞絲娜準備把自己的帕里尼遞出去時，亞魯戈就發出「哇哈哈哈」的笑聲並揮了揮手。

「不用啦，妳的好意我心領了。別在意我，妳快點吃吧。」

「呃……喔……」

亞絲娜露出「這個人到底肚子餓不餓啊」的表情，而我則是以夾雜嘆息的聲音對她說：

「別在意啦，亞絲娜。這傢伙調侃技能的熟練度也是艾恩葛朗特的第一名喔。」

「調侃……？」

亞絲娜可能是這時才終於發現究竟是怎麼回事吧。她先是抬頭看著我，接著低頭看向雙手拿著的帕里尼，最後才轉向右邊的亞魯戈小聲地叫道：

「不……不是的，亞魯戈小姐！我們完全、絕對不是妳所想的那樣！」

「喲呵呵呵，我知道啦，小亞。」

情報販子這時發出令人厭惡的笑聲，一屁股坐到她右側的我，同樣小聲地叮嚀她說：

「這是真的，別亂賣一些奇怪的謠言！」

「太傷人了吧，我這個人可是不賣謠言和假消息的喲。」

「是是是。那麼……既然妳人來到這裡，就是已經收集到所有情報了？」

「那是當然。收到訊息後才花三個小時就查出結果了，除了情報費之外，請我吃頓飯應該也不為過吧。」

對方都這麼說了，我也沒辦法拒絕。在床上睡死前傳出去的訊息，我確實加上了「盡可能快點」這幾個字。

「知……知道了啦。要請妳吃什麼啊？」

「我想吃加了滿滿起司的披薩喲～」

亞魯戈話還沒說完，我就以發揮所有敏捷力的衝刺突擊了賣海鮮披薩般食物的攤販，接過加了三倍起司的披薩後，立刻回到長椅前面。

「抱歉提出這麼強人所難的要求。這是向您道歉的一點心意。」

恭恭敬敬地遞出披薩後，亞魯戈就咧嘴笑著把它收下了。

「嗯，免禮。」

「我們一邊吃一邊談吧……」亞絲娜也在冷掉前快點開動吧。」

對在亞魯戈身後露出驚訝表情的細劍使這麼搭話後，三個人同時說了聲「開動了」，接著便大口咬下飄盪著義大利氣息的晚餐。

雖然現實世界裡沒有吃過正統帕里尼的記憶，但不論是有彈性且酥脆的薄烤麵包，還是烤得香噴噴的白肉魚，甚至是發出香草味道的番茄醬，都可以說完美地重現了原味。如果主要食材是大量的肉，醬料又是濃厚照燒美乃滋口味的話……雖然冒出這樣的想法，但這只是無法實現的願望。

亞絲娜和亞魯戈似乎也餓了，我們三個人默默地大口把食物吃完一半後，才呼一聲喘了口氣。

在我催促之前，亞魯戈就從掛在腰上的幾個腰包其中之一拉出一份羊皮捲軸，然後用指尖夾著它。

「這次的特快附加費用是……雖然很想這麼說，但看在起司披薩的份上，就算你平常的費用吧。五百珂爾。」

我從大衣口袋裡拿出事先準備好的金幣並把它交給亞魯戈。用指尖點了一下一手交錢一手交貨拿到的捲軸後，它就自動打了開來。

「你請她調查了什麼情報？」

為了讓靠過來的亞絲娜也能看見，我隨即攤開羊皮紙，畫在上面的是第四層主街區羅畢亞的詳細全體地圖。但這不是亞魯戈親手繪製。只要走遍城鎮的每一個地方，等選單視窗裡的地圖檔案完成時再把它複製到羊皮紙上即可，所以每個人都能製作出這樣的地圖。

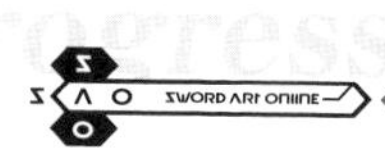

但是亞魯戈謹製的地圖上，還在城鎮各處標示了將近二十個的「！」符號。這就是它值五百珂爾的地方了。

「……那是任務NPC的位置？」

亞絲娜發揮出了不起的洞察力這麼呢喃著，我則是默默點了點頭。結果從兜帽深處就發出感到無奈的眼神。

「雖然對好不容易調查出來的亞魯戈小姐不太好意思……但這個你自己走一遍城鎮不就知道了嗎？反正要接下任務也得親自到那裡去才行。」

「我也是這麼認為。說起來桐仔，你在封測時期應該就經歷過這裡所有的任務了吧？」

「就是因為這樣啊。」

我再咬了一口帕里尼，然後以有些不清晰的聲音說明：

「花時間在街上到處走的話，感覺以前的記憶就會變淡……我想先像這樣，在地圖上一次俯瞰城裡的所有任務。」

「……然後呢？」

亞魯戈的聲音裡，帶著感興趣的聲響。我不直接回答她，只是一直凝視著城鎮的全體圖。

構造本身果然和封測時期一模一樣。我一邊在腦袋裡叫出過去完全乾燥時期的街道景象，然後一個一個按下符號。每按下去，亞魯戈手寫的任務概要就會顯現出來。

結束最後一個的確認後，我就指著城鎮西北邊緣的一個符號說：

「就是它了。」

「……這個任務怎麼了嗎？」

我對出現疑惑表情的亞絲娜咧嘴一笑。

「這是封測時期不存在的任務啊。這個地方大概存在這個城鎮……不對，應該說樓層攻略的關鍵。」

這個任務的情報齊全之後，我會高價買下來喲。

留下這句話與起司的味道後，亞魯戈就像溶化在黑暗裡一樣消失了。

吃完最後一塊帕里尼的我和亞絲娜，這時也站起來眺望著南邊的船埠。感覺隊伍雖然比剛才短了一點，但是至少也還得排個三十分鐘左右。

不知道是填飽肚子的緣故，還是跟亞魯戈談過話的關係，已經恢復成平常那種模樣的亞絲娜皺起眉頭說：

「排隊是沒關係啦……但是那個船埠的系統也太差了吧。」

「咦？哪裡差了？」

「兩人乘坐的小船，還有十個人乘坐的大船，都是在同一個地方靠岸嘛。所以就會有一個人搭大船，或者是一群人沒辦法全部上船而讓後面的人先上的情形，這樣不是白白浪費時間嗎？至少要把隊伍按照人數別分成三列才行啊。」

「確……確實是這樣。那個……要在那裡提案看看嗎？」

「……那不符我的個性。」

「這樣啊。亞絲娜很像班長，我倒覺得很適合妳……」

話剛說到這裡，就被對方用像帶著冷凍光線般的視線瞪著，我只能急忙把頭轉到一邊去。

完全籠罩在夜幕之下的羅畢亞街道，各色街燈與窗戶的光線照射在黑暗的水面上，更加營造出幻想世界的氣氛。充滿笑容的玩家們所乘坐的貢多拉當中，小型船的船頭與船尾，大型船的船頂邊緣都掛著油燈，這些船隻在寬廣水路上來來往往的模樣實在相當美麗………

「──────啊！」

突然間靈機一動的我打了一個響指。

「怎……怎麼了？」

「等一下再跟妳說明，先往這邊。」

我推著亞絲娜的背，小跑步移動到貢多拉乘船處相反方向的北側碼頭邊。

這個地方沒有船埠，所以從石頭堆積的柵欄到水面有一段相當的落差。但是貢多拉也因此而浮在低處。

「啊……我有不好的預感。」

亞絲娜一面這麼呢喃一面後退，我則是緊緊抓住她斗篷的衣角。

「別擔心，沒問題啦。」

「怎麼可能沒問題！我才不要呢！」

「放輕鬆放輕鬆。」

「想做的話你就自己去做啊！」

雖然這麼拌著嘴，但是視線還是看向水路的左右兩側。

幾秒鐘後，右側有一艘十二人座的超大型貢多拉慢慢往這邊靠近。我迅速往左邊看去，就發現很幸運的也有一艘同樣尺寸的貢多拉緩緩接近。計算兩艘貢多拉在似乎是右側通行的水路擦身而過的地點後，我就向左邊移了三公尺左右，接著往後退了五公尺左右。

「好，五秒前開始倒數喔。」

「我……我說過不要了吧！」

「哎呀，真不像是AGI應該比我高的亞絲娜小姐會說的話呢。」

「嗚……這……這種說法太狡滑了……」

「亞絲娜小姐應該能輕鬆過關吧，因為妳甚至還有奔馳技能啊。」

「我剛才不是把它換掉了嗎……等等，唉，算了，我知道了啦！」

「好了，五秒前，四、三、二、一……」

數完零後我和亞絲娜就開始助跑。把右腳踩到低矮柵欄上，用力跳起。

看來羅畢亞的水路基本上都是右側通行，我首先用力將左腳往從左邊靠近的大型貢多拉船頂伸去。好不容易腳尖掛到上面然後整個人移過去後，船就跟著晃動了一下，船內的觀光客們則發出驚叫聲。一邊說著「對不起！」一邊橫跨船頂，接著再次跳躍。

在空中稍微瞄了一下背後，就看見亞絲娜也跟了過來。因為她的跳躍力還超過我，所以理論上我能跳過的距離她應該也沒問題才對，但我還是暗暗感到安心，然後降落到由右邊過來的第二艘貢多拉上。

這邊船上的乘客可能已經注意到在玩忍者遊戲的玩家了吧。他們抬頭看著在油燈照耀下華麗飛翔在空中的亞絲娜，發出了盛大的歡呼、口哨以及拍手聲。想著沒有挨罵真是太好了的我橫越船頂，開始第三次跳躍。

——但是……

「嗚咿……」

對岸比想像中還要遠。我在空中胡亂擺動雙腳，並把雙臂伸到極限，指尖才好不容易碰到碼頭的角落。

「砰啪！」一聲後我就整個人貼在牆壁上，而頭上則是傳來輕巧的落地聲。

抬頭一看，漂亮著地的亞絲娜，正雙手扠腰露出「真受不了你」的表情。

「我說啊，沒自信的話打從一開始就別這麼做啊。」

但是我根本沒有回答她的餘力。因為我非常能夠理解貢多拉的乘客們發出盛大歡呼聲的理由。

「那……那個，亞絲娜小姐。」

「……什麼事？」

「那個……角……角度上有點危險……」

「危險？哪裡危險……」

說到這裡就中斷的細劍使，以狐疑的表情看著吊在自己腳下四十公分處的我，下一個瞬間，臉就紅到連在微暗中都能看得清楚。

「快點上來，不然我要踩你嘍。」

「好……好的，立刻上去！」

回答完後，我馬上爬上碼頭。

正方形的羅畢亞市街，因為十字形交叉的——正確來說，由於中央有轉移門廣場，所以交叉點本身並不存在——主要水路，大致上可以分為四個區域。

以北邊為上方的話，右上角是公園與廣場、戶外劇場等觀光區域。右下是擠滿各種商店的商業區。左下則是聚集大小旅館的住宿區。而左上——我們到訪的西北地區，是有許多ＮＰＣ居民的家密集存在的老街區域。

當然，各區域內側也被狹窄的水路細分成許多區塊，沒有船的話根本無法移動。但不論是什麼樣的水路，只要等待就會有貢多拉過來，我們只要選擇兩人座的船並叫住對方就可以了。這次對ＮＰＣ的船夫不是說出地名而是指定座標為目的地，自動平均分攤了乘船費用後，才鬆了口氣並坐到船前後的兩個座位上。

迷你裙細劍使小姐在確保船頭的坐位時心情立刻變好，以閃閃發亮的眼神看著左右兩側的街道。雖然這裡應該是羅畢亞最樸實的地區，但充滿生活感的住宅區也確實別有一番風情。玄關門廊的水邊有小孩子在水面玩著玩具船，介於鴨子與海鷗之間般的水鳥家族從他們旁邊游過。廚房的窗戶透出晚餐的聲音與香氣，溫暖的橘色光線照耀著水面。

「啊，那邊的房子好像在出售喔！」

看向亞絲娜所指的方向，發現確實有間小小的兩層樓建築物的門上吊著寫有「ＦＯＲ　ＳＡＬＥ」的木牌。

「喔喔，真的耶。這種地方竟然有玩家房屋。」

「不知道要賣多少錢……」

我以帶著苦笑的聲音對眼睛更加閃亮的伙伴搭話道：

「還是不要看價格比較好。妳會很沮喪的。」

「我也知道很貴啊。但是，想著只要努力就有一天買得起是我的自由吧！」

「嗯……嗯，是沒錯啦……但是我建議不要買這個城鎮的房子。只有觀光的話確實很漂亮，但住在這裡光是要移動就很大費周章了。」

亞絲娜很意外地乖乖對我的建言點了點頭。

「說得也是。住在這裡的人們，每天都不知道是怎麼去買東西的喔？」

「說不定是在我們看不見的時候拚命地游泳呢。」

「別說這種煞風景的話。但是……要買的話，我會選擇能看見湖的普通房子。」

如此宣言後，她再次轉向前方。

老實說，我是那種與其花大筆金錢買玩家房屋，倒不如住在便宜旅館裡，把剩下來的錢用在裝備上的人，但是以亞絲娜的行動力，說不定哪一天真能買下湖畔的房子呢。那個時候我就去借住……不對，一定會被她拒絕吧。

當我想著這些事情時，貢多拉也在狹窄的水路中流暢地左彎右拐，不到十分鐘就到達目的地了。

位於小小船埠前方的，是一棟相當大但是也很老舊的建築物。玄關之外，鄰接水路的地方還有兩扇大門算是這裡唯一的特徵，可以說是相當普通的民宅。

我歪著頭靠近建築物後，就先從骯髒的窗戶往裡面窺看。

結果發現同樣是相當凌亂的房間深處，有一名背對我們坐在椅子上的老人身影。可能是想太多吧，總覺他頭上的金色「！」符號似乎有些暗沉。他確實是任務NPC沒錯。

「……亞魯戈小姐竟然能找到這種地方的任務。」

亞絲娜的感想也讓我深深點著頭。

「這已經不是鼻子靈敏可以形容了……總之，先進去看看吧。」

回到玄關，我就敲了兩下門。過了整整五秒鐘後……

「門沒有鎖，有事情的話就自己進來吧。」

才傳來這種冷淡的回答。

——有預感這是很花時間的任務！

我一邊在內心發出這樣的呻吟，一邊打開老舊的門。

迎接我和亞絲娜的，是坐在似乎馬上就要散掉的搖椅上，右手拿著酒瓶左手拿著煙斗的老爺爺。正確來說，他只是用一隻眼睛瞪了我們一眼，所以根本不算迎接我們。

雖然額頭上稀疏的蓬髮與凌亂的鬍鬚都已經花白，但肌膚曬得黝黑，手臂與胸口的肌肉也相當發達。給人的印象是過去以力大無窮自豪，退休後卻沉迷於酒精當中的老水手。

和亞絲娜面面相覷，看見她眼中透露「全權交給你處理」的意思後，我就畏畏縮縮地說出承接任務時固定要說的發言：

「那個……老爺爺，你有什麼困難嗎？」

結果老人喝了一大口右手酒瓶裡的酒……

「沒什麼困難。」

然後隨即冷冷地這麼回答。頭上的「！」符號也沒有變成問號。

既然固定的發言沒有用，那麼這個任務，恐怕是要在街上到處聽居民所說的話才會引導玩家來到此地的類型吧。一般來說在這個過程裡就能知道正確的接任務關鍵發言，但這次是靠亞魯戈的超級嗅覺直接發現任務，因此現階段還不知道該說些什麼。

還是該先撤退，收集情報後再重新來過嗎？但已經花了時間與五十珂爾來到這裡了，空手而回實在太可惜。

認為至少也要得到什麼提示的我，開始環視起大概有十張榻榻米左右的房間。

如果是整潔的房間裡有什麼怪東西的話就很容易發現，但這個房間剛好相反。裡面實在有太多古怪的東西，不知道該拿哪一個來當成提示。除了有巨大的魚標本外，還有成綑的獸皮、生鏽的魚叉、大大小小的木材、內容物不明的罈子以及從中折斷的槳……不論看哪一個，都只能推測出他原本是個水手。

唉，看來只能乖乖撤退了……正當我準備放棄的時候──

「老爺爺，這種東西掉在地上很危險喔。」

亞絲娜一邊這麼說，一邊從搖椅的腳邊撿起某樣東西。

那是一根長十公分左右，有一半已經生鏽的鐵釘。大概是從這張老舊的椅子上脫落的吧。

老人瞥了一眼亞絲娜手上的釘子，不知道為什麼不愉快地用鼻子哼了一聲，然後再次喝了一口酒。面對朝我露出困擾眼神的亞絲娜，我也只能一邊苦笑一邊表示：

「把它放在那邊的桌子上吧。」

「嗯……」

亞絲娜點了點頭後，就準備轉過身子──

我卻在無意識中從她手上把釘子搶了過來。

「呀，你做什麼啦！」

「等等……這個不是一般的釘子。也不是……投擲用的飛針。斷面是四角形的釘子……我好像曾經在哪裡看過……」

我一面喃喃自語，一面在腦袋裡把幾個情報連結起來。

面對水路的兩扇大門。房間裡的皮革和木材。很久以前在現實世界的博物館裡看到的收藏品。封測時期不存在的任務。

——這個老人，大概原本不是水手。

我繞到老人正面，大大吸了一口氣後才對他說：

「老爺爺。請幫我們造船吧。」

3

這一定是個相當花時間的任務。

結果我的預感出錯了。

我和亞絲娜在第四層解的第一個任務——「往日的船匠」，已經不只是花時間了。它可以說是驚天動地、空前絕後，而且言語難以形容的麻煩任務。

「喂……反正也不能帶到其他層去，稍微妥協一下有什麼關係嘛？」

亞絲娜以完全無法溝通的聲音與表情回應了我的主張。

「才不要呢。既然要幫我們造船，我就要造一艘最棒的船。」

「是是是。順帶一提……一艘兩艘是大型船使用的單位，帆船或貢多拉使用的單位是一條兩條喔。」

「那就最棒的一條船！」

我們一邊進行這樣的對話，一邊走在夜晚的森林裡。

主街區羅畢亞東南方的廣大森林地帶，已經和封測時期一大片直立枯木的荒涼景象完全不同，變成了充滿生命力的模樣。樹木群枝葉幾乎要覆蓋整個天空的樣子與第三層的森林十分相似，但腳邊的地面卻不一樣。靴子總會陷進充滿水分的青苔當中，可以說相當難以行走。而且到處都有小小的湧泉，我從開始搜索到現在的三個小時裡，腳已經有四次踩到裡面去了。

之所以會沒有注意腳邊，是因為視線往上尋找東西的緣故。但是亞絲娜明明也一樣一直看著上方，結果不要說掉進泉水裡了，就連被樹根絆到都沒有。不知道是翻倒耐性值相當高，還是真實幸運值有所不同。

如果是後者的話，差不多也該讓我們找到了吧……我在內心這麼嘟囔著，並繼續無止盡的探索。

我們所找的，不是什麼美味的樹果，或者滿是甘甜蜂蜜的蜂窩。而是刻劃在樹幹上的四道爪痕——身為這個森林之主的灰熊，為了宣告這裡是自己地盤所留下來的記號。

如果是一般大小的黑熊，我們進入這座森林之後就已經打倒十隻以上了。老船匠只要我們帶「熊油」回去，即使是從一般熊身上得到的物品，應該也能讓任務進行下去才對。從這方面來看，這個任務的麻煩度其實是取決於挑戰的玩家。

但是亞絲娜卻無論如何都想從老人稍微透露其存在的森林之主身上取得油脂。

因為搜集到的素材品質，大概會影響到他為我們打造的船隻性能。

「……不過，真的有點意外耶。原本以為亞絲娜是不會拘泥於這種事情上的人。」

一邊藉由月光來搜尋灰熊爪痕一邊如此發言後，就從右側傳回簡短的問題。

「這種事情指的是？」

「啊……RPG裡經常可以見到這種花招。可以說是讓人埋頭於遊戲的要素……雖然不用獲得最棒的結果也能過關，但要努力也是玩家的自由喲……大概就像這樣吧。」

「聽你這麼說，好像我完全著了對方的道一樣，實在有點不爽……但是，這無關遊戲的花招，單純是我想這麼做。那個老爺爺的口氣聽起來像是不情不願，但實際上應該是想建造一艘最棒的船吧。」

「……原來如此。」

聽見這樣的話後，我也沒辦法再說「我們就妥協吧」。

三個多小時前，因為我們的委託而讓頭上符號由「！」變成「？」的NPC老人，呼出一大口菸斗的煙後才這麼回答：

——我已經不當船匠了。

——因為水運公會的傢伙，獨占了所有造船需要的素材。如果這樣還想找我幫你們造船的話……首先到東南方的森林去，把用來做防水處理用的熊油拿過來。不過為了你們好……遇到森林之主的熊時還是快點逃吧。雖然應該可以從那傢伙身上取得最高級的油脂……

雖然開頭就有令人在意的台詞，但老人隨即閉上眼睛，似乎完全不打算繼續說些什麼，所以我們也只有離開他的房子，再次搭著貢多拉從南大門離開城鎮，來到這裡——這就是事情大概的發展了。

主宰森林的熊在封測時期就已經存在，當時雖然到處尋找作為記號的爪痕，但是我最後還是一次都沒遇見。不過按照當時聽見的傳聞，據說六人小隊也被擊潰了好幾次。

雖然只有兩個人就挑戰這樣的強敵多少會有點不安，但等級已經比封測時期在此地探索時高出許多，而且不管再怎麼強，熊依然只是熊。應該不會吐火或者噴毒才對，而且也不會使用劍技。攻擊模式與一般的熊應該不會差太多，一定可以搞定吧……希望是這樣啦……不過亞絲娜願意放棄的話還是最好啦……因為我肚子又餓了啊……

就在思緒往來於正面與負面之間時，在我不知道已經抬頭看了幾百遍的老樹樹幹上——

「…………」

發現四道深深刻劃在上面的平行線，我隨即把視線移到走在前面的亞絲娜背部，一瞬間猶豫了一下後才叫住她。

「喂～有了喔。」

「咦，真的嗎？」

立刻跑回來的亞絲娜，抬頭看著我指的方向後，表情也變得開朗起來。

「真的耶！嗯……只要在這棵樹附近等待，不久後就會湧出了吧？」

「應該是這樣。」

「那稍微在這裡休息一下吧。得先確認一下藥水……之類的……」

原本相當快的說話速度急遽變慢，讓不知道發生什麼事的我看向細劍使的臉。這時皺起細眉凝視著全新標記的亞絲娜，最後以低了三度左右的聲量呢喃道：

「……我說桐人啊。那個標記，在比我預料中還要高出許多的地方耶……」

「咦？」

再次把視線移回爪痕上的我，計算從地面到該處的高度。二、四、六……大約有八公尺。

「……能夠抓到那種高度的熊，是什麼樣的熊啊？」

「那當然是……直立起來後，大約有八公尺左右的熊……吧……」

「……那已經不能說是熊了吧……」

聲音越來越小的我們背後，傳來一聲沉重的震地聲。

畏畏縮縮地回過頭去，就看見近在咫尺的距離前，有一座小山蹲踞在那裡。

對方的每根毛都像針一樣粗，還有一身灰色毛皮。牠的兩顆眼珠閃耀著鮮紅光芒，從嘴裡露出兇惡獠牙。而且還長著如短刀般巨大的爪子，宛如圓木一樣強壯的四肢。以及額頭上那烏亮銳利的——角。

「………嗯，那的確不是熊。還長著角呢。」

這麼呢喃的同時，像熊又絕對不是熊的巨大野獸頭上，就出現了深紅顏色浮標。顯示在上面的名字是「Ｍａｇｎａｔｈｅｒｉｕｍ」——應該是「大王巨熊．烏姆」吧。

「咕嚕嚕嚕……」

這頭巨大野獸同時又發出完全不像熊的低吼聲，然後緩緩直立起趴著的身體。

不知道究竟有多高的軀體遮住月光，讓我們周圍變成一片黑暗。在漆黑影子上部發出絢麗光芒的雙眼，高度果然將近有八公尺左右。

「……亞絲娜，冷靜一點。」

我以沙啞的聲音如此呢喃。

「以那個身軀來看，動作應該不可能太敏捷。我們要一直穿梭在樹木之間，不能讓牠直線突進。」

想起之前戰鬥的普通尺寸黑熊都喜歡直線的突進攻擊後，我做出這樣的指示，搭檔也默默點了點頭。我們同時握住左腰和背後的劍柄並迅速拔劍。亞絲娜的「騎士細劍＋５」與我的「韌煉之劍＋８」聚集了一些燐光後就閃爍著光芒。

像是對這些光芒有所反應般，大王巨熊．烏姆再次低吼，並張開巨大的下顎。

我和亞絲娜迅速飛退，躲到雄偉的老樹後方。往前衝過來的大王巨熊．烏姆頭部猛烈撞上樹木後，應該多少會有昏迷效果。趁那個機會賞牠一記劍技，然後確認牠損失了多少血量。

但我這樣的計畫，在一秒鐘後就輕鬆地被無效化了。

大王巨熊．烏姆的喉嚨深處開始閃爍著紅光。那是在死亡遊戲化的艾恩葛朗特裡首次見到──但是封測時期多次在更上層看見過的，美麗又凶惡的光芒。

這是火焰吐息的前兆特效。

我馬上捨棄躲在樹幹後面避開攻擊的選擇。火焰攻擊和第二層的樓層魔王「公牛國王．亞斯特里歐斯」吐出的閃電吐息不同，具有在某種程度下可以繞過障礙物的性質。就算大樹可以撐過火焰攻擊，躲在後面的我們也很可能會被燒成焦炭。

這樣的話，就往橫向衝刺吧。但是大王巨熊．烏姆的紅色雙眼已經緊緊盯著我們。就算往旁邊逃走，也很可能會改變發射方向。附近一定還有更確實的回避方法才對……

「──這邊！」

在霎那間的靈感驅使下，我一用左臂緊抱住亞絲娜纖細的身體，就往正後方跳去。一步、兩步、三步後來到目標的地點。也就是在探索中讓我大為困擾的，直徑雖然小但是水相當深的湧泉。

當毫不猶豫地跳進泉水的同時，大王巨熊．烏姆的嘴裡就迸出橘色火焰。

連頭頂都沒入冰冷水裡的下一刻，水面就出現鮮紅光芒。我一邊把亞絲娜壓到泉水底部，一邊拚命縮起身體。

火焰整整肆虐了將近五秒鐘左右，原本冷到結凍般的泉水溫度立刻急速上升。雖然擔心不會就這樣直接沸騰吧，但水溫升到跟較熱的洗澡水差不多時吐息就結束了。水面變暗的瞬間，我就急忙跳了出去。

跟著我爬上地面的亞絲娜，在長髮與斗篷衣角不停滴水的狀況下呢喃著：

「那絕對不是熊。」

「我也這麼認為。」

我同意她的看法，並確認四周的情形。

大王巨熊．烏姆沒有改變位置。但是那傢伙前方的地面已經燒得焦黑，目前正不停地冒煙。我原本打算拿來當成障壁的大樹，雖然沒有倒下來但整體來說已經變成白木炭狀態。看來火焰果然會繞到樹幹後方。

「怎麼辦？要逃走嗎？」

在準備與情報都不足的狀態下，要挑戰這個強敵實在太過危險，如此判斷的我雖然說出這樣的提案，但是亞絲娜卻沒有立刻附和。

「……雖然沒有硬和牠作戰的打算，但至少要多收集一些情報吧。掌握那隻熊的攻擊模式，下一次才能把牠打倒。」

「…………」

我一邊凝視著距離二十公尺外緩緩開始移動的大王巨熊．烏姆，一邊迅速思考。

如果附近有湧泉的話，應該就可以在毫髮無傷的狀態下躲過火焰吐息。牠應該沒有其他的特殊攻擊了才對。光是看那如同小刀般的爪牙，就能知道物理攻擊力應該也頗高，但可以利用附近的大樹當盾牌。

「……我知道了。那麼，我們一邊回到城鎮的方向，一邊收集那個傢伙的情報。」

「了解了。」

我們迅速互相點了點頭的同時，大王巨熊．烏姆也開始前進。

一開始是悠然地四足步行，但在某個瞬間，忽然就像被按下開關一樣往前突進。與第二層的練功區魔王，超巨大牛「球首公牛．巴烏」同等級，肩膀高度幾乎有四公尺的巨大身軀，一邊撼動著大地一邊往這裡衝過來的模樣，只能用恐怖兩個字來形容。

「倒是那個傢伙，別說是有名字的怪物了，根本是中魔王等級了嘛……！」

「可以確定的是絕對不是熊！」

我和亞絲娜一邊這麼抱怨，一邊拚命跑著。我們繞到大王巨熊．烏姆的右側，試著從牠突進的軌道上逃離，但敵人果然也轉頭追了過來。

不過我們也不是隨便到處亂跑。只要大王巨熊．烏姆和我們之間有結實的巨樹，我們就會保持在那個位置上。

「很好……就這樣衝過來吧！」

只要牠的頭部猛烈撞上樹幹直徑應該有兩公尺的大樹，應該會有幾秒鐘無法動彈的時間吧。我帶著這種期待的發言——兩秒鐘後就變成了驚愕的叫聲。

「不會吧！」

大王巨熊．烏姆雖然按照我的計畫，絲毫沒有減速就撞上大樹，但長在額頭那根又粗又短的角，簡直就像是巨人的槌子一樣，直接把粗大的樹幹搗碎。

幸好牠在這時候停止突進，但怪物熊在緩緩傾倒的巨樹後方，發出震耳欲聾的咆哮聲。

「呀滋咕嚕啊啊啊啊！」

我一邊承受這幾乎要造成耳鳴的大音量，一邊呢喃：

「亞絲娜，熊的天敵是什麼？」

「雖然那不是熊……但現實世界的話，大型的熊沒有天敵。雖然好像偶爾會輸給老虎和殺人鯨。」

「這……這樣啊。那弱點呢？」

「所以說，為什麼要問我啊？呃……我記得曾經在書上看過，鼻梁好像是弱點……」

「鼻梁嗎……」

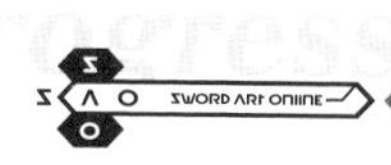

我一邊這麼重複，一邊凝視著開始移動的大王巨熊·烏姆。

額頭雖然被角保護著，黑色鼻頭卻是毫無防備。但是，就算是四足步行狀態也是在高達三公尺以上的地方，跟平常一樣揮劍也無法擊中。雖然跳躍系的劍技或許有辦法命中，但要是牠對我們的攻擊產生反應而站起來就完蛋了。

「唔唔唔，真想要有魔法……就是能以冰凍加上物理屬性的冰錐不停轟炸的那種……這樣的話一定能不斷產生會心一擊……」

「別做這種破壞世界觀的妄想，快點決定要怎麼辦吧。」

迅速把我打從心底的願望否決掉後，亞絲娜就朝不知道什麼時候打開的視窗地圖瞄了一眼。這時我也跟著看向設定為小隊成員可視化的地圖。

目前的位置是在城鎮羅畢亞東南方廣大森林，接近中央部位。北邊與東邊都被直立的山崖包圍，後面就是之前的溪谷。地圖上雖然仍是呈現灰色，但是根據封測時期的記憶，南邊確實也是山崖才對。由森林到河面的距離大概將近五十公尺，就算下面是水，也不知道能不能承受得了落下傷害。

也就是說，跳進河裡逃走的最後手段已經無法使用。只能想辦法從西側離開森林，然後逃進羅畢亞的圈內了……

「喂……」

大衣的左袖忽然被拉了一下，我就把從地圖上移開的視線朝向亞絲娜的側臉。

「那隻熊，不只是在吐完吐息之後，撞倒樹之後好像也無法馬上行動喔。」

「…………」

聽她這麼一說，我就開始確認大王巨熊．烏姆的模樣。

以額頭的角將大樹從根部撞斷的巨熊，雖然不致於陷入昏迷，但還是蹲低身子由喉嚨裡發出咕嚕咕嚕的聲音。當然靠近的話就會發動攻擊，但確實如亞絲娜所說的，吐息攻擊與粉碎巨樹後似乎有一陣子無法移動。

也就是說，只要利用這種習性，要逃走並不是一件難事。

「弱點之一……不對，沒辦法稱為弱點嗎……」

我馬上收回自己所說的話。雖說是能夠用來逃走的習性，但想打倒牠的話還是得靠過去才行。而且足以阻止那傢伙突進的大樹數量有限。在一定的區域戰鬥的話，樹一定馬上就會被牠全部撞倒……

這時想到這裡的我，忽然注意到某種異常。

怪異的不是我、亞絲娜或者是大王巨熊．烏姆。而是那傢伙的腳邊——數十秒前被撞斷的大樹，根部和樹梢已經像玻璃一樣粉碎且消失了，但樹幹的一部分卻還殘留在地面上。

掉落在地面也不會消失的物體，那也就是能夠收集的道具了。

「……那個，亞絲娜小姐。妳道具欄的容量還夠嗎？」

這麼問完後，才想起這個人的道具欄裡好像裝滿了小型的布料裝備。

但是亞絲娜卻露出似乎看透我想法般的表情與聲音回答：

「還有一定的容量。我說過利用裁縫技能製作的衣服之類的，已經全部把它們變回布料了吧。」

「對……對喔，確實如此。那麼……很抱歉，我會去誘導那隻熊，妳就幫忙撿起掉在那傢伙腳邊的圓木，然後確認道具名稱以及可不可以收進道具欄裡面。」

眼睛裡雖然露出淡淡的懷疑之色，但亞絲娜立刻點了點頭。

「了解。」

大王巨熊．烏姆剛好在這個時候再次開始移動。與大樹劇烈衝突後的停止移動時間大概是五十秒吧。吐完火焰吐息之後大概停頓了二十五秒，所以只要有效利用這些空檔時間，應該就不難脫離現場了。

我帶著「拜託妳了」的意思輕拍了一下亞絲娜的左臂，然後從躲藏的草叢後面跳了出去。

「在這裡啦，大笨熊！」

叫完就開始往熊的右側跑去。大王巨熊．烏姆以不符合巨大身軀的敏捷速度轉換方向，踩著沉重腳步震動地面朝著我追來。

先不管作為特殊攻擊的猛烈突進，單純的移動速度似乎是我快了一點。但被潮濕青苔覆蓋的地面還是隨時潛藏著跌倒的危險，也有可能被樹根與細流絆住腳部。我就這樣盡最大的努力注意著腳邊，將熊誘導向北方。

把牠從亞絲娜身邊拉開三十公尺以上的距離後，我就停下腳步回過頭去。

雖然不認為第一次遇見就能打倒這隻強敵，但還是稍微想抓住一點近身戰鬥的感覺。我舉起右手的韌煉之劍，等待著一直線靠近的巨熊。

「啾咕咕嚕哦！」

隨著很難想像是哺乳類的吼叫聲衝過來的大王巨熊．烏姆，高高舉起比人類身體還要粗的右前腳往下揮落。

藍白色月光照耀下的鉤爪，散發出飢餓的猙獰光芒。

我以劍技「斜斬」迎擊轟然揮落的前腳。淡藍色特效光包圍的厚實刀刃，與四根鉤爪劇烈碰撞。過於強烈的衝擊，直接從虛擬角色的手臂貫穿肩膀、腰部以及腳邊。

整個人往後退的我，背部撞上樹幹才總算是免於跌倒。

大王巨熊．烏姆當然不可能會跌倒，但被彈回去的右前腳還在空中游移。看來如果是普通攻擊的話，大概勉強可以用劍技來防禦。不過我經過「銳利度＋4、耐久度＋4」強化的韌煉之劍＋8才好不容易打成平手，能力在此之下的劍很可能會被打回來。

我一邊確認踏腳處，一邊瞄了一下雙方的HP條。敵人當然是毫髮無傷。我也只有剛才撞上樹木時稍微減少了一點HP，但還沒受到什麼大太的傷害。

「……那這次換我進攻了。」

低聲呢喃完後，我往前跨出一步。

雖然不可能是對挑釁的發言有所反應，但大王巨熊．烏姆的雙眼閃露紅色光芒，發出「啾嚕嚕……」的低吼。牠的兩隻前腳往地面一推，緩緩撐起巨大身軀。

直覺牠又要施放火焰吐息的我，立刻往後方瞄了一眼。樹林深處，有一窪小小的水面正發出藍光。只要跳進那裡面就能跟剛才一樣躲開吐息，但我硬是壓抑恐懼的心情站在現場。

直立起八公尺巨大身軀的灰色怪物，發出風箱般的聲音吸進大量空氣後，隨即大大地張開下巴。

瞬間，我不是後退而是往前衝刺。往側面回避的話攻擊一定會尾隨過來，但是背後則還沒有嘗試過。跑過與熊之間的一半距離時，頭上就出現鮮紅的光芒。吐息隨著刺耳的轟然巨響從銳角發射出來，我則為了鑽過它而繼續往前跑。

直接擊中正後方的火焰，產生灼熱的旋風，拍打著我的背部。

「好燙啊！」

即使這麼大叫著，我還是利用這陣風，衝過最後這幾公尺的距離。衝過宛如大樹的雙腳中間，也就是跨下之後來到大王巨熊．烏姆背後。我一個緊急剎車，接著轉過身子。果然正如我所期待的，熊沒有轉過身來，還是持續朝自己正前方的地面吐火。

——機會來了！

我揮舞著愛劍，瞄準目標。雖然身體長度的比例像一般的熊一樣短，但尾巴卻有酒桶那麼大，我朝著該處發動突進系劍技「音速衝擊」。

黃綠色軌跡撕裂微暗空間，我的身體在系統輔助從後面推進下迅速往前跳躍，劍也擊中了熊距離地面三公尺高的尾巴。

「滋喀」的聲音後就是確實的手感。熊巨大的身軀整個後仰，遭到中斷的火焰吐息殘渣劃出幾道弧線後掉落到地上。

我一個後空翻著地的同時……

「滋呀嚕哦嗚！」

發出尖銳叫聲的熊雙腳碰到地面後就開始筆直往前衝。直到離我相當遠的距離後，才終於轉過身子。

牠的雙眼燃燒著紅色怒火——看起來似乎是如此，尾巴雖然不是像鼻梁那樣的弱點，但似乎也是能產生會心一擊的部位。凝視著一起遠去的顏色浮標後，發現雖然不多，但確實已經削減了ＨＰ條。

「……很好！」

第一次給予敵人像樣的傷害，讓我輕輕握住左拳。

「一點都不好啦。」

可能是在我沒注意的時候追上來的吧，左後方傳來熟悉的聲音。急忙轉過頭去的前方，就看見暫定搭檔冷冰冰的傻眼表情。

「明明說要逃走，結果卻很努力地在戰鬥啊。」

「沒……沒有啦，這只是為了收集情報……」

說完這樣的藉口，才想起剛才拜託她的事情。

「對……對了，倒是圓木怎麼樣了？」

「我確實把它撿起來，也放到道具欄裡了。應該還可以撿個五根左右。道具名稱是『良木的心材』。」

「…………」

我花了一秒鐘處理得到的情報並做出結論：

「那大概也和『熊油』一樣，是貢多拉的素材。」

「咦……」

「雖然像這樣破梗可能很掃興，但我認為這個任務是『讓人去同樣的地方好幾次』的類型。把最初委託我們的熊油拿到老爺爺那裡去後，他應該又會說拿木材過去吧。其他應該還有一兩種非得到這個森林來收集的素材。」

「……這也就是說，說不定木材也跟油脂一樣有普通與高級之分嘍？」

亞絲娜跟平常一樣發揮了敏銳的直覺，我則對她點了點頭。

「普通木材的話，應該用斧頭把附近的木頭砍倒就能採集到了吧。但是高級品，應該就只有利用『採伐』技能砍下的大木頭才能得到吧。」

「……那不就只能提升這個技能了嗎？」

看來關於船的一切真的完全不打算妥協的亞絲娜，如此斷言之後就皺起眉頭。

「咦，但是我剛才撿的圓木，名稱有『良木』兩個字。這應該是高級品的意思吧？」

「嗯。應該也準備了就算沒有採伐技能也能取得高級木材的密技吧。也就是利用那隻巨熊……」

快速說完這些對話後，巨熊似乎也從尾巴遭到痛擊的傷害裡恢復過來。牠開始以四足步行往這邊移動，然後低下長了角的頭部。這是突進攻擊的前兆動作。

「又要來了！快找大樹……」

「那邊。」

在我看著熊的期間已經先行確認過周圍的亞絲娜，迅速指著西南方向。聳立在夜空中的漆黑樹影，尺寸確實不輸給幾分鐘前才被粉碎的巨樹。

「好……好吧，就到那棵樹那邊……」

「要誘導牠去撞樹吧？又有圓木掉下來的話，就由我來撿，你就尋找下一棵大樹並誘導牠吧。」

「……了……了解。」

亞絲娜這時展現出過去從未見過的幹勁，接著就在互相做出指示的情況下，讓巨大噴火熊劇烈撞上大樹多達十二次。

「良木的心材」的掉寶個數由零個到三個不等，雖然我們因此一下子焦慮一下子歡喜，但是在開始習慣對付巨熊的方法時，兩個人的道具欄容量就幾乎要全滿了。早知如此，就應該取得「所持容量擴張」技能……我腦海裡又浮現這固定的想法，然後小聲對著身邊的搭檔說道：

「雖然不知道這樣的數量夠不夠拿來造船，但已經裝不下也沒辦法了。趁那個傢伙坐在地上的時候，我們快點脫離回到街上去吧。」

「還沒獲得『熊油』耶。」

立刻被她這麼指責，讓我不由得嚇了一大跳。

「這……這樣啊……不把它交給老人，任務就無法繼續嘛。嗯……只找普通熊取油這樣的折衷辦法……」

「不行。」

「我想也是。」

用力點了點頭的我，看向稍遠處在突進後進入蹲坐模式的大王巨熊．烏姆的ＨＰ條。

在誘導當中數次找到空檔攻擊了牠的尾巴和腳，所以血條已經減少到九成左右——雖然很想這麼認為，但這裡應該是要用還有將近九成來形容吧。真的想打倒牠的話，就不能跟之前一樣採取以回避為主的行動，而是必須冒著危險挑戰近身戰鬥。

突進攻擊似乎只有在拉開距離的時候才會使用，而吐息已經確認過即使在眼前也會發射了。我不認為每次「鑽胯下」都會成功，也不保證附近一定都剛好能找到湧泉。考慮到湧泉被火焰烤過後一瞬間就變成溫泉，就知道不能持續拿同一個地方來當避難處。

——這時亞絲娜像是看透我的擔心般這麼說道：

「那邊有一個近距離內就有四處湧泉的地點。依序使用的話，或許能夠連續躲過吐息。」

「這……這樣啊。」

真是令人佩服的觀察力與判斷力。

我一邊確認巨熊的情況，一邊對著細劍使提出一個問題：

「亞絲娜。這應該不是……意氣之爭吧？」

「咦…………？」

我瞄了一下她的臉，然後繼續說道：

「想要那個老人幫忙造出最棒的船。所以想收集最高級的素材。妳剛才是這麼說的。但是，如果這是心中不想輸給這個遊戲的心情讓妳這麼說……那我就不贊成和這隻熊作戰。因為在這款遊戲，不對，應該說在這個世界裡，我們的勝利並不是完美地完成任務，而是……」

「一直活下去。」

亞絲娜以呢喃般細微，但是相當堅定的聲音這麼回答。

「別擔心，我不是只拘泥於結果。是真的認為我和你應該能夠贏過那隻熊。這就是我最大的動機。」

聽到她這麼說，我也只能苦笑著點點頭了。

「……那有一個條件妳要先答應我。就是下一次我說要逃走時，絕對不能反對，要馬上拔腿就跑。」

「我知道了。」

聽見她立刻這麼回答後，我也就下定了決心。大王巨熊．烏姆雖然是強敵，但持續觀察了二十分鐘以上的結果，就能知道牠的行動模式不是太複雜。只要保持集中，就有機會獲勝。

「開始接近戰之後，首先由我用劍技把那個傢伙的攻擊彈回去，接著就切換由妳給牠一擊。就算覺得可以使用劍技，也不要繼續追擊。」

「了解。」

「那……我們上吧。」

互相點頭的同時，熊的蹲坐模式也結束了。我一邊瞪著以四足步行前進的巨大身軀，一邊把多餘的思考屏除在外。

重新握好右手的愛劍，往潮濕的地面一踢，就先朝著亞絲娜發現的泉水密集地點衝刺。

4

真是太小看她了。

完全沒想到竟然會這麼厲害。

亞絲娜的劍技與騎士細劍＋5的組合，只能以驚異來形容其準確度與威力。

「看，我就說可以贏吧。」

經過長達五十分鐘──有一半是為了讓牠折斷大樹而到處奔跑──的戰鬥之後，亞絲娜一邊露出滿臉笑容一邊這麼肯定地說道，而我只能夠抬頭看著她。

雖然臉上已顯疲態，但不像我這樣癱坐在地上，亞絲娜立刻就開始確認起掉寶道具。剛以指尖輕敲了一下新入手道具欄，她就發出壓抑的歡呼聲：

「哇，太棒了！掉了四瓶『夢幻熊油』喲。其他還有毛皮、熊爪……另外這是……『火焰熊的熊掌』？」

「還是不要實體化比較好，應該會出現極血腥的物體。」

一邊這麼說，一邊嘿咻一聲站起來後，我也打開了視窗。

我這邊也掉了三瓶熊油。這樣應該不會不夠了吧。雖然也得到了毛皮和熊爪，但不知道該說是可惜還是不幸，沒有獲得熊掌。取而代之的是一根「火焰熊的硬角」。這應該就是長在大王巨熊．烏姆額頭上的那隻角了吧。

最後確認了一下時鐘才把視窗消掉，然後大大地伸了個懶腰。時間已經超過晚上十一點，雖然傍晚短暫休息了一下，但還是有沉重的疲勞感。

「呃……亞絲娜小姐？」

「什麼事？」

「回到城鎮後，馬上要去進行任務報告嗎？」

「當然要去嘍。」

「我想也是。」

希望船匠老爺爺還沒有睡覺。腦袋裡這麼想的我，開始不停點著頭。

回程的路上，只遇到過一次植物型怪物「高帝食人草」，沒有什麼太大的困難就回到主街區羅畢亞的南門。招了隻似乎是二十四小時營業的貢多拉，直接到城鎮的西北區域。

到達老人家裡時已經是晚上十一點五十分，但窗戶的燈光還沒有熄滅，所以我也就不客氣地敲門了。我們兩個人就並排站在依然深坐在搖椅上，不斷享受右手酒瓶裡的酒與左手上菸斗的老人面前。

「我們把熊油拿過來了。」

亞絲娜一邊這麼說，一邊把實體化的油脂——當然不是一整塊，而是裝在小壺裡——交出去，老人隨即動了一下一邊的眉毛。

「這個味道……你們拿到森林之主的油脂了嗎？」

裝著威士忌的酒瓶滾落到地上。指節分明的右手搶奪般把小壺拿過去後，任務記錄就隨著「鏘啷」的效果音繼續進行。

「哼，但是這樣還不夠。」

老人「喀咚」一聲把小壺放到旁邊桌上。和亞絲娜面面相覷後，這次由我從自己的道具欄裡拿出小壺交給老人。即使這樣老人還是沒有點頭，雖然因為可能要再次狩獵巨熊而感到戰慄，不過幸好在交出第四瓶油脂後就響起第二次效果音。

「哼，好吧。看來你們是真的想讓我這個老不死的幫你們造船。」

「那是當然了。拜託你了，老爺爺！」

雖然不可能被亞絲娜這樣的發言打動，但老人把左手的煙斗也放到桌上後就舉起雙手。先是不停蠕動帶著幾道舊傷的十根指頭，接著再次無力地把手放下來。

「……我不是說過了，水運公會那些傢伙，把所有造船的材料都拿走了。要造船還需要大量的木材。而且還是只生長在東南森林裡頭的，像是樺樹或者橡樹這種堅固的木材。」

隔了一段時間後，他才像是要吊人胃口般繼續表示：

「但是，最好的造船木材應該還是柚木吧。從古老的柚木大樹取出中心的精華部分，就可以造出很堅固的船。只不過，沒伐過木的外行人是沒辦法取得那種木材啦……」

任務記錄繼續進行，「往日的船匠」第二階段開始了。

我和亞絲娜立刻從視窗裡把「良木的心材」實體化。

當帶著紅色的圓木直接立在地板上的瞬間，老人似乎稍微瞪大了眼睛，不過那應該只是我想太多了吧。

當老船匠為了製造我們訂做的兩人座貢多拉而好不容易站起身子時，我和亞絲娜的道具欄裡已經消失了「夢幻熊油」四瓶、「良木的心材」八根、「火焰熊的爪子」六根——這經過加工後好像能當釘子——「火焰熊的毛皮」——同樣經過加工後能成為座位的椅面——兩張。

我一邊對道具的數量總算沒有不足感到安心，一邊注視著終於從椅子上站起來的老人。他橫越凌亂的房間，站在南側窗戶的一扇門前，然後從懷裡掏出鑰匙打開看起來十分堅固的鎖。

隨著沉重聲響打開的門後方，似乎是工匠道具的保管庫。可以看見巨大的鋸子、鐵鎚、鑿子以及木刨等大量道具緊緊排在一起，而且全都仔細地擦得閃閃發亮。

「沒想到還能有握住它們的一天……」

我則是在心中對著感慨良多的老人背部呢喃：

——大概從明天開始，你就會因為一大堆訂單而忙翻了吧。

雖然目前只有我和亞絲娜在進行這個「往日的船匠」任務，但也不能一直這樣把情報藏匿下去。因為隸屬於「龍騎士旅團」和「解放隊」的前線組玩家們，目前正在城鎮外面為了完成各種任務而拚命在水路上面游泳呢。

雖然很想看看這些高傲的領先者們，排出隊型以泳褲＋泳圈的模樣拚命游泳的光景，但這時候還是應該迅速把情報提供給亞魯戈，幫助他們製造船隻才對吧。雖然身為封弊者的我事到如今也不在乎形象變差了，但還是想極力避免亞絲娜遭到更加嚴重的排斥。

她原本就因為騎士細劍那令人驚恐的威力而在第三層的魔王戰裡備受矚目了。如果藉由「卡雷斯．歐的水晶瓶」而實質上增加了一個技能格子的事實再被發現的話，前線組的兩大勢力不是會開始認真地挖角她到自家陣營，就是………

不知不覺就陷入沉思當中的我，耳朵聽見老人走回來的腳步聲。

一抬起臉，就看見一份大捲軸被攤開在桌上。老人以右手拍了一下全白的羊皮紙，然後說道：

「那麼，決定你們想訂做的船型吧。」

任務記錄開始進行，眼前出現紫色視窗。看來是排滿了文字輸入欄與下拉式選單的貢多拉設計圖。最上方的所有者欄同時寫著我和亞絲娜的姓名。這應該屬於是共同進行任務的小隊所共有的物品。

「這是什麼?」

我感覺從旁邊伸出頭來的亞絲娜——雙眼似乎瞬間亮了起來。

「哇,好棒喔。即使是兩人乘坐的貢多拉,也可以決定造型、顏色與船的名字耶。」

由於她隨著興奮的聲音把右手手指伸了過來,我也就準備空出位置,結果視窗又跟隨著我移動。

「等一下。」

我急忙叫出小隊相關選單,把隊長換成亞絲娜。任務基本上是所有小隊成員同時進行,但是像這樣的操縱大多僅限於小隊的隊長。

從我這邊繼承操縱權的亞絲娜,眼睛立刻浮現出星星的圖案並轉過頭來這麼說:

「喂,要用什麼顏色?好像可以利用RGB色相環來自由設定呢。」

「我什麼顏色都可以……亞絲娜決定就好。」

「不行啦,系統上的所有人是我和你,得好好商量過才能決定。」

「好……好吧……那我選黑……」

「啊,但是黑色不行!感覺好像馬上就會沉船。」

「這……這樣啊……那麼，嗯……」

雖然很想趕快決定樣式然後回旅社去，但隨便說說也只會被識破害對方生氣，所以我就試著從理論方面來考慮。

「……嗯，我想船應該沒辦法收進道具欄，大概是停在下船的地方之類的，這樣還是晚上也能看見的顏色比較好吧……像是白色，或是橘色系……」

「對喔。那白色系應該不錯。但純白又太沒有變化了，你覺得有點象牙白的顏色如何？」

「很……很不錯啊。」

「嗯……大概像這樣吧。」

亞絲娜纖細的手指在ＲＧＢ色相環上滑動，然後指定高雅的象牙白。當我好不容易鬆了一口氣的瞬間，卻又有一大堆船首與船尾的裝飾零件、決定船緣和座位以及其他配色的副選單跑出來。

「這……這些就交給妳了。」

「真拿你沒辦法……那我就自己決定嘍。」

亞絲娜以帶著不滿的口氣，但是眼睛依然閃閃發亮的模樣重新面向選單，我則是悄悄離開她身邊，坐到桌子附近的小圓椅上。

結果在旁邊耐著性子攤開羊皮紙的老船匠就低聲沉吟著：

「一直以來，幫年輕女孩造船都得花上三倍左右的時間。」

「……原……原來如此，我又上了一課。」

而我也只能點頭。

最後當細部的顏色、包含各種裝飾零件在內的船體形狀、座位的形狀與配置以及其他構造都決定好時，時間已經超過凌晨一點了。但亞絲娜還是沒有顯露疲態，迅速回過頭來說道：

「那最後來決定船的名字吧。」

「嗚……名……名字……」

老實說，我對命名的品味完全沒有自信。因為目前使用的「桐人」這個名字，也只是隨便改了一下本名而已。

「這……這個……也可以交給妳就好嗎……」

畏畏縮縮地說出這樣的提案後，亞絲娜不知道為什麼就很嚴肅地點了點頭。

「其實，剛才腦袋很自然就浮現一個名字。」

「咦……是什麼名字？」

「嗯……我曾經在書上看過，外國經常會用女性的名字來當作船名……想到這件事，就覺得用基滋梅爾小姐她妹妹的名字似乎不錯。」

出乎意料之外的發言讓我不由得瞪大了眼睛。

在第三層遇見的黑暗精靈騎士基滋梅爾，在靜靜立於野營地角落的小小墓碑前這麼告訴過我。她說自己有一個身為藥師的妹妹，而那個女孩子在和森林精靈的戰鬥中犧牲了性命。

我記得，她的名字是——

「……是蒂爾妮爾小姐對吧。蒂爾妮爾號……很不錯的名字不是嗎？」

我一邊點頭一邊這麼說，亞絲娜就以平穩的笑容點了一下臉龐。

她在視窗上部中央一個字一個字輸入船名後，就對我招了招手。

「這樣應該沒拼錯吧？」

我從椅子上站起來，來到亞絲娜身邊確認了「Ｔｉｌｎｅｌ」這樣的文字列。接著再次點了點頭。

「那麼……一起按下確認鍵吧。」

「嗚咦？」

「怎麼，不願意嗎？」

「當……當然不是啦。」

用力搖了搖頭之後，我就把食指朝右下的確認鍵伸去。亞絲娜也做出同樣的動作，接著瞄了我一眼，只用嘴唇說出：「預備……」

當她要用力按下按鍵的前一刻——

「等……等一下！」

我這麼大叫並用力抓住亞絲娜的右手。

「做……做什麼？」

「沒有啦，這個欄位還沒有填……」

我指的地方是寫著「附加裝備」的下拉式選單。看見那個選單的亞絲娜就輕輕聳了聳肩。

「啊，那邊嗎？因為沒有出現任何選項啊。」

她邊說就邊戳了一下選單，結果浮現的副視窗上確實是空無一物。這恐怕是因為她沒有可裝備的道具吧。

「嗯……為了慎重起見，可以讓我檢查一下嗎？」

「請吧。」

亞絲娜同意後，隊長就再次變成我。

我重新點了附加裝備欄後──

「……喔，有東西出現了！」

「咦，什麼什麼？」

兩個人頭靠在一起窺看的小視窗上，浮現出來的選項只有一個。

「嗯……『焰獸的衝角』？」

一看見這個文字列的瞬間，胸中就自動浮現不祥的預感。

同樣皺起眉頭的亞絲娜也小聲呢喃著：

「衝角……好像是以前加在槳帆船上面的角對吧？為什麼貢多拉會需要這種東西？」

「還不知道需不需要就是了。看來是沒有素材就不會出現的選項……」

思考了一陣子後，就想到不清楚的話提問不就得了，於是我看向站在桌子對面的老人。

「那個……」

雖然如此搭話，但是卻不知道該如何稱呼對方，於是我重新看向帶著ＮＰＣ色彩的顏色浮標，結果就出現「Ｒｏｍｏｌｏ」這樣的表記。

「那個，羅摩羅先生。附加的衝角是必要的東西嗎？」

自認為已經盡量用簡單的方式提問了，但羅摩羅老人還是沒辦法馬上回答。覺得自己可能是用了應答模式裡不存在的提問，正準備重新發問時，老人就迅速用鼻子哼了一聲。

「如果只是在羅畢亞的街上乘坐，那就不需要那種東西了。但是……如果準備划到城鎮外面，就可能會有用到的機會吧。」

「你的意思是……可能會用船和怪物戰鬥嗎？」

「……可能會也可能不會。」

很難得會說出這種模稜兩可發言的羅摩羅老人，啪一聲拍了一下依然攤開的羊皮紙。

「不論如何，這都是你們的船。要不要加上衝角都是你們的自由。」

「…………」

我再次和搭檔面面相覷。

結果先開口的人是亞絲娜。

「……擁有必須素材的人是桐人，就交由你來決定吧。」

「咦……咦，可以嗎？」

「其他事情幾乎都是由我決定的，就讓你決定一個吧。」

回答的口氣雖然冷漠，但是她的內心似乎有複雜的感情。我一邊想像她內心的糾葛，一邊這麼說道：

「嗯……我也覺得在好不容易造好的貢多拉上加裝煞風景的武器不是很好。但是，我更不願意因為沒有加裝而讓船被怪物弄沉才感到後悔。從應該很稀有的巨熊身上掉下來可能也是一種天意，我們就把這隻角裝上去吧。」

「我知道了。」

我又對輕輕點了點頭的亞絲娜加了一句話：

「而且，衝角應該是裝在吃水線以下，平常應該是看不見才對。那麼……就設定為加裝衝角……」

我重新把操縱副選單的右手移到確認的按鍵上。然後和同樣這麼做的亞絲娜，再次一起說了「預備……」，而這次我們也真的按下了按鍵。

視窗隨著相當莊嚴的效果音消失，緊接著，老人攤開的羊皮紙慢慢浮現船隻的三視圖。幾秒鐘內就描繪完成的設計圖最上方，以漆黑的油墨大大地寫著「Tilnel」。

以誇張動作捲起羊皮紙的羅摩羅老人，發出嗯一聲後點了點頭說：

「那麼，我接下來要到下面去的工作室閉關了。完成後會通知你們。你們就先乖乖在這裡等待吧。」

老人抱著重新捲好的羊毛紙，再次消失在道具放置場當中。關上門後，就有「轟轟」的沉重震動讓地板跳動著。看來整間道具室本身就是電梯。

雖然有「想看看工作室！」的想法，但要是挨罵而讓任務失敗就是偷雞不著蝕把米，所以我就放棄潛入，大大伸了個懶腰。

「嗚嗚——嗯……呼，好長的一天啊。」

「船大概要多久才會完成啊？」

對於發揮超級急性子的亞絲娜，我也只能邊苦笑邊回答：

「現實世界的話大概要花好幾個月，但這邊最長就一天……不對，我想應該更短才對。像三五個小時之類的。我們公開任務的情報後，想造船的玩家就會蜂擁而至吧。」

「那個時候會變成怎麼樣？像第三層的黑暗精靈野營地那樣的……暫時性嗎？有多少玩家，這間房子內部就會分裂出多少數量？」

「應該不會才對，這裡是在城鎮裡面……我想應該是有人在裡面進行任務時，門就沒辦法打開吧……」

「咦……那假如是三個小時的話，這段時間內接下來的人就得在玄關前面等嘍？」

「再加上決定設計圖的時間，大概要三個半小時吧。這也就是說……最多一天只能造六到七組人的船而已……不過，三個小時只是我自己的直覺，說不定會更短……」

我聳了聳肩後，亞絲娜也用相當微妙的表情說：

「這種時候的直覺，通常都會莫名地很準喔。」

「抱……抱歉……」

「不用跟我道歉也沒關係啦。都是託你的福才能拔得頭籌。那麼……就相信你三個小時的預測，先回到旅社去吧。」

「關於這件事呢。我也是現在跟亞絲娜談到才發現的，說不定我們一離開這個房子，取船也會被當成是新的任務……」

「………那就算接到完成的通知後趕過來，如果有其他小隊在進行任務的話，在他們結束前我們就都得在房子前面等嘍？」

「我覺得這種可能性相當高。因為如果在把船取走前門都一直關著的話，如果沒有人來領取，不就沒有任何人能開始任務了嗎？」

「…………原來如此。」

緩緩點了點頭的亞絲娜，這時環視著凌亂的客廳。

「…………這樣的話，在完成之前，我們就只能在這裡等待了。」

「是啊……」

我雖然也游移著視線，但根本不知道羅摩羅老人是在哪裡睡覺，完全看不見床鋪、沙發或者是床墊。這裡只有通往玄關與道具放置場的兩扇門，也沒有任何暗門的樣子。

環視房間的我和亞絲娜，視線同時注意到的，是幾十分鐘前老人所坐的那張大搖椅。這是這個房間內，看起來唯一能夠暫時休息的地點。

我甩開剎那間的誘惑，說出了非常紳士的提議：

「我到那邊的地板上去睡，亞絲娜妳就睡在搖椅上吧。」

「…………但是……」

小聲如此呢喃的細劍使，側臉上出現比要不要在貢多拉上安裝衝角時還要明顯的猶豫。應該是顧慮到我，但是又沒有勇氣躺在骯髒地板上的緣故吧。喜歡乾淨的亞絲娜確實會有這樣的糾葛。

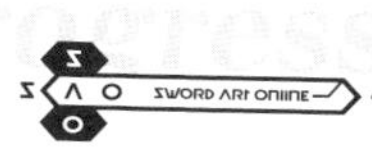

「沒關係啦，只要想到在迷宮區的安全區域裡野營，就會覺得有屋頂就謝天謝地了。而且哪裡都能睡可是我的系統外技能。妳就別客氣，到搖椅上……」

「擠一下應該就沒問題了吧。」

對方以這樣的話打斷了我的紳士發言Part2。

「咦？」

「……這張搖椅相當大，橫躺的話應該可以擠下兩個人吧。」

——橫躺？

不對，重點不是這個。

——兩個人一起？

我內心發出驚愕的叫聲。

在第三層主街區茲姆福特的旅社因為情勢發展而住進同一間房時，曾被亞絲娜用上肩投法丟出的謎樣水果擊中這件事還記憶猶新。擁有鐵壁般防護罩的亞絲娜小姐，竟然會提議一起使用這張兩個人一起躺顯得明顯狹窄的搖椅。

由於不清楚是應該表達感謝之意並堅決婉拒，還是順應對方的好意，我只能茫然站在原地。結果亞絲娜忽然把臉別開，將腰上的細劍收回道具欄裡就坐到皮革表面的搖椅上，然後將身體往外側旋轉九十度。

「……我要先休息了，要不要使用空下來的地方是你的自由。」

背對著我做出這樣的宣言後，忽然就陷入了沉默狀態。

又過了兩分鐘的僵直狀態，我才躡手躡腳地靠近搖椅。雖然很想繞到另一邊窺看亞絲娜的臉，確認她是不是真的睡著了，但感覺這是犯規的行為，所以沒有付諸實行。

相對的，我則是把手放到椅背的橫木上，試著輕輕地搖晃椅子。

椅子立刻發出「喀咚、喀咚」的細微聲音前後搖動起來。但亞絲娜完全沒有反應，就任由身體這樣搖晃。

不知道接下來該怎麼辦的我，就只是無意識地搖動著椅子，結果——

忽然間……

「嗯…………」

亞絲娜的身體隨著細微的聲音轉向我這邊。

她的眼睛還緊緊閉著。豎起耳朵就能從微張的嘴唇裡，聽見些微睡著的呼吸聲。看來她是真的睡著了。

在第一層相遇時是那麼神經質的細劍使小姐，現在膽子竟然變得這麼大了……浮現這種想法的我，立刻又把它打消。

亞絲娜在說到使不使用椅子是我的自由時，疲勞應該已經到達極限了吧。明明馬上就要睡

眠登出了——這個網路遊戲用語，在艾恩葛朗特裡已經失去它原本的意義了——但是為了不被我察覺，才會先說出這樣的提案再坐到搖椅上。

其實也難怪她會這樣。今天，不對，應該說昨天離開第三層的旅館，上午就拚命爬上迷宮塔，在打倒樓層魔王來到第四層之後，也用游泳圈在水路上游泳並被擁有鯊魚般背鰭的蝌蚪追，雖然到達主街區曾稍做休息，但晚上開始造船任務就與許多怪物戰鬥，最後還擔任前鋒成功打倒了具備中魔王戰鬥力的巨大噴火熊。雖然完全沒有喊累，但回到主街區後體力應該早就消耗到何時無法動彈都不奇怪的地步了。

「…………辛苦了。」

我這麼呢喃完，接著把桌子旁的圓椅子拿過來放在搖椅旁邊並坐了上去。

由於睡著的亞絲娜翻身了，搖椅上已經沒有可以睡的空間，而且就算有的話我也不想冒著把她吵起來的風險硬躺上去。

我再次把手放到椅背上，輕輕搖晃起椅子。結果亞絲娜宛如小孩子般無邪的睡臉就浮現出微笑。

說不定是做了搭乘完成的蒂爾妮爾號在水路上航行的夢。剛才預測是三個小時，如果羅摩羅老人能夠再多花點時間就好了，腦袋裡這麼想著的我，就這樣默默持續搖著椅子。

當任務記錄隨著輕快效果音更新時，正好是窗外露出魚肚白的凌晨四點三十分。

記錄視窗上出現的文字是「訂做的船似乎已經完成。前往船匠的工作室吧」。羅摩羅老人消失在下層的工作室時是一點半，所以造船需要的時間真的如我所預測的是三個小時。

亞絲娜應該也能聽見記錄更新的聲音，但是橫躺在搖椅上的細劍使完全沒有醒過來的模樣。我也想過不停止搖椅子的手，繼續讓她再睡一兩個小時。

但是就算這麼做，感覺之後也會被她質問「為什麼不把我叫起來」。判斷還是以完成的船回到旅社後，再好好到床上睡一覺比較好，於是我就從圓椅上站起來，窺看著亞絲娜的臉。

「那個～船好像完成嘍～」

雖然試著這麼叫她，但她只是稍微動了一下眉毛並且小聲支支吾吾了一陣子，最後還是沒有醒過來。沒辦法的我只好把手放到她肩膀上並輕輕搖晃。但仔細一想就發現，三個小時裡一直在搖椅上晃動著，這個時候一點輕微的震動根本沒辦法叫醒她。

在無計可施的情況下，我就一邊加強了搖晃的力道，一邊對著他說「早安啊，天亮嘍～」，結果——

突然間……

「哦啾？」

亞絲娜發出類似這樣的怪聲並跳了起來。下巴差點吃了一記頭錘的我急忙飛退。

間。

睡眼惺忪地看了一下周圍，接著看向我的細劍使，最後又注意自己眼前沒有任何事物的空

「…………剛才那奇怪的聲音……還有這個視窗……？這是……什麼……？」

由於她以不清楚的聲音說著這樣的話，感到無奈的我也只能一邊搖頭一邊回答：

「任務記錄更新了喲…………等等，咦……」

不對，這樣有點奇怪。任務更新的效果音應該是和我同時聽見才對。如果是那個聲音把她叫醒，也實在間隔太久了。這樣的話，出現在亞絲娜視界裡的視窗就是——

「喔，這樣啊……那把它消掉就可以了吧……」

亞絲娜嘟嘟囔囔地這麼說著，準備伸出食指……

「哇……哇——！等等等等一下！Stop！Sto——P！」

我則隨著大叫制止了她。因為叫聲而醒了七成左右的亞絲娜，嚇了一跳把右手縮了回去。

「怎……怎麼了？」

「不行，不要按下去！」

「咦……咦……？呃……」

亞絲娜以不解的表情往上看著死命大叫的我，然後再次注視著只有她能看見的視窗。

「……因為性騷擾防範規則來發動強制轉移…………這是…………」

她在搖椅上迅速抱住自己的身體再次看著我。剩下三成尚未睡醒的氣息也瞬間蒸發，眉毛跟著整個往上吊。

「你……你……你趁我睡著的時候想做什麼？」

「我什麼都沒做啦！只是想把妳叫起來而已！」

「這點小事不會發動防範規則吧！」

「誰……誰叫亞絲娜都不醒過來啊！」

當兩人開始相持不下的爭吵時，我就伸出了右手。

「等……等一下。但是，很奇怪耶……防範規則的發動順序好像不太對……」

「…………這是什麼意思？」

面對已經全面警戒卻還是這麼問的亞絲娜，我一邊選擇用詞遣字一邊說明：

「呃，嗯……我記得性騷擾防範規則在發生『不適切的接觸』時會先警告然後把手彈開，即使這樣還是死不放棄地繼續同樣的動作才會發動強制轉移……流程應該是這樣才對啊……」

「…………那你碰到我的時候，你那邊應該也會收到警告吧？」

「但……但是就沒有出現啊。手也沒有被彈開……所以我才想就這樣把妳叫醒而繼續搖下去，結果亞絲娜忽然就跳起來……」

「…………是這樣嗎……」

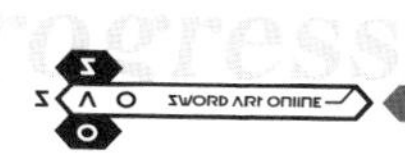

好不容易把警戒模式下降一個層級的亞絲娜，再次伏下了視線。應該是在看著發動防範規則的確認視窗吧，老實說我這時感到相當緊張。因為亞絲娜要是一個不小心按到Ｙｅｓ鍵的話，我就會瞬間被轉移到遙遠下方，也就是第一層起始的城鎮裡的黑鐵宮監牢區裡面。

幸好亞絲娜仔細地檢查過視窗後，就聳肩說道：

「除了『要發動規範嗎』之外就什麼都沒寫了。總之按Ｎｏ就可以了吧？」

「拜……拜託了……」

「好，按下去嘍。」

我先是為了迴避被送進監牢的危機而大大鬆了一口氣，然後整個人癱坐在圓椅子上。看見我這種模樣，亞絲娜像是受不了般搖了搖頭，接著就從搖椅上站了起來。

「雖然不知道為什麼……但之後再問問看亞魯戈小姐吧。話說回來……你都沒睡嗎？」

因為不清楚老實說出「沒來由地就在這裡搖了妳睡覺的搖椅三個小時」後，亞絲娜會有什麼樣的反應，我只能回覆曖昧的答案：

「沒有啦，感覺有稍微打個盹。」

「……在哪裡？」

「那邊的圓椅上。」

「……這樣啊。」

亞絲娜呢喃完就往下瞄了一眼自己睡的搖椅，然後就沒多說些什麼直接把話題拉回來。

「那麼……什麼事情讓你努力到差點發動性騷擾防範規則也要把我叫起來？」

「因……因為船完成了啊。」

下一個瞬間，亞絲娜就飛快地凝視著自己的任務記錄視窗，露出開心的表情。

「真是的，怎麼不早點說呢！」

「……一開始就說了啊……」

完全無視我的抗辯，細劍使迅速轉身朝向玄關的門走去，但走了三步後就緊急停了下來。

「等等，記錄視窗寫著到工作室去，但這裡不就是工作室嗎？」

「好像是這樣喔。老爺爺也沒有回來的跡象……這就表示……」

我靠近玄關對面，也就是羅摩羅老人消失在其中的道具室房門，握住發出鈍重光芒的門把。門把隨著厚實手感轉動，門也稍微打了開來。

「亞絲娜，好像是這邊……」

在話說完前就被從背後推了一下，一個踉蹌的我就這樣踏進道具房裡。

亞絲娜以差點撞上我的來勢衝進小房間，一關上門就逼近我並問「然後呢？」。我急忙環視周圍，結果在牆壁上發現帶有深意的桿子。如果這裡是迷宮的話就會猶豫一陣子，但判斷鎮上不可能有陷阱後，我就先把桿子拉了下去。

結果在一陣劇烈震動之後，整個小房間就開始下降。這個道具室果然是連結地下工作室的電梯。

搖晃了二十秒左右，亞絲娜就像再也等不及一樣拉開房門。

「哇啊…………！」

搭檔興奮的聲音，和我輕聲吹起的口哨重疊在一起。

這裡好寬廣。上面的客廳感覺上有五坪左右，但地下已經跟稍有規模的工廠差不多大了。地板和牆壁是由堅固的石頭所構成，即使放置了巨大作業台、木製起重機以及各種大型的造船材料依然相當寬敞。

但最引人注目的，是設置在地板中央的泳池——不對，應該是船渠。寬約五公尺的水路裡充滿清水，貫穿了地板一直延伸到正面的大門。那扇門後面，應該連接著街上的水路吧。

羅摩羅老人正雙手扠腰站在船渠的水邊。而他低頭注視的水面上，可以看見浮著一條在無數油燈光芒照耀下發出純白色光輝，而且外形相當優美的兩人座貢多拉。

追著迅速往前跑的亞絲娜，我也趕到新造的船旁邊。雖然老人頭上浮現「？」符號，表示是得跟他搭話才能讓任務進行下去的情況，但視線無論如何都會被全新的貢多拉吸引過去。

它的全長大約是七公尺，寬則是一．三公尺左右。船體是發出亮眼光澤的象牙白，船緣與船首的裝飾則是深邃的森林綠。包含前後排的兩張皮革座位在內的船隻內部是沉穩的棕色系。

正如我所預料，應該安裝在船首正下方的衝角因為水面的反射而幾乎看不見。

最後又凝視著舷側以流麗字體寫著的「Ｔｉｌｎｅｌ」船名一陣子，我才終於轉向羅摩羅老人。

「謝謝你幫我們造了一條這麼棒的船，羅摩羅先生。」

「哼。我也很久沒有造出這麼令自己滿意的船了。」

老人一邊捋著下巴上左右擴散開來的鬍鬚，一邊很滿足般這麼呢喃著，但忽然間又加強了語氣這麼表示：

「但是！既然鞭策我這個老不死的幫你們造船，要是隨便就把它弄沉了我可饒不了你們啊！」

「它不會沉的！」

立刻這麼回答的人是亞絲娜。轉過頭去一看，她的臉已經微微泛紅，眼睛裡也有星星在閃閃發光。

「我們為了收集這條船的材料，也是費盡了千辛萬苦。我們會好好保護它的，謝謝你，老爺爺！」

雖然擔心被稱呼為老爺爺的老船匠會不會生氣，但是羅摩羅老人卻露出喜形於色的表情並用鼻子哼了一聲，接著往後退了一步。

「那麼，現在開始這條船就是你們的了。我把水門打開，你們就把它划走吧。」

「好的！」

精神十足地回答完，亞絲娜就跳到貢多拉上。

我原本要接著上船，但左腳抬到一半就停住了。

「不……不是吧，等一下……請等一下。那個，羅摩羅先生，這條船的船夫在哪裡啊？」

我們訂做成兩人座的蒂爾妮爾號上面，確實安裝了兩個坐位，但為了操縱長槳而設置在船尾的空間也空無一人。即使環視寬敞的工作室，也看不見其他NPC。

「桐人，貢多拉的船夫是叫作『貢多利耶雷（gondoliere）』喲。」

很快就坐到前側座位上的亞絲娜雖然這樣糾正了我，但是這個時候稱呼什麼的根本就不重要啦。

我的問題讓老人揚起一邊的眉毛，然後張開指節分明的雙手說：

「船夫？哪有那種東西啊。」

「沒有……？那……那船要怎麼動啊？」

「那還用說嗎。當然是你站在那裡，拿著槳自己划啊。」

「什……什麼——？」

愕然站立在現場的我，耳朵裡再次聽見亞絲娜的聲音。

「啊～是這種系統嗎？那就拜託你了，桐人！」

——不管怎麼樣，有存在操縱方法的說明書我就應該感到高興了嗎？還是說，應該對隨便就讓第四層沉到水裡的那個人發脾氣呢？

我一邊這麼想，一邊彎腰半蹲並握緊長船槳。

如果相信附屬在貢多拉上的說明書，那麼操作船的方法並不是太複雜。把槳往前傾並且滑動就會前進，直立起來就是煞車，往後倒並滑動就是後退。往右倒就是右轉，左倒就是左轉。現實世界在威尼斯工作的船夫，不對，是貢多利耶雷應該需要遠超過於此的高度技巧才對，這裡果然因為是假想世界而經過簡化了。

話雖如此，自從小學生時代和妹妹在川越水上公園坐過手划小艇就沒有乘船經驗的我，總是會因為忽然浮現自己將撞上船渠的牆壁，讓船破個大洞並沉沒的預感而膽戰心驚。我不停重新握好船槳，注視著握住開水門手把的羅摩羅老人。

「要開嘍！」

手把隨著聲音被拉下，船渠前方原本關閉的大門往左右兩邊開啟。不知不覺間天已經亮了，全白的晨靄隨著淡黃色光芒大量流了進來。

「那要……要……要出發嘍！好好抓緊喔！」

對坐在前座的亞絲娜這麼搭話，聽見她完全沒有緊張感的「好～」後，我最後又深呼吸了一下。

「——蒂爾妮爾號，出發！」

總之我先以男孩子的身分這麼大叫，然後把船槳往前傾。想不到貢多拉很簡單地就開始往前進。

才剛剛浮現「喔喔，這樣應該沒問題！」的想法——

「桐人，太靠左邊了！」

「咦，左……左邊？」

亞絲娜的叫聲讓我急忙把槳往左邊倒，結果船頭就更加往左邊轉去。

「反了，反了！往右才對！」

「右……右……右邊？」

雖然用力把槳往反方向倒，但反應相當遲鈍。一陣強大的抵抗感之後，正覺得前進的方向開始改變，船體就傳來喀嘰喀嘰的討厭震動。似乎是水面下由船首突出來的衝角輕輕摩擦過船塢的牆壁了。

「喂……喂，沒問題吧？」

「應……應……應該……沒問題吧……」

我一邊以不太像沒問題的聲音回答，一邊小心翼翼地調整著前進方向。看來不是以手邊或者船頭為準，而是要看向更前方才行。

正覺得好不容易開始筆直往前進時，船已經通過水門了。

「老爺爺，我們會再來的～！」

把對羅摩羅老人打招呼的工作交給揮手的亞絲娜，我再次傾倒船槳讓船往右轉。將終於來到羅畢亞水路的蒂爾妮爾號船頭朝向東方，然後用力划著槳。

苗條的貢多拉劃開晨靄開始強力加速後，亞絲娜就張開雙臂大叫：

「哇啊，好舒服喔！就這樣直接到城鎮外面去吧！」

「忽……忽然就到外面去不太好吧……希望能先讓我在城裡練習一陣子……妳看，剛才羅摩羅先生也要我們別發生事故啊。」

一直拚命操縱著貢多拉的我如此提案後，細劍使雖然轉頭露出不滿的表情，但可能是看見我生澀的動作了吧，只見她還是點了點頭。

「……真拿你沒辦法。那就隨便在街上的水路練習吧。」

「遵命～」

我鬆了一口氣，把視線朝向前方。

下一刻就注意到，從全白的晨靄對面有船隻急速接近。「咦咦，這下要往哪邊躲，這座城鎮的水路確實是靠左……不對，是右側通行！」，在千鈞一髮之際才想起交通規則，把船槳往

右傾倒。

雖然速度不快，但是反應明顯比汽車還要慢。雖然我只有ＶＲ賽車遊戲的開車經驗，但這艘貢多拉也是多邊形製，所以應該可以拿來做比較。才剛剛拚命讓船體轉向，ＮＰＣ船夫，不對，是貢多利耶雷操縱的大型船就猛然從距離左舷數公分處經過。

「太危險了吧！小心點！」

這樣的罵聲讓我一邊縮起脖子，一邊把船頭的方向移回去。照這樣看來，還是經常保持在水路的右側比較好。

「就算船比較大，也不用那樣罵人啊。」

亞絲娜以憤慨的聲音這麼說道，我則是從後面安撫她說：

「算了啦，一定是被設定為船太靠近就會有那樣的反應。」

「那要是撞到的話，會被罵得更慘吧。」

「哈哈，那是一定的……」

在我一邊苦笑一邊如此回答的下一刻——

這次換成一條與蒂爾妮爾尺寸差不多的小型貢多拉，從後面以飛快速度由左側超過我們。

「別擋路別擋路，慢吞吞的在搞什麼啊！」

丟下這樣的話後，船就瞬間消失在晨靄深處了。

「剛……剛才那是怎麼回事！桐人，我要罵罵他，快點追上去！」

「不……不可能啦，在那種速度下我絕對無法轉彎。」

相當具攻擊性的船主人所發出的命令讓我丟臉地求饒，接著皺起眉頭。

玩家入手自己的船後，就會和載客貢多拉的NPC船夫變成敵對關係——真的會有這種事情嗎？嚴格來說，這樣就是從乘客變成阻礙者，所以確實是有被敵視的理由，但如果真是這樣，那這個遊戲世界裡的世道也太艱辛了吧。

「…………不對，等等喔……」

我一面慎重地划動船槳，一面小聲地呢喃著。

羅摩羅老人說自己不再造船的理由，是因為材料全被水運公會獨占了。那個叫什麼水運公會的，為什麼會如此強硬地要排擠應該沒有加入公會的羅摩羅老人呢？隨便一想，就會覺得是因為他們有必須獨占城鎮羅畢亞造船業與水運的理由。

沒錯，而且來到主街區第一次乘坐貢多拉時，船夫也確實說了令人有點在意的話。我記得——他當時是這麼回答對於詢問其他船是否就願意載我們到外面去的我。他說：「抱歉，這個問題我無法回答。」

如果這個回答，並非被詢問不存在於應答模式裡的問題時的定型回應，而是與水運公會的內情有關呢？

雖然存在能到城鎮外面的船隻，但這方面的消息無法透露給我們知道——那就會變成這樣的意思嘍……？

「…………！」

思緒來到這裡的我，再次打開幾分鐘前認為一定已經結束的「往日的船匠」任務的記錄視窗。結果正如我所預料，最下面一行已經追加了一條新的文字。內容是——

「水運公會所屬的船隻態度很奇怪。再次跟船匠問話吧。」

「抱歉，亞絲娜，要再回到老爺爺那裡去一趟！」

這麼叫完，我就讓船急遽減速。整個人往前仆，差點從座位上跌下去的亞絲娜，雖然柳眉倒豎並回過頭來，但看見我的臉後就又閉上嘴巴。

我讓停下來的貢多拉當場迴轉一百八十度，接著在STR參數全開的狀態下開始划起船來。

三十分鐘後——

再次乘坐蒂爾妮爾號來到水路上的我和亞絲娜，自然而然地將面面相覷的臉往同一個方向傾斜。

「……總覺得，這事情也太模糊不清了吧……」

「就是啊……但是，任務還是在繼續耶……」

將頭移回垂直角度的亞絲娜，這時打了個可愛的呵欠。

時間已經是五點四十分。差不多是夜貓子型玩家回到城鎮裡，早起型玩家快要起床的時間帶。我原本是夜貓子型的人，但是在黑暗精靈野營地起居的那段時間被矯正為早起型，老實說現在已經是昏昏欲睡。

當被搭檔影響的我也打了個大大的呵欠時，就從前方傳來像是冰冷的指責，但是又帶著點揶揄之意的聲音。

「所以我才說一人用一半搖椅啊。」

「……還敢說我，妳自己也一臉還想睡的樣子。」

「因為船晃得很舒服啊。倒是……如果你想回旅社好好睡一覺的話，我是沒有關係喲。」

「謝謝您如此貼心……」

我就此思考起接下來該怎麼辦。

羅摩羅老人沒有具體說出其他船夫敵視我們的理由，以及與水運公會之間的爭執。相對的，只對我們說出下面這一段充滿謎團的話。

——無論如何都想知道的話，就找到沒有載客而是載著木箱的大型船，然後在不被發現的情況下跟在他們後面就可以了。傍晚時，他們應該會從城鎮的東南方出航。

——但是，要是被發現就會吃不完兜著走。船上坐的都是一些粗暴的混混。雖然不至於像森林之主的巨熊那麼危險就是了。

「……亞絲娜，妳有什麼打算？現在船已經入手了，還要繼續這個任務嗎？」

由於細劍使大人的真實幸運值已經讓她獲得兩個超稀有道具，於是認為這裡就交給她來決定的我開口如此問道。結果亞絲娜一瞬間眨了眨雙眼，才像要表示「那當然」般點了點頭。

「當然要繼續嘍，這樣下去好像卡了一根刺一樣。」

「這……這樣啊。嗯……把半吊子的情報交給亞魯戈好像也不太好……那我們就先回旅社去吧……」

「嗯。」

等待點完頭的亞絲娜在座位上坐好後，我才划動船槳。

在依然被貢多利耶雷們斥責的情況下來到南邊的主要水路，然後朝城鎮中央的轉移門前進。原本打算今天就離開廣場腹地裡的旅社，移動到西南區域裡比較好一點的旅館，但既然如此的話還是以比較方便移動的城鎮中央為據點才是上策。

就一邊這麼想一邊划了數分鐘的船後，前方就出現厚實的大碼頭。ＮＰＣ船夫操縱的載客貢多拉只會停靠到南邊船埠，東邊和西邊的船埠只繫著幾艘小船而已，於是我就直接把船靠近出現在正面的西邊船埠，然後歷經千辛萬苦才把船倒行到一道棧橋旁邊。

說了聲「辛苦了」來慰勞我的亞絲娜，一邊站起身子一邊像是現在才注意到一樣表示：

「那個……蒂爾妮爾號沒辦法收進道具欄裡吧？那下船的時候該怎麼辦？」

「嗯……根據說明書，看是要拋下船錨還是把纜繩綁在繫船柱上，船好像就會停留在那裡無法移動了。只有所有人可以解除固定狀態……上面是這麼寫的，也不用擔心會被偷走……我是這麼認為啦……」

「真是的，這時候應該要肯定一點吧。」

雖然露出不滿的表情也還是點了點頭的亞絲娜，拿起了放在船頭，捲得相當整齊的繩子。

「這就是纜繩嗎？」

「應該是吧。」

「那繫船柱是那個嘍？」

在她手指前方的，是豎立在棧橋前面的粗短柱子。

「應該是吧。」

「那我要綁嘍。」

話剛說完她就跳到棧橋上，將纜繩前端的圈圈套到柱子上。光是這樣，我眼前就出現蒂爾妮爾號的位置被固定下來的確認對話框。

放下握在手裡的船槳，我也跟著移動到棧橋後，就大大地伸了個懶腰。

這真的是很漫長的一天。想到從第三層魔王攻略戰開始，途中雖然曾經休息過幾次，但幾乎是二十四小時都一直在活動。

但是這些辛苦也算是有了足夠的回報，心裡這麼想的我回過頭去，眺望著分別塗上象牙白與森林綠的美麗貢多拉。沒想到能在艾恩葛朗特裡，獲得可以自由操縱的交通工具。

「……妳喜歡白色和綠色的組合嗎？」

沒來由地這麼問完，亞絲娜就往下瞄了自己的裝備一眼並回答：

「嗯……要說個人喜好的話，我比較喜歡白色和紅色。」

看見她白色的束腰外衣與胭脂色的斗篷後，就能了解確實是這樣。以「既然是這樣，那為什麼？」的視線加以詢問後，細劍使很難得地露出平穩的笑容回答：

「安全或者衛生的標誌，不都是白底綠十字嗎？當我想到要用藥師蒂爾妮爾的姓名時，自然而然就浮現這樣的配色了。嗯……雖然說綠十字好像只適用於日本就是了。」

「……這樣啊……」

雖然沒有機會相遇，但我還是在腦海裡想像著基滋梅爾曾多次提及其為人的藥師蒂爾妮爾是什麼模樣。

下一個瞬間，我就像是要掩飾不符合自己個性的感慨已經湧到喉嚨般，以開朗的聲音說：

「不過，如果知道要自己划船，就只要訂做一人座的就好了。這樣需要的材料就會更少，而且操縱應該也會輕鬆一點……」

「哎呀，兩人座的貢多拉實際上可以坐三個人，把它想成賺到了不就得了嗎？」

「……這樣算是……賺到了嗎……」

雖然感覺有點無法接受，但思考能力低落的腦袋已經無法繼續追究，所以我也只能以微妙的角度點了點頭。

「這個嘛……說得也是。嗯。那麼，我們回旅社去吧……」

在從外圍部分射進來的晨光照耀下，再次打了一個超大呵欠後，這次換成亞絲娜被我傳染了。

「呼啊……………集合時間呢？」

「嗯……十……等等，那就十一點好了……」

「了解。」

互相點了點頭的睡眠不足搭檔，隨即背向人潮開始增加而變得熱鬧的轉移門廣場，踩著疲累的步伐往旅社前進。

倒到床上的瞬間我就失去了意識，結果感覺一下子就被起床的鬧鐘給吵醒了。

雖然還是有點睡眠不足的感覺，但還是得開始第四十六天的攻略。看了一下顯示在選單視窗上十二月二十二日的日期，就一邊想著好像快到某個日子，一邊走出房門。

跟亞絲娜在約定好的旅社一樓見面後，就為了先填飽肚子而朝轉移門廣場的義大利小吃攤走去。

當我聞到起司烤焦的香味時，食欲就超過了睡眠欲，開始思考起接下來要吃什麼。昨天吃了類似帕里尼的食物，今天是要選擇像是披薩還是炸魚的食物呢？還是因為早餐沒吃乾脆兩種都買來大快朵頤一番？不行不行，這樣明天的樂趣就消失了……

「……怎麼了？」

旁邊傳來這樣的呢喃聲，讓我一邊考慮一邊回答：

「我在想是不是要吃炸魚定食……」

「不是啦，我是說那個。」

伸出來的手緊抓住我的後腦勺，然後把它向右轉了八十度左右。

結果就看到有不少玩家橫跨廣場往西邊跑去。看他們的表情應該不是什麼緊急事態，但一定是有什麼事情發生了。豎起耳朵之後，感覺就聽見——他們跑過去的前方傳來更多人數的騷動。

「我們過去看看發生什麼事了吧。」

由於亞絲娜一臉嚴肅地這麼表示，我也只能依依不捨地望了一下三間攤販，然後帶著斷腸般的思緒點了點頭。

第四層轉移門廣場是被水路包圍的正方形空間，四邊角落雖然存在包含旅館或是攤販在內的建築物，但基本上還是視野相當好的地點。

因此繞過轉移門一踏入廣場西側的瞬間，就看見擠在道路盡頭處碼頭的一大群人。將近有五十人左右的玩家前方，應該就只有船埠而已。而且東西邊的船埠都不會有載客貢多拉過來。

「……我有種很不好的預感。」

我也對發出僵硬聲音的亞絲娜點了點頭表示同意。兩個人很自然地跑了起來，瞬間穿越了剩下來的距離。

躲在人牆右端的我們所看見的，是已經有一半預測到，以及另一半完全沒有料想到的光景。

造成騷動的原因，其實就是停在其中一道棧橋旁邊的全新貢多拉——蒂爾妮爾號。但是看熱鬧的人群視線並不是聚集在船上，而是在棧橋後部對峙的兩個集團。兩邊的人數都是小隊上限的六個人。

由我看過去算左邊的小隊，全都穿著藍色緊身衣。那無庸置疑是身為攻略集團最精銳部隊的公會「龍騎士旅團」的眾人。

而另一邊，也就是右側的小隊則是全身暗綠色。他們當然就是同樣在最前線造成轟動的有力公會「艾恩葛朗特解放隊」了。

在無言地低頭看著船埠當中，站在解放隊最前頭，頭髮宛如流星錘般倒豎的男性，就以渾厚的聲音大叫著：

「你這個小哥怎麼還是這麼不明事理啊！聽好了，這艘船是我們解放隊先發現的！這樣當然應該由我們先調查吧！」

被稱為小哥的，是站在龍騎士們中央，將藍色長髮綁在身後的瘦削男性。雖然全身散發出不耐煩的氣息，還是用比刺蝟頭壓抑一些的聲音反駁：

「要說誰先發現的話，負責人的你比我晚兩分鐘來到這裡吧。我們已經開始調查了，請你們不要找碴了好嗎。」

「說我們找碴？我才希望你別再搬弄歪理了呢！硬是把我們的監視人員推開，竟然還敢說這種大話！」

「這裡是圈內，根本沒辦法強行移動他人，身為最前線組的你，應該不會連這點小事都不知道吧？不要含血噴人好嗎！」

持續爭吵的兩名公會領袖，都沒有任何讓步的模樣。

忽然間，右耳旁邊傳來危機感與脫力感巧妙融合在一起的聲音。

「……我不知道該說些什麼了……」

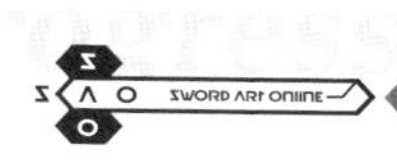

我思考了一下，才給了她真摯的建議。

「這種時候呢，只要說『嗚咿』就可以了吧。」

「…………嗚咿。」

瞄了一眼乖乖遵從我指示的亞絲娜後，我就說出稍微有建設性一點的發言：

「雖然是只能讓人發出『嗚咿』聲音的狀況，但也差不多該決定要怎麼辦了……呃，提議之一：就這樣回到廣場，在攤販那裡吃完午飯，等騷動冷卻下來才移動船隻。提議之二：插身而入，說明所有關於造船任務的消息，尋求他們的理解。」

「……騷動會冷卻下來嗎？」

對方立刻這麼問，於是我再次思考了起來。

目前蒂爾妮爾號的位置被系統固定住了。除了我和亞絲娜之外，應該沒有人能動得了它才對。雖然覺得知道這一點的話，兩邊的公會應該就會放棄了，但終究還是無法斷言。以他們的立場來看，眼前就有像在表示歡迎搭乘的新船，感覺一定會不顧一切地想辦法將它占為己有。

再加上，還有競爭對手的指揮官在眼前。如果對方在自己放棄之後找到移動船隻的方法……光是想到這一點，他們就不會輕易離開這裡了吧。

「嗯……騷動可能不會冷卻喔……」

「我也這麼認為。」

「也就是說，得跟這群傢伙從頭說明任務的事情嗎……」

雖然是下定決心才如此呢喃，但這次亞絲娜卻沒有點頭同意。

「……我已經能想像到之後會有什麼發展了……」

「咦……？什麼樣的發展？」

「『我們不允許偷跑！在我們的船造好之前，你們得幫忙我們完成任務！』……大概就是這樣的發展。」

亞絲娜模仿牙王的口氣實在是維妙維肖，讓我的背部忍不住抖了一下。

「這樣真的就不是一句『嗚咿』所能形容了……我們還得去尋找羅摩羅老爺爺所說的大型船啊……」

「此外還有另一件讓我在意的事情。」

繃起臉來的亞絲娜，視線一邊看著處於風暴中的蒂爾妮爾號並小聲說道：

「那艘船目前是無法移動物件對吧？」

「應該是這樣。」

「這樣的話，它同時也是不可破壞物件嗎？」

「應該也………」

在說完「是」之前，我就把話停了下來。

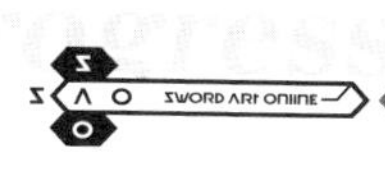

如果是一般的RPG，那在劇情上應該就不會出現玩家入手的交通工具被破壞的情況。即使是在MMORPG裡，通常也不能攻擊騎乘生物之類的交通工具。

想到亞絲娜灌注在蒂爾妮爾號上的感情，就會希望SAO也務必要是這種情形——但令人在意的是船首的附加裝備。

衝角應該是碰撞其他船體來讓其沉船的武器。如果有這樣的使用方式，那麼所有的船應該就都設定有耐久值，而在它歸零時就很有可能會遭受破壞。

早知如此，就應該好好確認蒂爾妮爾號的屬性視窗……我一邊這麼後悔，一邊把半吊子的回答收回來。

「……等等，說不定不是不可破壞物件。雖然在圈內應該會受到保護才對，但沒再看一次說明書還是沒辦法確認……」

「這樣的話，還是在那些人覺得既然無法調查就攻擊看看之前，先把船移走比較好。」

就算是那些傢伙，也不至於做出這種事情吧……我先是浮現這種念頭，接著又想起昨天傍晚目擊的，在南邊船埠發生的那一幕。

考慮到龍騎士一行人高傲地怒罵排隊等待乘坐貢多拉的一大群觀光客，然後光明正大地插隊這樣的行為，就沒辦法肯定他們不會說出「攻擊看看」，甚至是「沒辦法搭乘就把它毀掉」這種話了。

「也就是說……要實行提案之三，強行突破嘍……？」

「雖然這樣給人的觀感不好，但也可以讓那些人不用再浪費時間，就決定這麼做吧。」

「了解。那麼……我先跳上去準備出航，亞絲娜妳就幫忙把纜繩從柱子上解開。」

和默默點頭的搭檔以眼神來配合時機，我們隨即跳下距離碼頭一公尺半的船埠。

一邊小跑步衝上棧橋……

「抱歉，請讓讓！」

一邊很有禮貌地向群眾搭話。鑽過嚇了一跳而後仰的藍色小隊與綠色小隊之間的縫隙後，隨即跳上蒂爾妮爾號。當我豎起以萬向接頭著裝在右舷上的船槳，亞絲娜也迅速把纜繩解開。

無論怎麼做都紋風不動的纜繩輕輕鬆鬆就被從繫船柱上拿起來的瞬間，大叫「為什麼！」的正是綠色小隊，也就是艾恩葛朗特解放隊的隊長牙王。但是亞絲娜完全沒有回頭，直接就跳到船上。她拿在右手上的纜線自動被收納到船首，所以我也立刻用力划起船來。

蒂爾妮爾號離開棧橋的瞬間，這次換成藍色小隊，也就是龍騎士旅團的領袖凜德的聲音傳了過來：

「喂……喂，你們兩個！那艘船是怎麼……」

這時我才終於回頭，回叫著：

「造船任務的詳細內容會刊登在『攻略冊』裡，請再稍等一下！」

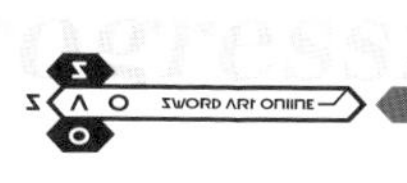

「哪……哪能等啊！應該說……怎麼又是你們啊——！」

為了對揮動雙手大聲叫喚的牙王表示最大的歉意，我以左手比出手刀的模樣致意，接著就一口氣加快速度。

在主要水路上往南繞了半圈，當進入東南區域的小水路後我就先把船停下來，再次確認屬性視窗以及附屬在船上的說明書。結果可以知道以下的事實——

蒂爾妮爾號原則上不是無法破壞的物件，它設定有耐久值。會因為遭受大型怪物的攻擊或者撞上障礙物，以及我所害怕的與其他船隻戰鬥而減少，當耐久值歸零時就會受到嚴重損傷並沉沒，但可以請船匠幫忙，或者自身擁有木工技能就可以恢復減少的耐久值。

幸好停在船埠當中，或者拋下船錨停泊當中，以及船上無人時耐久值都會受到保護。也就是說，包含剛才的情況在內，當我們人不在船旁邊時也不會有船隻遭到破壞的危險。

「……嗯，好像可以安心，但是又會有點害怕……」

我深深點頭贊同亞絲娜的感想。

「雖然應該不會有用衝角和其他船互撞的情形，但感覺很有可能會撞上什麼障礙物……」

「拜託你小心駕駛啊！」

「是是是……那麼，關於任務的後續……老人提到的大型船，出現在東南區域的時間是傍晚對吧？」

這次換成亞絲娜點了點頭。

「那我們先找地方填飽肚子，然後和亞魯戈見面把造船任務的情報交給她吧。雖然想全部完成後才放出消息，但繼續拖下去的話之後會很麻煩。」

「說得也是。但是，實在很想看看那群人用游泳圈游泳的樣子呢。」

「哈哈，是啊。但我也想再次看亞絲……」

很自然地說到這裡的瞬間，才發現自己的失策而迅速閉上嘴巴。但是細劍使竟然發揮讓人覺得是不是已經完全習得竊聽技能的聽力，直接笑著回過頭來說：

「想再次什麼？」

「想……想……再次吃吃蘆筍喔……」（註：亞絲娜與蘆筍日文發音的開頭部分相同。）

這過於勉強的藉口，讓笑容的溫度降低到接近冰點，這時亞絲娜又開口說道：

「這樣的話，你晚餐就吃類似那個的草怎麼樣啊？」

羅畢亞鎮上的東南區塊，是各種商店並排在水路旁邊的商業區域。

搭乘載客貢多拉來移動時，每次上下船都得支付船資，所以實在沒辦法每次找到商店就上陸，但獲得私家用船的現在就能到處亂逛了。除了從停泊的船上眺望陳列台之外，發現有興趣的商店就把船停在棧橋旁直接入店，結果時間一下子就過去了。

亞絲娜只對販賣小道具以及裝飾品類的商店有興趣，這時忽然有了想法的我就對她說：

「對了，差不多是更新防具的時候了，妳覺得如何？妳的胸甲是從第二層就開始使用了吧？」

結果從道具屋的展示櫥窗抬起頭來的亞絲娜，以沉思的表情回答：

「是沒錯啦……但我不想增加太多裝備重量。防禦力高的防具都很重啊。」

「嗯，這一點真的是沒辦法。」

我隨著苦笑，重新上下審視著細劍使全身。

金屬防具就只有薄薄的胸甲而已，手套和靴子、裙子全都是皮革製。雖然壓抑裝備重量，不格擋以躲避為主的防禦型態也絕對不容否定，但陷入昏迷、麻痺或者翻倒狀態時就很恐怖。

而且不只有跟能夠掌握攻擊型態的雜兵怪物，也得跟會在途中改變模式的魔王怪物作戰，另外我也在第三層裡學到了，艾恩葛朗特也存在某種意義上來說比魔王還要恐怖的「完全無法預測的敵人」。

我以左手輕輕碰著胸部，回想遭到單手斧二連擊技「雙重砍劈」會心一擊時的感觸，繼續說道：

「全身幾乎都是皮革與布料的我這麼說可能很沒說服力，但既然都取得『輕金屬裝備』技能了，那麼稍微增加一點金屬的部分應該沒關係吧？手套和靴子，光是Studded或者Plated就會有很大的差距喔。」

「Studded？你說的是……噢，打上鉚釘的意思嗎？」

被這麼反問後，這次換成我歪著頭說：

「鉚釘？妳說的是……那種時尚用的尖刺嗎……？」

完全沒有交集的對話，讓亞絲娜嘟起嘴唇。

「我不是很懂耶，到店裡去看過實物之後再決定可以嗎？」

「那是當然了。嗯……第四層值得推薦的防具店我記得……」

即使浸在水裡，基本的城鎮構造還是沒有改變，所以我就靠著封測時期的記憶往東南東方向指去。

「……應該是在那邊。附近也有一間隱密的餐廳，購物完後我們就去吃東西吧。」

至今為止從來沒有注意過，皮環甲（Studded leather armor）的「Studded」就正如亞絲娜所說的是打上鉚釘的意思，而Stud也並不一定就是弄得像刺蝟一樣。

「……說起來，正確名稱應該是皮環皮革嗎……真是拗口耶……」

當我嘟囔著這些話時，就從對面傳來比平常快了一．二倍的聲音。

「桐人，你決定吃什麼了嗎？我想吃這個螃蟹焗烤，但是這個紅燒貝似乎也很不錯。要不要兩道都點然後分著吃啊？」

之所以會這麼亢奮，應該是全身裝備全部換新了的緣故吧。胸甲從原本的銅製，換成了把增加重量減到最低但防禦力還是增加了的鋼鐵製。皮格裙也在左右縫上鋼板變成了鍍鋼型。手套和靴子雖然打上了鉚釘，但不是刺蝟狀而是光滑的鉚釘，所以不會給人粗暴的印象。

雖然鎧甲下方的白色束腰外衣與罩在上面的紅色兜帽斗篷都跟原來一樣，但她似乎是第一次經歷如此大幅度的裝備更新，所以經常看著身體的各個部位並露出高興的表情，而那種模樣也會讓看見的人忍不住露出微笑…………

「喂，不想吃紅燒口味就快點決定別的吧。我肚子快餓扁了。」

「對……對不起，就照妳說的吧。」

「那就這樣嘍。飲料我就隨便點了。」

把ＮＰＣ女侍叫過來的亞絲娜，點完食物和飲料後，再次把視線落到胸甲上。她靜靜地撫摸著上面些許以草木為基調的浮雕，並以終於回復平常模式的聲音呢喃著：

「……其實呢，我不知道為什麼，對那種看起來就是標準防具的東西感到頭痛。」

「哦……？為什麼？」

「因為很重，又不容易活動……而且感覺穿上正式的鎧甲後，就會身心都變成這個世界的居民了……」

「咦咦?但是,妳這麼說的話,武器也……」

說到這裡,我忽然想起來。

「啊……難道說,選擇細劍的理由,是因為妳有擊劍的經驗……之類的?」

結果亞絲娜一邊苦笑一邊搖了搖頭。

「完全沒有。但是現實世界家裡的壁爐架上,裝飾有類似的纖細長劍……小孩子的時候,我把它拿下來揮舞,結果被痛罵了一頓。」

聽到這裡我首先想到的,是壁爐架是什麼東西,但我沒有直接說出口,只是用視線催促她繼續說下去。

「……可能是因為這樣吧,就覺得只有細劍和我的現實世界有點聯繫。應該說,是在勉強能接受的邊緣……現在想起來,真是愚蠢到可笑。」

這時我又對著實際露出微笑的亞絲娜問道:

「那胸甲又是為什麼?妳家裡也有嗎?」

「怎麼可能。這算是自尊與軟弱的極限妥協點吧。雖然不想穿上誇張的鎧甲,卻又不敢只穿著布衣跑到圈外去……但是,遇見你之前,在第一層迷宮區裡有好幾次都沒能完全躲過狗頭人的攻擊而讓HP陷入險境,所以穿上它算是正確的選擇吧。」

「…………真的是這樣……」

我一邊呼出一口細長的氣一邊點著頭。

「在這裡的軟弱與膽小，反而是一種美德。有再多確保安全的手段都不算是浪費。」

「拜託，裝備比我還單薄的人沒資格說這種話啦。」

被人以受不了的表情如此反駁，我也就無話可說了。我裝備的金屬防具，就只有稱不上是胸甲的極薄護胸以及附屬在大衣上的護肩而已。我必須承認，這個護胸在第三層對上那個斧使摩魯特時，還是稍微擋住了對方猛烈的劍技。

「嗯……嗯，我也暫時不會把這個拿下來……」

我先用大姆指比向自己胸口，然後反轉手腕比了比亞絲娜新的胸甲。

「亞絲娜也不要太厭惡鎧甲，至少要好好保護那裡。啊……我說的那裡指的是心臟喔。」

迅速把右手放回膝蓋上並加了這麼一句話後，亞絲娜也低頭看了一下自己的胸口，才帶著比聽見蘆筍時寒氣更低了三十度左右的笑容說：

「是啊。難得你幫我選了這個裝備，我會珍惜它的。」

幸好這時焗烤與紅燒貝，紅酒與麵包都送了上來，融化了纏繞在亞絲娜身上的冰冷氣息。她以足以媲美拔出細劍的速度拿起湯匙……

「吃完一半後就交換喔！」

這麼叮嚀完後就吃起加了大量蟹肉的焗烤，然後很幸福般瞇起眼睛。

雖然還是有不少因為我的失言而露出恐怖表情的時候，但是來到第四層之後，感覺看見亞絲娜笑容的機會好像增加了。

這可能是與水都、貢多拉以及喜歡加了大量海鮮的料理有關，又或者亞絲娜終於開始接受「生活在假想世界的自己」了。

這樣的話，至少在這一層的期間，要盡量讓恐怖或者悲傷的事情遠離她身邊。

我一邊吃著肥美的蛤蜊般貝類，一邊祈禱自己能具備辦到這件事情的力量。

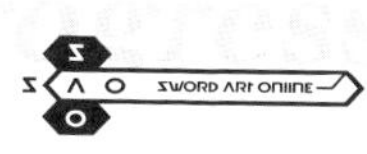

5

日期來到了十二月二十三日星期五，凌晨零點十五分。

結果今天也在圈外過夜──甚至早上能不能回到旅社都相當可疑了。

因為第四層東部的山岳區域當中那一大片浸水迷宮，寬廣的程度遠遠超出我們的想像。

「亞絲娜，右邊的鉗子攻擊要來了！」

我的叫聲讓站在船頭的搭檔迅速沉下身體。巨大螃蟹的蟹鉗跟著往下揮落，擦過她飄散在空中的長髮。

乘客雖然漂亮地躲過攻擊，但是交通工具卻無法敏捷地行動，右邊的舷側被蟹鉗的前方鉤到。「喀！」一聲後就是猛烈的震動，船也跟著左右搖晃了起來。

「嗚……！」

給予船隻耐久度的傷害就像打在自己身上一樣，讓我咬緊牙根。雖然很想立刻跟亞絲娜切換，把韌煉之劍+8刺進大螃蟹甲殼的縫隙當中，但是手又無法放開操縱蒂爾妮爾號的船槳。

可能是感覺到我的焦慮了吧，亞絲娜一瞬間回過頭來大叫：

「不要緊，我會破壞牠下一次的攻擊製造空檔！再忍耐一下！」

「了……了解了！」

聽見完全感覺不到連戰疲勞的聲音，我也只能打起精神來了。這時只能相信自己的搭檔，等待那個瞬間來臨。

在這個水路迷宮算是相當高等的怪物「毀滅巨蟹」，開始後仰加入左右蟹鉗直徑長達四公尺的巨大身體，用力張開長著許多噁心小腳的顎部。是泡泡吐息。直接被噴中的話會完全看不見前方，而且在跳下水洗乾淨之前行動也會遭受阻礙。

就在螃蟹的嘴巴要發射大量細緻的泡泡之前——

「嘿……呀啊啊！」

沉下身體的亞絲娜，配合船搖晃的時機，使出了往斜上攻擊的「閃電突刺」。

雖然它跟水平突刺「線性攻擊」與下段突刺「傾斜突刺」都是細劍體系的最初等劍技，但經過強化的騎士細劍果然還是威力非凡。弱點遭到直擊的毀滅蟹（通稱）ＨＰ條一口氣減少了四成以上。

「桐人，就是現在！」

亞絲娜在施技後的硬直狀態下發出尖銳的叫聲。

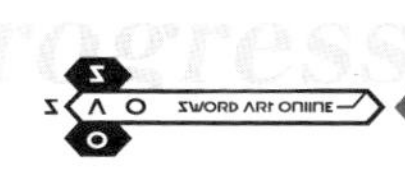

此時我已經使盡所有的力量把船槳往前倒。

全力突進的蒂爾妮爾號，裝備在吃水線下的「焰獸的衝角」隨即深深刺進螃蟹柔軟的下腹部。以會噴火的大王巨熊．烏姆的角作為素材的衝角，在攻擊時似乎會發出高熱，這時隨即有大量水蒸汽隨著「啪咻！」的巨大聲響噴出，螃蟹原本很噁心的深綠色甲殼立刻變成紅色。

同時還剩下一半的HP條也急遽減少，一瞬間就歸零了。

紅色甲殼變成藍色多邊形的怪物爆散後，稍早之前解除硬直狀態的亞絲娜就回過身子來比出今天不知道是第幾次的勝利V字形。

從毀滅蟹身上掉下來的是名為「巨蟹的甲殼」的素材，以及不知道為何出現的少量寶石類，還有「巨蟹的腳肉」「巨蟹的爪肉」等食材道具。

坐在船緣當作休息，確認著自己道具欄的亞絲娜，忽然以有些微妙的表情說：

「……雖然覺得不可能，但是在主街區餐廳吃的螃蟹焗烤，應該不會是……用這種蟹肉做的吧……」

中二男孩的腦袋通常聽見對方這麼問就會想回答Yes，但這時候我還是選擇消除搭檔的不安。

「NPC餐廳不需要購買食材，所以廚師應該不會特地收購毀滅蟹的肉才對。今後如果玩家經營的露天商店出現螃蟹肉包的話就要小心了。」

「我絕對不會買。還有，也不會把這些螃蟹肉賣給玩家商人。」

「這……這樣啊……它怎麼說也是D級食材，我覺得應該會很不錯耶……那個螃蟹焗烤也是特別好吃……」

當我自然地說到這裡，亞絲娜就有點把臉別開了去。看來她還在意吃飯時分享彼此食物的事情。

大約十個小時前，在羅畢亞的小餐廳裡，我們點了螃蟹的焗烤與紅燒貝來一起分享，從之前就一直處於興奮狀態的亞絲娜，把剛好吃了一半的焗烤移動到我眼前，然後才注意到自己的行為其實相當豪放。

當她紅著臉說「等一下」時，我已經毫不猶豫地用湯匙舀起一大口焗烤並放進嘴裡。由於螃蟹焗烤實在非常美味，當我以很快的速度吃完四分之三的量後，才終於注意到亞絲娜的異變，但一切都太晚了。

確實，不難想像如果在現實世界的國中裡，沒有交往的女學生與男學生在沒有使用其他小盤子的情況下就分享同一份營養午餐的焗烤，那麼教室裡一定立刻就會出現宛若地獄一般的淒厲叫聲。

但是，不過，請稍等一下。這裡是完全排除這些粗俗、幼稚、野蠻且無效率價值觀的假想世界。就算跟店員要求，應該也拿不到其他小盤子，在那種時候要兩個人分享一份料理時，就只能那麼做了，大概啦。

於是我對著細劍使丟出帶有這種意思的發言：

「嗯，那個……我在餐廳裡也說過了。這個艾恩葛朗特怎麼說也是VR世界，所以在意什麼吃到一半或者共用餐具之類的也沒有意義……就算包子掉到地上，在經過三秒鐘耐久值開始減少前把它撿起來的話，就不會出現髒汙特效……」

「我受到打擊的點不是那裡。」

由於亞絲娜小聲地這麼回答，感到驚訝的我也只能眨了眨眼睛。

「咦？那是哪裡？」

「……在分享的時候有了跟你現在同樣的想法，就是這一點讓我受到打擊。心裡覺得這裡是假想世界所以沒有關係吧……但是，仔細一想，就會知道不是沒有問題了……」

「等……等等，應該沒有吧？這裡是假想世界耶。」

「所～以～說！我就是不想學習你這種insensitive的個性啊！」

「i……insentive？感覺……好像某種獎金……？」

「si！insen、si、tive！意思等完全攻略遊戲後你自己查字典吧！」

由於她忽然「哼」一聲迅速把臉別到一邊去，學習到變成這種狀態就一定得過三十分鐘才會氣消的我，無奈地搖了搖頭握住船槳站了起來。

「……那……那麼先不管焗烤的事情，我們繼續往前進吧……」

等待點了點頭的細劍使在前面的位子上坐好後，我就緩緩讓蒂爾妮爾號往前進。寬廣的水路是一片微暗，前方完全籠罩在黑暗當中，根本無法判斷前方的迷宮還有多大。

昨天傍晚填飽肚子並結束補給的我們，一邊傳了幾封分開的即時訊息給情報販子亞魯戈，一邊巨細靡遺地探索了羅畢亞的商業區域，等到四點半左右才終於發現似乎是目標的大型船。

它的全長有蒂爾妮爾號的一倍以上——大概有十五公尺左右吧。明明比十人座的觀光貢多拉還要大，但是上面只坐了四名ＮＰＣ。船頭坐著兩名以闊面小刀作為武裝的大漢，另外有兩名操縱兩舷大型船槳的船夫，再來就是中央放著蓋著布的十幾個大木箱。

塗著藍黑色的船，體積雖然龐大但是卻以敏捷的動作順暢地在狹窄的水路上前進，要保持距離來跟蹤他們可以說非常辛苦。困難的程度甚至讓我覺得在跟蹤過程中，操縱船隻的玩家技能已經上升了１００左右。

大型船完全不使用主要水路穿越商業區域後，就像融化在傍晚的黑暗當中般由南方水門離開城鎮。這時我們也只能追上去，所以就在無暇慶祝蒂爾妮爾號初次圈外航行的情況下從遠處繼續跟蹤對方，在天然的纖細水路上蜿蜒前進著，橫越水路盡頭的大瀑布後，出現在眼前的就是這座浸水的迷宮了。

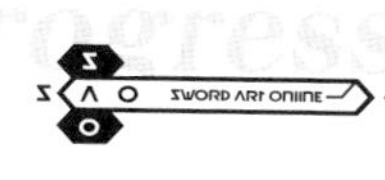

大型船的船員們似乎經常往來於羅畢亞的街道與這座迷宮，以熟練的操槳手法在黑暗的水路中前進。下定決心的我們也入侵迷宮，準備繼續追蹤大型船，但最初的毀滅巨蟹在這時出現阻擋了我們的去路。雖然因為不習慣的船上戰鬥而陷入苦戰，但最後還是成功把牠幹掉，只不過這時候也搞不清楚大型船究竟是上哪兒去了……事情大概就是這樣了。

我記得是在下午六點左右進入迷宮，所以回過神來後才發現我們已經在這個浸水迷宮裡徘徊了六個鐘頭以上。就算途中曾經數次停下來休息，也差不多是集中力快要消失的時候了。

我一面以微速前進一面把視窗切換成地圖來確認現在位置。雖然迷宮的整體地圖現在還未明朗，但大概能感受到已經到達中樞部位的氣氛。

「……啊，右側有扇門喔。」

亞絲娜的聲音讓我抬起頭來，結果看見三十公尺前方有一座小小的船埠，以及設置在牆面的鐵門。

「我想應該又是死路啦……」

亞絲娜接著又以已經感到厭煩的口氣加上這樣的意見。至今為止，我們已經發現無數像這樣的門，而且也每次都覺得可能是魔王的房間而幹勁十足地上岸，但全部都是與任務無關的支線。

「哎……哎呀，死路裡面通常會有寶箱不是嗎？」

就算知道是支線，不把地圖補滿就無法善罷甘休的我也只能這麼說了，但還是無法提升亞絲娜的興致。

「反正一定又是生鏽的劍還是鎧甲之類的……」

「啊，不能小看生鏽的武器喔。也是有請鐵匠修復之後，發現是超稀有寶物的情形……大概一百次裡面會有一次吧……」

「好啦好啦，我知道了……——不對，等一下，Stop！」

由於前方的亞絲娜迅速伸出左手，我就急忙豎起船槳。一陣強大的抵抗感後，貢多拉停了下來。

「怎……怎麼了？」

一小聲如此詢問，亞絲娜就從船首探出身體窺看了一下前方，然後才以認真的表情轉過頭來。

「水路前方似乎有寬廣的空間。然後……從那邊傳來很多像是說話的聲音。」

「咦……是人？還是螃蟹的說話聲？」

下一刻，亞絲娜的眼睛裡就帶著殺氣，我只能趕緊不停搖頭繼續說：

「我想……是人啦。呃……那麼我們慢慢靠近吧。」

等待默默點了點頭的伙伴再次在船首彎下身子，我才慎重地倒下船槳。

一邊祈禱不要有怪物出現，一邊先經過門旁邊，往黑暗的水路前方航行。結果前方確實有寬廣的水面。看來是存在幾條水路會合在一起的大廳般空間。

我在水路隧道將近出口處再次把蒂爾妮爾號停下來，然後也爬行到船首，從亞絲娜的肩膀後方往前窺視。

前方的空間比想像中寬敞。半圓形的大廳直徑應該有一百公尺左右。靠近我們這邊的弧形牆壁上，包含我們藏身的隧道在內，總共開了五六個隧道口。深處的牆壁是一片平坦，中央部有一條從水面往上延伸的寬大樓梯，而樓梯下方的棧橋上──

「……！」

我身體下方的亞絲娜猛然吸了一口氣。

橫靠在棧橋上的，無疑是我們從羅畢亞追到這裡來的大型貢多拉。目前堆積在上面的木箱，正要從粗大纜繩繫住的船上被搬下來。

搬貨的人正是剛才看過的四名水手。接過箱子，把它搬到樓梯上的是一群腰上裝備著細長彎刀的戰士風男人。雖然瘦削但相當高大，身上穿著暗灰色皮革鎧甲，臉全被奇怪的面具遮住了。

好像在哪裡見過……這種似曾相識的感覺，在我看見他們長耳朵的瞬間就變成了確信。

「…………！」

這次換成我屏住呼吸，把嘴巴靠近亞絲娜耳邊，以最低的音量呢喃著：

「那些傢伙……是墮落精靈。」

默默點了點頭的亞絲娜，側臉也帶著緊張的神情。

墮落精靈。在從第三層開始的「精靈戰爭」活動任務的最高潮——雖然說是僅限於第三層——我和亞絲娜以及騎士基滋梅爾不停與其進行激烈戰鬥的第三層的精靈族。

黑暗精靈的司令表示，墮落精靈們是「遠古的大地切斷前，企圖想藉由聖大樹的力量獲得刀槍不入的身軀，結果遭到流放者的後裔」。擅長用毒、陷阱、幻術等討人厭的戰鬥方式，而且身為魔王的墮落精靈司令官，即使有基滋梅爾在場也絕對不是容易對付的角色。

目標應該是活動任務的最重要道具「翡翠祕鑰」的他們，為什麼會在這個地方建造基地，而羅畢亞鎮上的男人們又為什麼會幫忙運送貨物呢？

應該和我有同樣的疑問吧，亞絲娜稍微歪著頭，然後呢喃：

「封測時期是怎麼樣？」

我立刻搖頭來回答這預料當中的問題：

「我不記得曾經在這種地方遇見過墮落精靈。應該說，封測時期這座迷宮本身根本就不存在。」

「也就是說……這完全是單發任務內的發展嘍？還是說，這也是活動任務的一環……？」

「……我也不知道。但是，封測時期也數度和墮落精靈戰鬥過，倒是從來沒見過這種和人類NPC合作進行某件事的場面。」

「我有種不祥的預感……如果那些水手全都是羅畢亞水運公會的人……那不就代表整個公會都和墮落精靈聯手了。」

亞絲娜點出的問題讓我用力皺起眉頭。

然後拚命運轉因為身為封弊者而有點生鏽的想像力。

從羅摩羅老人的話來推測，過去羅畢亞的街道上有許多像老人這樣的船匠自由地打造著貢多拉，但從某個時候開始造船事業就被水運公會獨占，老人也只能放棄自己的工作。而同一時間，居民的貢多拉也被禁止航行到城鎮外面。

另一方面，水運公會似乎建造了運貨專用的大型貢多拉，並派遣它到城鎮外面，幫忙墮落精靈運送大量的謎樣木箱。

隨便想就能知道，水運公會的管束全是為了隱藏這可疑的「貿易」。但是，為了進行接下去的推測，至少——

「……得調查那些木箱裡面的東西……」

把思緒的最後部分說出來後，亞絲娜也回答「是啊」並點了點頭。

當我們在思考的時候，水手們已經把最後的木箱搬下船埠，而墮落精靈戰士也把它們拿起來了。想要立刻知道木箱的內容物，就只能用蒂爾妮爾號發動突襲，打倒在場的所有人，但感覺這樣子實在是太危險了。

何況如果是紅色浮標的墮落精靈也就算了，船夫們的浮標還是屬於ＮＰＣ的黃色。或許被發現就會變成紅色，但主動發動攻擊還是令人感到猶豫。

當我未能決定接下來的行動時，抱著最後一個木箱的墮落精靈已經爬完樓梯，身影消失在大鐵門後面。留在現場的一名看起來似乎是頭頭，臉上帶著更加恐怖面具的墮落精靈就把一個小皮革袋子交給其中一名水手。接過去的水手確認過內容後就滿足地點了點頭，對伙伴們做出撤退的手勢。

「……只能確定那個皮革袋子裡裝了什麼東西。」

亞絲娜如此呢喃。

「應該是現金吧。如果全部都是一千珂爾……那大概有兩萬珂爾左右……」

我這麼回答完，亞絲娜就立刻警告我說：

「你不會想在回去的路上襲擊他們，然後把錢搶過來吧。」

「怎……怎麼可能。那些大叔看起來很強耶。」

當我們進行這種毫無意義的對話時，四名水手已經解開纜繩坐上貢多拉。船尾的兩個人一划動船槳，大型船就緩緩開始移動了起來。

想著「不會到這裡來吧」的我急忙回到船尾。在我握住船槳，做好隨時可以倒退的準備時——

「往這邊來了！」

轉頭的亞絲娜以緊張的聲音這麼叫著。

我在腦內發出「咿——！」的呻吟，接著思考應該怎麼辦。只能直接等待大型船靠近，然後順應情勢開始戰鬥……等等，這樣不行。既然看見水手們收取沉甸甸現金袋的那一幕，就必須把它當成「戰鬥就算任務失敗」的暗示。

如此一來就只能逃走了，但是現在的水路寬度大概只有五公尺左右，全長七公尺的蒂爾妮爾號沒有辦法轉換方向。但要是用無法加速的倒退，在最初的分歧水路前就會被大型船追上。

這樣就只剩下一個選項了。

「唔……！」

我發出最低限度的吼叫聲後就把槳往後倒，讓船全速往後退。回到亞絲娜表示應該也是死路的門旁邊後，立刻跳上狹窄的船埠，對嚇了一跳的亞絲娜伸出右手。

「給我纜繩！」

點完頭之後的亞絲娜行動相當迅速。她拾起收納在船首的纜繩前端，朝我拋了過來。把接過來的纜繩掛在繫船柱上，讓船的位置固定住並確認亞絲娜已經下船，我就立刻打開背後的門衝了進去。

裡面和我們之前探索過的支線不同，是一間倉庫般的寬敞房間。牆邊雖然堆了各種雜物，但是看不見寶箱。不對，跟那種事情比起來，現在更重要的是——

「喂，這樣就算我們躲起來，外面的蒂爾妮爾號也會被發現吧？」

為了不發出聲音而小心翼翼把門關上的亞絲娜，一回頭就這麼低聲說道。

我一邊向她點頭，一邊也小聲回答：

「是沒錯，但沒有其他逃走的方法了。如果那些傢伙沒有注意到就經過的話就好，萬一下船，停泊中無人的船應該也不會遭到破壞……」

「但是，如果他們進來的話呢？」

「那個時候，就只能躲在附近了……」

我一邊說一邊還視著周圍，然後拿起放在稍遠處地板上的一塊疊起來的布。攤開之後才發現它竟然相當薄而且輕。是蓋住兩個人還綽綽有餘的大小。

「先躲到這個下面……」

話剛說到這裡，亞絲娜就忽然用力抓住我的右手。

「等等！這好像不是普通的破布。」

纖細的手指敲了一下布料銀中帶灰的表面，讓屬性視窗彈跳出來。我的眼睛這時也被以破布來說太過長的說明文吸引了過去。

「阿爾基羅的薄布：以生長在水中的珍奇蜘蛛所吐之絲織成的布。只要在周圍被水包圍的地方，蓋上這塊布的東西就可以不被看見。」

讀到這裡的瞬間，我就衝向倉庫的門，稍微推開一點後看向水路的出口。大型船的剪影雖然已經變得相當大，但是似乎還沒有進入隧道。

沒有猶豫的時間了。以眼神示意亞絲娜在此等待後，我就從門縫跑到外面去。彎腰衝刺到船埠，把銀色薄布蓋到蒂爾妮爾號上。

輕飄飄擴散開來的布從船頭蓋到船尾的瞬間，布的表面就變化成跟周圍水面完全相同的顏色，即使定眼凝神也幾乎看不出來。這樣的話，大型船的船員們也不會注意到。當然，除非他們正面撞上我們的船。

由於這時只能聽天由命，所以我也急著趕回倉庫，把鐵門關上。

我和亞絲娜頭擠著頭從開在鐵門上部的窺視窗往外看。在這個距離之下，已經完全看不見停泊在黑暗水面上的蒂爾妮爾號了。

「……先搜索這個房間然後發現剛才那塊布的話，就不用那麼慌張了。」

由於亞絲娜以有些懊悔的口氣這麼呢喃，雖然在這種狀況之下，我也忍不住露出笑容。

「我就說了，探索支線也有好處對吧？下一個迷宮，我們就以地圖完成率百分之百為目標吧。」

「噓，他們來了！」

側腹被手肘戳了一下後，我就急忙閉上嘴巴。

幾秒鐘後，從狹窄視界的右側出現大型船的船頭，接著是長長的船體、船尾通過我們面前。水手們沒有注意到看不見的蒂爾妮爾號，也沒有因為看不見而撞上去，卸完貨的船就以相當快的速度離我們而去。

判斷大型船已經離得夠遠的瞬間，兩個人才大大地鬆了一口氣。

「呼……——我對於這種，是叫潛入嗎？總之我就是討厭這種型態的任務。」

對於這次的感想我也沒有任何異議。

「ＶＲＭＭＯ的話緊張感又會加倍喔……如果不是亞絲娜注意到那塊布的特殊能力，我們一定會被發現。」

雖然是很自然就加上去的發言，但是細劍使先是不斷地眨眼，然後才露出有點複雜的表情說道：

「別……別說這個了，那接下來怎麼辦？還要追那艘船嗎？」

「不用了……我想他們應該只是回羅畢亞去……」

我邊說邊打開視窗，確認著任務記錄。但最新的指示依然是「探查運輸船的祕密」這種曖

味的表現，沒有任何更新。

「看來果然要查明那個木箱的內容物才行。」

「……看來是這樣。也就是說，要潛入裡面應該到處有墮落精靈的那條樓梯前方嘍。」

「還是要繼續潛入任務。我想妳也累了……先回到鎮上明天再來也沒關係，妳覺得呢？」

雖然為了慎重起見而這麼問道，但亞絲娜立刻搖了搖頭。

「謝謝，但是我不要緊。想到要再來這裡，就得跟什麼螃蟹、烏龜、芋螺之類的怪物戰鬥我就受不了。」

「說得也是……那我們再努力一下吧。」

回到船埠的我，用手摸索蓋在蒂爾妮爾號上面的「阿爾基羅的薄布」，抓住之後就把它扯了下來。雖然僅限於水面，但不論是船還是其他物體都能隱藏起來的功能，就仍屬低層的第四層能入手的道具來說好像有點太過方便了，於是我再次確認它的屬性，就發現光是使用四五分鐘，耐久值就已經損耗了一成左右。

「果然如此……要是得意忘形而拚命使用的話，很容易就會壞掉了。」

我一邊把自動疊起來的布放到船尾的置物空間一邊這麼說，結果解開纜繩的亞絲娜就以難以理解的表情表示：

「但是，在我們之後進行這個任務的人該怎麼辦呢。剛才的房間裡，已經沒有那條叫什麼的布對吧？」

「不是寶箱而是放在地上，應該是一有進行任務的小隊進入房間就會湧出吧……如果是這樣，感覺人數眾多的公會只要想點辦法就能撿到一大堆，但我們只能先用這一條努力下去嘍。」

「看來把船停在那條樓梯前面時也必須使用呢，我們就盡量想辦法快點回來吧。」

「了解，那要出發嘍。」

我點了點頭並握住船槳。

貢多拉以微速前進，到了半圓大廳的入口就再次停船。這個橫寬一百公尺，天花板高度也有十公尺以上的廣大空間，目前沒有水棲怪物的氣息或者墮落精靈的身影出現。

我對稍微轉身的亞絲娜點了點頭，隨即讓船繼續前進。此處的光源就只有十幾處在壁龕上燃燒的火把。我慎重但是盡可能快速地橫越廣大的黑暗水面。

來到階梯下方的船埠，就用阿爾基羅的薄布把停泊的蒂爾妮爾號藏起來。如果僅使用五分鐘耐久度就損耗了一成，那麼繼續使用四十五分鐘左右布就會消滅了。

「好，我們快走吧。」

默默點了點頭回應我的呢喃之後，亞絲娜就開始操作不知道什麼時候已經打開的裝備人

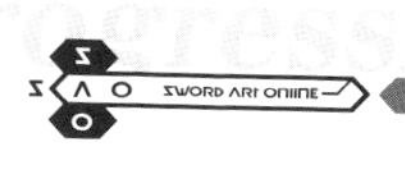

偶。一瞬間，熟悉的暗紅色兜帽斗篷上就浮現複雜的編織紋路，換成了一看就感覺非常高級的深紫色斗篷。

「咦……話說回來，這是妳在第三層得到的獎品吧。為什麼之前都沒有裝備上去？」

我追著爬上樓梯的亞絲娜這麼問道，結果她就輕輕聳了聳罩在擁有絲綢般半光澤斗篷底下的肩膀。

「因為它的最大耐久值很低，而且我的裁縫技能還沒辦法修理它啊。所以才決定只在緊要時刻使用。」

「NPC裁縫師沒辦法修理嗎？」

「在第三層最後的村子裡嘗試時，對方跟我說『抱歉，憑我的技術實在沒辦法修理』。」

「唔……雖然第四層的NPC有可能能夠修理，不過如果自己能辦到的話就方便多了。封測時期也有很多戰鬥職的玩家為了這樣的目的而取得生產系技能……」

在小聲進行這樣的對話當中爬上樓梯，就發現有一扇看起來非常堅固的鐵門擋住我們的去路。

由於在探索迷宮的過程中沒有撿到鑰匙之類的東西，所以如果上鎖的話就只能舉雙手投降了。

我握住長了紅鏽的握把，慎重地試拉了一下。

幸好沒有感受到系統鎖定的門那種特有的，宛如焊接起來般紋風不動的手感，但是開了三公分左右速度就開始變慢了。應該是硬拉的話就會發出嘰嘰的刺耳聲音，然後讓敵人發現行蹤的陷阱吧。如果有潤滑噴霧罐的話，就能拿來噴在合頁上，但根本不存在這種東西，所以我只能一點一點地把門打開。

然後從好不容易打開的十公分左右縫隙裡往內窺看。

微暗的通道往前筆直延伸了二十公尺左右，在盡頭處往左右兩邊分開。而通路中間左右，有一道背向這邊往深處走去的纖細身影。不用看腰部的彎刀也知道，那是墮落精靈的衛兵。淡紅色的顏色浮標上顯示的專有名稱是「Ｆａｌｌｅｎ　Ｅｌｖｅｎ　Ｇｕａｒｄ」。

在第三層潛入墮落精靈的基地裡時，基本上也是隱藏身形的行動，但當時伙伴裡還有基滋梅爾在，所以就算被發現也不會太緊張。但是，現在沒有那名精英騎士的幫助。雖然我和亞絲娜的等級都已經在安全範圍之內，就顏色浮標看起來也不是太強的敵人，但還是要盡量避免無謂的戰鬥。

一邊傳送「別回來、別回來」的意念一邊窺視，雖然不知道是不是念力奏效了，但衛兵在盡頭右轉後就消失了。

但如果是在規定好的路線上巡邏，那就應該還會回來。沒有拖拖拉拉的時間了。把變得比較容易移動的門再稍微打開一點，我就和亞絲娜一起閃身進入內側。一關上門，就壓抑腳步聲朝著盡頭的轉角猛衝。

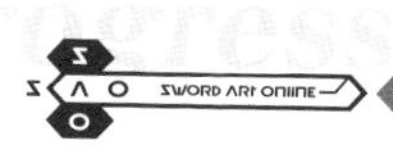

往右邊的通道窺視之後，就看見鞋底鉚釘踩出「喀滋、喀滋」聲的衛兵逐漸遠去的背影。由於前面是死路，所以他一定會走回來。

左邊的通道在前面一點的地方往右彎。雖然不知道它的前方是什麼狀況，但也只能衝了。我用手指對亞絲娜比了個訊號，接著往左邊跑去。

我們轉過轉角的同時，背後衛兵的腳步聲也正好暫時停了下來。幾秒鐘後，再次響起的腳步聲節奏沒有變化。看來我們是成功通過第一道關卡了。

我們衝進來的通道，目前看不見衛兵的身影。視線所及之處是一直線往前延伸的通道，左右兩邊的牆壁上則存在幾扇木門。既然不知道從大型船上搬下來的木箱被放到哪裡去，就只能把所有的門都打開來看看了。

「……看來會花不少時間，我們就一邊休息，然後小心謹慎地行事吧。」

這麼呢喃後，伙伴也默默點了點頭。

結果左右兩邊的門全都落空了。

雖然有幾個寶箱，也在幾個類似休息處的小房間裡休息了一下，但還是有沉重的徒勞無功感。就算是非得踏遍所有地圖的我，也懂得要看時間。

搜索完持續一百公尺以上的通道，確認了一下時間後，發現已經將近凌晨兩點了。照這樣下去，看來會跟昨天一樣，回到鎮上時已經是天亮時分。

「嗯……看來前面還很長呢……」

我一邊窺探在通道盡頭發現的往下階梯，一邊帶著嘆息這麼呢喃道。結果旁邊的亞絲娜就稍微瞄了我一眼。

「你累了嗎？」

「沒……沒有啦，我還沒關係……妳呢？」

「我也沒問題，因為昨天睡得比平常還要好。」

──是這樣嗎？我在內心感到懷疑。

亞絲娜確實在羅摩羅老人的搖椅上比我多睡了兩三個小時，但零碎的睡眠很難消除所有的疲勞。如果那樣已經「睡得比平常好」，那麼平常她究竟只睡多久的時間呢？

可能是察覺我內心的疑問了吧，只見細劍使小聲地繼續說道：

「我本來就不是睡很久的人。」

「……這樣啊。」

雖然對這裡說的本來，指的是待在現實世界的時候，還是被囚禁到死亡遊戲裡之後感到相當在意，但亞絲娜也不再多說，直接就撐起身體。

「那我們走吧，我的第六感告訴我可以在下面找到剛才的木箱。」

我只能急忙追上拍了拍我的肩膀並開始往前走的搭檔。

走下漫長階梯的前方，是與上層完全不同的廣大倉庫。從我們的方向看過去，正面牆壁上有兩片大門，大門兩側有以墮落精靈來說算重武裝的衛兵守護著。而左右的牆壁邊可以看到隨便堆起來的許多木箱──

「喔喔，真的有耶。」

我一邊將身體隱藏在樓梯間的牆邊一邊低聲說道，結果亞絲娜一瞬間很驕傲地笑了起來，但立刻又正色說：

「但是，直接進入倉庫的話，很可能會被深處的衛兵發現……如果能移動到右邊或者左邊的木箱陰影處就好了。」

「嗯……雖然戰鬥的話應該能打倒，但那扇大門的後面很令人在意……感覺好像可以聽見什麼奇怪的聲音。」

這麼回答完後，我就和亞絲娜同時豎起耳朵。雖然極其細微，但果然斷斷續續傳出敲打以及摩擦某些物體的聲音。

「沒辦法分散衛兵的注意力嗎？」

「……………我試試看吧……」

低聲說完，我就從腳邊撿起一顆小石頭。如果有飛劍技能的Ｍｏｄ「意識攪亂」的話，成功率就能上昇，但現在冀求沒有的事物也是枉然。我慎重地瞄準右側的一個木箱丟出小石子。

當勉強擊中木箱角落的小石子，發出「喀咚」的微小聲音時，衛兵們看來嚴厲的面具瞬間轉往該處。下一刻，我就一邊推著亞絲娜的背部一邊衝進倉庫裡。我們彎曲身體，以躡手躡腳所能跑出的最快速度衝到左側木箱的遮蔽處下。

幸好兩個人身上幾乎都只有皮革與布料裝備，作戰總算是順利成功了。我把背靠在木箱上，吐出一口細長的氣。

「呼…………那麼，來看看裡面裝了什麼吧……」

我以最小音量哼出這樣的話，並轉過身子。一看就能知道每個木箱的蓋子都沒有被釘上。看準一個上面沒有堆任何東西的木箱後，知道這時候發出無謂聲音將功虧一簣的我，就在極為慎重的情況下抬起厚厚的蓋子。

「…………」

「…………」

看見箱子內的瞬間，我就和亞絲娜面面相覷，然後再次往內部看了一眼，接著再度面面相覷。

「……這是怎麼回事？」

「……誰知道……」

我也只能露出狐疑的表情。因為箱子裡完全沒有任何東西。

「……這個箱子，裡面的東西不會已經被搬走了吧……」

低聲說完，我就打開隔壁的箱子。但也得到同樣的結果。更旁邊以及再旁邊的箱子，也除了空氣外就沒有任何東西了。

「為什麼……？明明那麼小心翼翼地把它們送過來這裡……」

「明明付了那麼一大筆錢……」

在兩個人同時發出充滿懷疑與失望的聲音時——

木箱堆成的小山後方，傳來大門打開的聲音。

但「確認隔壁房間的機會來了！」這樣的興奮瞬間變成了戰慄。因為至少有七八個人的沉重腳步聲傳到了倉庫深處。

「一直待在木箱的遮蔽處不動」，我檢討了零點五秒左右這個選項，但馬上就放棄了。根據我的「事件第六感」，這是不自己有所行動就會出狀況的場面。幸好靠著吵雜的腳步聲與一些對話的聲音，多少可以掩蓋掉聲響。

不能再猶豫下去了。我用左手推開眼前木箱的蓋子，同時以右手推著亞絲娜背部。

「到裡面去！」

以沙啞的聲音如此呢喃後，可能是感覺到我的緊張感了吧，搭檔也乖乖點了點頭。跟在輕輕跨過側面板子的亞絲娜後面，我也跳進箱子裡頭。下一個瞬間——

「喂……」

某樣柔軟的物體就隨著這樣的聲音用力壓在我的虛擬角色的右側面。雖然比想像中窄了許多，但現在也沒辦法移動到別的箱子去。只能硬把身體塞進剩餘的空間，然後將左手拿著的蓋子蓋上，只留下五公釐左右的縫隙。

還沒有時間鬆口氣，鄰近右耳的地方就響起既慌張又憤慨的呢喃聲。

「……為什麼這麼窄啊……」

「是……是啊。外表看起來還要更寬一點才對……可能是木板特別厚的關係吧……」

「製造這麼堅固的箱子裡面還沒有裝任何東西，簡直就像是要箱子本身……」

「噓！」

我小聲打斷了亞絲娜的抱怨，因為有幾道人影從細長的視界左側登場了。

站在前面的是以墮落精靈來說體格相當結實，打扮與其說是戰士倒不如說是工匠的壯漢。

沒有圖案的面具只蓋住臉孔下半部，強壯的雙手戴著皮革手套，還拿著一根大榔頭。

沒辦法馬上判斷出那是工具還是武器。理由是因為，壯漢的顏色浮標表示著「Eddhu：Fallen Elvev Foreman」。很可惜的，我不記得在學校裡學過Formen這個單字。

名字應該念作艾鐸的壯漢，在距離我們躲藏的木箱僅僅五公尺外的地方站定後，就對跟在後面的十幾個人表示：

「今天搬完貨後，預定的量就全部到齊了。」

好不容易才壓抑下想吐嘈他「明明都是空箱，什麼東西到齊啦！」的衝動。但自己的身體還是稍微震動了一下，在複雜的姿勢下緊貼在一起的亞絲娜就像是要表示「別亂動」般輕輕搖了搖頭。

我一邊也向她點頭，一邊拚命豎起耳朵。

「嗯，首先要跟你說辛苦了。」

以如冰塊般寒冷的美聲如此回應的，是一名很符合精靈形象的瘦高男性。身上穿著以墮落精靈來說很少見的金屬與皮革的複合鎧甲，背上還披著深紅披風。黑色面具上從額頭長出兩根角，下方的雙眼則看起來像是閃爍著紅光。

「但是，建造的速度好像有點慢了。」

披風男繼續這麼說道，艾鐸則是低頭回答：

「很抱歉，閣下。最晚三天後就能解除這種情形。」

「嗯，那麼我可以認為一切都將按照計畫在五天後完成吧？」

我一邊再次在腦袋裡吐嘈「要完成什麼說清楚好嗎！」，一邊把視線對準披風男，讓他的顏色浮標出現。下一個瞬間——

我的身體就再次跳了一下，而亞絲娜的身體恐怕也產生了劇烈震動。

幾乎是黑色的暗紅色。雖然怪物的顏色浮標，紅色會因為與目視者之間的等級差異而變淡或者變濃，但是被稱為「閣下」的披風男，身上的浮標顏色比我至今為止在這個世界裡見過的所有浮標都要濃。連在第三層戰鬥過的墮落精靈司令官跟他比起來都只是小巫見大巫。

但是，我的等級現在已經是遠超過第四層攻略適切值的第16級了。就算這樣還是那種黑色的話，那個披風男的等級到底到達什麼樣的境界？

「…………」

我幾乎沒有注意到身邊的亞絲娜緊抓住我的右肩，只是凝眼看著浮標下部的專有名詞。

「N'ltzahh：Fallen Elven General」。

——將軍！

——倒是那名字要怎麼唸啊！

幸好艾鐸幫忙消除了一半我這樣的戰慄與困惑。

「是的，我們會不惜性命完成目標，諾爾札閣下。」

「很好。拜託你了，艾鐸。」

艾鐸砰一聲敲了一下強壯的臂膀後，名為諾爾札的將軍閣下就翻動披風開始走動。而且是

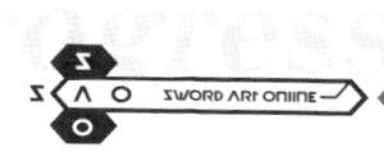

筆直地朝我們藏身的木箱走過來。

我一邊感覺背部開始發冷，一邊把抬起五公釐左右的蓋子合上。光是諾爾札將軍一個人就已經能讓我們吃不完兜著走了，再加上隨從的八名戰士，以及就算不是戰鬥職應該也相當強的艾鐸，一旦發生戰鬥的話我們的勝機可以說相當渺茫。萬一被發現，就只能立刻從箱子裡跳出來衝上右邊的階梯，然後全力逃到基地外面去了。

讓我們焦躁不以的「喀滋、喀滋」腳步聲緩緩接近，最後大約在距離三公尺的地方停了下來。接著諾爾札冰冷的聲音就再次穿透木箱厚厚的蓋子傳了進來。

「……不過這真的是很滑稽的一件事。在遙遠的古代被切斷聖大樹恩寵的我們，現在竟依然被精靈族的禁忌所束縛。」

回應他自嘲般發言的，不是艾鐸那渾厚的聲音，而是同時帶有甜膩與尖銳的女性聲音。

「是的……如果沒有這無聊的禁忌，就不用為了收集這些資材而跟那些骯髒的人類交易了。」

「再怎麼抱怨也沒用，凱伊薩拉。現在要付多少錢給他們都沒關係。因為等我們收集到所有的祕鑰，打開聖堂大門的時候，就連殘留在人族的最大魔法都會消失得無影無蹤啊……」

「您說得沒錯，閣下。實現宿願的時刻已經一步步接近了。」

「嗯。首先必須盡快奪回特務隊司令官失手的第一祕鑰。五天後，所有準備完成時就開始作戰。我很期待你們的表現。」

許多回答「遵命！」的強而有力聲音響起，讓我們藏身的木箱蓋子產生震動。

即使聽見無數的腳步聲遠去，大門跟著關上的聲音，我還是有好一陣子無法動彈。

我盡可能把剛才的對話詳細地記在腦子裡，決定等脫離這裡之後一定得把它正確地寫下來。墮落精靈們就是給了我們如此多且重要的情報。祕鑰、聖堂都是封測時期的活動任務裡出現過的單字，但是應該都沒有如此具體地被提到過。說起來我根本不記得封測時期曾經遇見過諾爾札將軍這號人物。那個傢伙到底是……………

「…………喂。」

「……那傢伙是墮落精靈真正的頭領嗎……？」

「……我說桐人。」

我的右肩被用力壓住，終於讓我從沉思當中醒了過來。

「咦?怎……怎麼了?」

「還問我怎麼了。你想保持這種姿勢到什麼時候啊?」

「啊，抱……抱歉……」

我邊說就邊順便往身體的右側看去。

結果到這個時候才注意到，自己的右手似乎正處於極為糟糕的狀態當中。

「對噗……！」

差點叫出對不起的我急忙閉上嘴巴。然後迅速想把深陷入亞絲娜全新胸甲與束腰外衣之間的右手抽出來，但是因為後面已經沒有多餘的空間，造成只是不斷有某種軟綿綿且相當有彈性的觸感傳過來，狀況完全沒有獲得改善。

「喂，不要隨便亂動啊！」

「沒……沒有啦，我馬上……咦，奇怪了？」

「嗚……我……我說啊，如果你是故意的，我就要把你丟到隔壁的房間去喔。」

——絕對沒有這回事，閣下！

我一邊在腦內這麼大叫一邊像在表演軟骨功一樣把右臂折成奇怪的角度，這才好不容易從鎧甲的側面把手抽出來。終於可以鬆口氣了……由於目前完全沒有這種跡象，我為了逃開照射在右頰的雷射般視線，只能悄悄把木箱的蓋子抬起來。

視界裡看不見墮落精靈的身影。但是，木箱小山後面的大門兩側，應該還殘留著兩名衛兵。我在拿穩蓋子的情況下站起身，首先讓亞絲娜離開。接著我也跨過側面木板來到外面，慎重地把蓋子蓋上。

還沒有時間發出嘆息，亞絲娜就把臉伸了過來。還以為她是要指責我剛才的惡行，結果發出的呢喃卻極為嚴肅。

「得在離開這裡之前，弄清楚剛才那群人說的『資材』究竟是什麼。我想應該是在還沒調查過的箱子裡……」

「嗯……是沒錯啦……但是……說不定……」

我一面吞吞吐吐地回答，一面在腦內重播剛剛竊聽到的對話片段。

湊齊預定的量了。按照計畫完成。精靈族的禁忌。和人族的交易。祕鑰。奪回。五天後開始作戰……

我感覺著靈感閃爍不定的焦躁感，隨口就說出一直掛在腦袋角落的疑問：

「亞絲娜啊，妳知道那個叫艾鐸的大叔，職業『Foreman』是什麼意思嗎？」

結果亞絲娜卻在學校裡學習過——雖然不知道是不是這樣，但她卻一臉稀鬆平常地點了點頭。

「嗯。它有『師傅』、『工場長』或者『工頭』的意思。」

「…………工頭……？」

這麼說來，那個榔頭就不是武器而是道具了。要使用那麼大的榔頭，應該是製造相當巨大的東西吧……

想到這裡的瞬間，我腦袋裡頭的碎片全都發出啪嘰的聲音並回到原本的位置上。

「………………！」

差點大叫出來的我，就這樣凝視著旁邊堆積起來的木箱。

沒錯，躲在箱子裡的時候，亞絲娜不是就稍微提到過了嗎？這些堅固的木箱不是為了搬運什麼東西。只是為了隱藏和墮落精靈之間見不得人的交易而偽裝成箱子的形狀。

目前我們所看見的，全都是造船的材料。

那扇大門的後面應該就是工作室，他們就是在那裡將木箱解體並改造成船隻。微微可以聽見的榔頭聲正是最好的證明。

為什麼想要造船，還得跟羅畢亞的水運公會交易呢？那恐怕是與諾爾札將軍所說的「精靈族的禁忌」有關吧。這個世界的精靈，沒有辦法砍倒活生生的樹木來製成木材。能使用的就只有因為自然因素而倒下的樹木。他們是為了建造光用這樣的木頭無法滿足的大量船隻，才會借用人族之手嗎？

「……喂，你知道些什麼了嗎？」

被亞絲娜輕輕戳了一下手臂，我才先暫時停止思考。

「嗯……是啊。但是要說明的話需要一段時間，我們還是先離開這裡吧。那些傢伙也有可能再回來。」

「到時候，要各自躲在不同的箱子裡。」

聽見對方堅定的宣言，我也只能不停地點著頭。

再次丟出小石頭來分散衛兵的注意力，從倉庫脫身而出的我們衝上階梯回到一樓（？）。不知道是因為放鬆還是精神疲勞，結果在入口附近被衛兵發現了，但在他呼叫伙伴前就把他打倒，順利到達水路迷宮的船埠。

由於花了超過預期的時間，所以當我拿起罩在蒂爾妮爾號上的「阿爾基羅的薄布」時，布的耐久值已經剩下不到一成。我仔細地疊好幫了我們大忙的布並將其收進道具欄裡，然後急忙出航。

回程上也數次遇見螃蟹與烏龜之類的怪物，但全都用蒂爾妮爾的火焰撞擊（暫稱）來將其打敗，最後終於離開迷宮。

當貢多拉來到天亮之前的漆黑河面上，任務記錄更新的效果音就跟著響起。

我一隻手操縱著船槳，一隻手迅速打開視窗。最新的指示是「將入手的情報，傳達給適當的人知曉」。

在船首保持警戒並看著同一條記錄的亞絲娜，一瞬間回過頭來說：

「適當的人，指的是羅摩羅先生嗎？」

「嗯……但是至今為止的指示裡，都以『船匠』來稱呼老爺爺……」

「那是水運公會的高層之類的嗎？」

「嗯……但感覺那也不會是什麼友好的發展……」

「那到底是誰啊？」

「包含這個問題在內，等回到城鎮之後再討論吧。」

這雖然讓亞絲娜露出些許不滿的表情，但她還是接受了這個提案，準備先把頭轉回去的她像是想起什麼事情般又加了一句：

「啊，對了。關於旅社，要不要換個地方？轉移門廣場那裡的旅社也不差，但我不想再次在船埠引起奇怪的騷動了。」

「啊〜說得也是……那找個不顯眼的地方吧。也得快點把造船任務的情報交給藍隊和綠隊才行……」

這麼呢喃完後，又有了「等一下」的念頭。

龍騎士的凜德與解放隊的牙王，如果在造完船後便結束任務也就算了，如果想和我們一樣繼續任務的話會出現什麼情況呢？聽完羅摩羅老人的話後發現可疑的貨船，然後追著它到水路迷宮裡潛入墮落精靈的祕密基地……萬一他們要是在那裡和諾爾札將軍以及他的部下戰鬥呢？雖然不是懷疑凜德與牙王的實力，但對上那個說不定跟樓層魔王同等甚至還要更強的將軍，真的能在沒有任何人喪生的情況下獲勝嗎……？

想起在木箱裡稍微瞄到諾爾札將軍那漆黑的浮標，我就微微發起抖來。

不對，我想那個事件應該是只要發生戰鬥就一定會落敗。如果跟第三層「精靈祕鑰」任務的導入部分，也就是和黑暗精靈騎士或者森林精靈騎士戰鬥時一樣設有救濟措施就算了，如果沒有的話，就算六人小隊也很有可能全滅。

「……也要和亞魯戈談談能給多少情報……」

我小聲這麼呢喃並緩緩划動船槳，不久後前方就出現羅畢亞漆黑水門的影子。

選擇西南區域角落的一間小旅社作為新據點的我們——決定的原因是，它附有住宿時能夠停泊貢多拉的小屋——在依序進入租借的其中一間房間後，我立刻就倒到搖椅，而亞絲娜則是倒到床鋪上。

我們同時呼出一口長長的氣，然後慢吞吞地動著手指，把武器和鎧甲收回道具欄中。時間已經是凌晨三點半。雖然比昨天還早回到旅社，但可能是超過十個小時的冒險實在太過累人了吧，強烈的睡意一直想關上腦袋的開關。

但是這個時候還不能夠睡著。必須趁記憶還鮮明時先整理好情報，而且我租的房間是在隔壁。

「……那麼，先來談談那些木箱的事情……」

雖然一邊忍著呵欠一邊提出這樣的話題，但是亞絲娜卻沒有反應。我撐起上半身，朝著床鋪看去，就發現趴著的她頭整個埋在枕頭裡沒有任何動靜。而且選單視窗還顯示在枕頭前方。

……明明說不習慣睡太久，結果倒是很快就入睡了嘛。

我一邊在腦袋裡這麼抱怨一邊從搖椅上站起來，然後移動到床鋪旁邊。

「那個～視窗沒有關喔～」

雖然向她搭話並輕輕搖了她的右肩，但是她卻完全沒有醒過來的跡象。雖說視窗的原始設定是私人模式，所以我只能看見沒有任何圖案的平板，但還是會覺得有點不小心。

「亞絲娜小姐～請妳醒醒～」

——沒有反應。繼續這樣搖下去，可能又要出現性騷擾警告了。

話說回來，也得調查警告的順序有些奇怪這件事。但現在首先要把亞絲娜的視窗關上。

我思考了一下後，就舉起亞絲娜攤在床上的右手。只要從選單上面輕拂一段時間就能將其消除，所以我就配合手指的位置把它往下移動。在第三次的挑戰時終於成功把視窗關上，於是我迅速把右手放回去，然後鬆了一口氣。

「……那就之後再開會吧。晚安。」

小聲如此宣告後，我就在極力保持安靜的情況下離開房間。

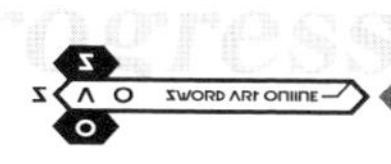

6

隔天——十二月二十四日星期六，下午三點。

我連續動著已經能自由操縱的蒂爾妮爾號船槳，老實地以帶著感嘆的聲音說道：

「哎呀……想不到竟然能造出那樣雄偉的船……」

結果就從停泊在右邊的中型船船尾傳出渾厚的笑聲來回答我。

「哈哈，昨天的『熊森林』就因此而產生大騷動呢。我們有兩個人有斧頭，所以瞬間就收集完素材了。不過，只有普通素材而已，也沒什麼好驕傲的啦。」

聲音的主人是一名剃著光頭，下巴蓄著短鬚的巨漢。他昨天似乎一直練習操縱貢多拉到深夜，運用船槳的技術已經是有模有樣。

「那就沒有在老爺爺的地方排到隊嘍？」

「嗯，攻略冊一發布後我們是第一個到達的。雖然僅差五分鐘而成了第二名的DKB那群傢伙露出很不高興的表情。是你們幫忙搜集那些資料的吧？得好好跟你們道謝才行，辛苦你們了。」

「沒……沒有啦，別這麼說。」

對隱瞞了一半與任務相關的資料感到內疚而吞吞吐吐地這麼回答後，巨漢就像是看穿了一切般咧嘴笑了起來。

他的名字是艾基爾。在大多數最前線組玩家不是隸屬於「ＤＫＢ」也就是龍騎士旅團，或者是加入「ＡＬＳ」，也就是艾恩葛朗特解放隊的現狀當中，他是貫徹中立立場的四人小隊的隊長。

艾基爾的中型貢多拉上搭乘著三名體格和他同樣壯碩的兩手武器使用者，船身的顏色是沉穩的棕色。可能是急著建造吧，沒有任何包含衝角在內的附加選擇物品，但成員們攜帶的兩手武器本身就像是水上戰用的兵器。船首兩側以黑色字跡寫著「Ｐｅｑｕｏｄ」這樣的船名。

雖然是我完全不清楚單字的由來，但坐在前席的亞絲娜瞄到船名後就在紅斗篷的兜帽下呢喃著：

「裴龐德號，這名字不是很吉祥呢。」

聽到她這麼說的艾基爾又哈哈大笑起來，小隊成員之一的兩手槌使也抱怨著：「所以我不是說了嗎！」

可能是注意到我頭上的問號了吧，回過頭來的亞絲娜親切地幫我解說。

「『白鯨記』裡亞哈船長乘坐的船呢，就叫作裴龐德號。最後被莫比·迪克這隻鯨魚給弄

沉了。」

「這……這樣啊……那為什麼要故意取這個名字呢？」

看著旁邊問了一下後，巨漢就咧嘴笑著回答：

「反過來想，就表示在和巨大白鯨作戰前都不會沉沒吧？至少要在那裡對戰的好像不是鯨魚而是烏龜。」

說完後，他就用粗壯的左手指向前方。

蒂爾妮爾號與裴龐德號停泊的地方，是第四層中央部靠近北方的卡魯戴拉湖入口處。直徑三百公尺左右的湛藍湖水被垂直的懸崖包圍，不突破這個地方就沒辦法到樓層南側。也就是各樓層最少會準備一處的練功區魔王巢穴——我們就是為了參加這場攻略戰而在此地待機。

封測時期，這個地方是火山口，地面的裂痕因為岩漿而發出鮮紅光芒。雖說外觀變成湖泊的現在可以說比以前美上好幾倍，但乘船與魔王戰鬥還是令人不安。因為擔任船夫的玩家要是落水，船就再也無法動彈了。

這樣的思考，忽然就被「鏘～鏘～」的敲打銅鑼聲給打斷了。音源是我剛才評為「雄偉的船」其中之一。

蒂爾妮爾號前方右側，有三艘船體塗成藍色，邊緣塗成白色的貢多拉將船尾面向這邊停泊著。中央的一隻是羅摩羅老人所能製造的船裡最大等級的十人座貢多拉。其他兩隻和艾基爾他們一樣屬於四人座貢多拉。由於各自還要加上一個船夫的位子，所以船上的玩家總共多達二十一人。正如船體的藍色塗料所顯示，那是屬於龍騎士旅團的船隊。

而左側則有船體塗成暗綠色，舷側塗成暗灰色的三艘貢多拉。這邊的三艘全都是同樣大小的六人座，包含船夫在內合計人數也是二十一人。它們是屬於綠色為公會代表色的艾恩葛朗特解放隊。

在第三層的時候，兩個公會的成員應該都只有十八人，所以來到第四層後就各自增加了三個人吧。差不多得跟亞魯戈索取名簿才行，不然長相和名字快沒辦法湊在一起了。雖然凝眼搜尋那個半夜和我進行死鬥的謎樣單手劍／單手斧使摩魯特的身影，但還是找不到成為他註冊商標的鎖子頭罩。

話說回來，就算人手充足，兩個公會都能在短短一天內分別湊齊三艘貢多拉依然是相當了不起的一件事。建造一艘就要三個小時，最後一艘可能就在快到集合時間時才完成吧。雖然是NPC，但徹夜沒睡為了他們不停工作的羅摩羅老人一定累翻了。

拚命敲打銅鑼的是現場擁有最大船隻的公會DKB的旗艦。船首的銅鑼恐怕是大型船專用的附加選項吧。在沒辦法準備相同物品的ALS眾人憤怒的視線前方，DKB的領袖凜德高舉起右手讓銅鑼停下來，然後大聲表示：

「時間到了！那麼接下來就開始第四層練功區魔王『雙頭古巨龜』的攻略！我想所有人都

尚未經歷過使用船隻的水上大規模戰鬥，但不需感到害怕！正如在雜兵戰所經歷的那樣，怪物的攻擊傷害幾乎都會被船隻吸收！」

……那是因為你的船看起來耐久值就很高啊。

雖然在內心如此抱怨，但沒有實際說出口。凜德高舉起右手後，就用力握緊拳頭說道：

「就如事前會議所說明的那樣，『古巨龜』的攻擊模式相當單純！只要注意兩個頭的方向，就不會受到突進攻擊！我會用這艘船的銅鑼來指示迴避時機，聽見鑼響就快點逃走！」

……這個情報也是我們調查出來的就是了。

當然這樣的抱怨也被我吞進肚子裡去了。說起來我們也有因為偷跑而先獲得貢多拉的罪惡感在，所以身為前線組的一員，偵查員的工作也應該甘之如飴地承接下來吧。

真要說的話，如果可以把正面突破的工作也推給我們就好了，但很可惜的是，那似乎是屬於龍騎士與解放隊的工作。這次的練功場魔王戰，我和亞絲娜以及艾基爾等人被分配到的，是攻擊魔王因為背上的堅硬甲殼而幾乎不會受到傷害的側面。

「那麼，開始移動！魔王出現之後，就以開會時的隊形把牠包圍起來！龍騎士艦隊——前進！」

凜德這麼大叫，迅速將右手往前揮落，ＤＫＢ的旗艦「利維坦號」與左右的兩隻船隻就開始航行。率領左側船隊的牙王也不服輸地吼叫：

「很好，那我們也出發吧！解放隊，全艦前進～～！」

ALS的旗艦「解放號」的水手，不對，操舵手回答「遵命」後就划起船槳，而僚船也隨即跟著移動。

「唉……那我們也出發吧……」

我發出毫無幹勁的聲音後，身邊的艾基爾就一邊咧嘴大笑一邊伸出大大的拳頭。

「我們也要讓那些傢伙知道，我們不會輸給他們！」

艾基爾組的三個人發出「喔！」的叫聲，亞絲娜也無言地深深點了點頭。如此一來，我也沒辦法獨自保持低沉的狀態，所以也將左手舉成微妙的角度並試著發出「喔～」一聲。

第四層練功區魔王「雙頭古巨龜」，正如其名是大型水棲怪物。攻擊模式是雙頭的噬咬，以及用左右的鰭拍打水面，再加上活用全長二十公尺的巨大身軀所進行的突進攻擊。

凜德剛才也說過，噬咬與拍打水面的攻擊力並不高，在危急時還能以船體來幫忙吸收傷害。但棘手的是牠的突進攻擊，直接被撞到的話恐怕會翻船吧。

根據凜德他們的報告，翻覆的船似乎經過三十秒就會自動復原。但在那之前船員就只能抓著船體，要是這時候巨龜發動噬咬或者拍打水面攻擊就麻煩了。

幸好在牠使出突進攻擊前的幾秒鐘，兩顆頭就會一起朝向同一個方向。只要不錯失這個預兆並從巨龜的視界裡退開的話，要躲開突進攻擊並不是太困難。

利維坦號的銅鑼發出「鏘～鏘～」的聲音，同時也傳出凜德的叫聲。

「迴避——！」

一看之下，就發現待在古巨龜正面的四艘貢多拉緊急往左右兩邊分開。貼在巨龜左側面的我也為了慎重起見而讓蒂爾妮爾退後。

下一刻，古巨龜將像龍一般的兩條脖子高高舉起，接著二十公尺的巨軀猛然開始衝刺。

捲起來的水花像是在淋浴一樣從天而降，不停推過來的波浪也讓船產生劇烈搖晃。我一邊豎起船槳來抑制搖晃一邊觀察狀況，看來這次也沒有因此而翻覆的船。魔王的ＨＰ條已經減少將近一半，繼續這樣下去的話不到二十分鐘就可以完成討伐了吧。

當我為了追上移動的古巨龜而操縱船隻時，右手握著細劍的亞絲娜就回過頭來說：

「喂，封測時期這裡是什麼樣的魔王？」

「噢……雖然也是烏龜，不過是像象龜一樣的傢伙。雖然很堅固，但動作相當緩慢，我記得沒費太大功夫就把牠打倒了。」

「這樣啊……那麼正式營運後第四層會變成浸在水中，只是按照原定計畫的更新嘍。」

「應該是這樣吧，主街區的建築物，玄關也從一開始就在二樓的高度了……哎呀呀……」

ＡＬＳ的六人座貢多拉快速通過我們旁邊，現場最小號的蒂爾妮爾號立刻劇烈搖晃起來。

而且在超越我們的時候……

「今天就連你這個封弊者應該也搶不到LA啦！」

還丟下這麼一句讓人備感溫馨的發言。

船遠去之後，站在船頭的亞絲娜就憤慨地說道：

「說那是什麼話，決定隊形的不就是你們嗎？」

「算了算了，一直待在側面的話，船就不會受到損傷了。」

我安撫著搭檔，然後再次將船划到古巨龜的左側面。

攻擊雖然最為激烈，但也能給予牠最大傷害的頭部那一邊，DKB與ALS各有兩隻貢多拉負責。雖然比不上頭部，但還是能給予傷害的尾巴部分兩個陣營也各有一隻船，這就是事前決定好的配置。而我們和艾基爾被分配到的兩側，則是並排著烏亮厚重的龜殼，就連騎士細劍+5也幾乎沒辦法削減魔王的HP條。

我一邊在後方注視著賭氣使出二連突刺「平行刺擊」的亞絲娜身影，一邊用另外一半腦袋想著事情。

結果關於造船任務後半部分的資料，最後還是沒有刊登在昨天中午過後由亞魯戈發行的攻略冊裡。理由是因為實在無法估計諾爾札將軍的實力，以及這兩大公會的敵對關係。

在第三層森林精靈前線營地前，進行森林精靈方活動任務的DKB與進行黑暗精靈方的A

LS陷入了一觸即發的事態。我的說服完全沒有作用，幾乎快發生玩家對玩家的集團戰時，多虧有騎士基滋梅爾登場，雙方才因為她的迫力而收起劍來。

之後開始溝通的兩個公會同時放棄活動任務，迴避了攻略集團崩壞的危機。但是造船任務的後半部，應該是和活動任務有關聯。隨便公開情報的話，他們很可能會利用轉移門回到第三層再次開始任務。其結果就是兩大公會可能又會在各個地方發生衝突，而我是絕對想避開這樣的發展。

因此我和亞絲娜在與亞魯戈商量之後，就決定隱藏與墮落精靈相關的情報。但凜德與牙王這兩大公會領袖也不是泛泛之輩。也考慮到在進行任務當中可能會自行發現後續的發展，如果真是那樣的話，我們也無計可施了。只不過——他們人數眾多，船隻也屬於大型船，就我看來操縱船艦的技術也相當粗糙，所以很可能在跟蹤水運公會時被發現，任務也因此而中斷。

正因為兩大公會彼此間露骨的競爭心，死亡遊戲的攻略才會如此迅速，這已經是無庸置疑的事實。但沒有防止兩陣營的反目超越最後防線的機制，老實說讓我感到很害怕。

現在需要的是第三勢力嗎？規模雖然小，但是擁有讓凜德與牙王刮目相看的發言力與領導力，對攻略集團整體來說算是基石般的存在。

目前最接近這個位置的，應該是在巨龜另一側戰鬥的斧使艾基爾吧。但是他和三名伙伴，似乎是打算貫徹獨立游擊部隊的位置。只有在練功區魔王與樓層魔王攻略戰時才會與集團會合，除此之外就幾乎不會現身。

除了他之外還有可能成為基石的，就只剩下一個人了。那個人就是在我眼前閃電般刺出白銀細劍的細劍使亞絲娜。

剛結束和第一層的樓層魔王「狗頭人領主・伊爾凡古」戰鬥時，我就曾這麼對她說過。我說——妳一定可以變強。所以如果有可以信賴的人邀妳加入公會就不要拒絕。因為獨行玩家有絕對無法跨越的界限。

當時的印象並沒有錯。甚至可以說我太小看她的實力了。再稍微習慣一下這個世界，學會遊戲知識，亞絲娜應該就能成功地率領屬於自己的公會吧。而那個公會應該能夠完美地負起維持ALS與DKB平衡的角色。

但是，只要和身為封弊者的我待在一起，她就會一直被攻略集團視為異類。不調整腳步配合攻略集團，任性地搶先獲取道具與情報的異端分子，她就只能給人這樣的印象。

為了全體攻略集團……以及亞絲娜個人著想，或許不能一直和她搭檔下去了。但是我在得知亞絲娜獲得高性能的騎士細劍，以及實際上能增加一個技能格子的卡雷斯・歐的水晶瓶時，就產生莫名的危機感，表示要以她的安全為最優先考量，把情報隱瞞了下來。

雖然擔心她的安危並不是謊言，但其實是有更大……而且更加自私的動機存在吧。

我的內心是不是害怕著，她比現在更加受到矚目，最後眾人希望她能夠擔任領袖的發展呢……

「——桐人！怪物的血條快要變紅了！」

聽見這樣的聲音，讓我從沉思當中醒了過來。抬頭一看之下，發現浮在宛如小山般的雙頭古巨龜龜甲上的第二條ＨＰ，終於快要完全消失了。由於有不少進入紅色區域就會改變攻擊模式的魔王，我為了慎重起見還是讓船往後退。

但是，擔任主攻的四隻貢多拉還是緊貼在巨龜前面，甚至開始更加激烈的攻擊。並排在橫向貢多拉上的玩家們不停發動劍技，各種顏色的特效光就這樣籠罩古巨龜的兩個頭。ＨＰ條不斷減少，剩下不到一成——

「……喂，所有人快離開！」

就在艾基爾的叫聲越過龜甲傳過來時——

取得充分距離的我，剛剛好能夠看見巨龜的全體。發現牠的兩根脖子、前後鰭以及尾巴都像是纏在龜殼上面一樣。雖然是第一次看見這種動作，但預感接下來會發生什麼事的我隨即大喊：

「糟糕，牠要旋轉了！」

烏龜雖然要旋轉了，但總不會飛上天空吧，只不過要是被引起的大漩渦捲進去的話，就算是大型船也會翻覆——或者因為互相激烈碰撞而造成嚴重傷害。但就算聽見我和艾基爾的叫聲，兩個公會還是不躲避。他們似乎是想就這樣用劍技把巨龜幹掉，但進入旋轉準備模式時防禦力好像也會跟著上升，HP條還是剩下最後一點點。

「桐人，這樣下去凜德先生他們會有危險！」

亞絲娜尖銳的叫聲讓我下定決心並點了點頭。

才剛對站在船頭的搭檔做出「蹲下」的指示，我就立刻拚命划動船槳。在撕裂白浪往前疾驅的蒂爾妮爾號前方，古巨龜的巨大身軀已經蓄滿力道。

——如果這樣衝過去把戰果占為己有的話，對我們的惡劣評價又會更嚴重了吧。

我瞬間產生這樣的猶豫。

「……誰理他們啊！我也不打算讓出這個位置啊！」

我以這樣的叫聲趕走猶豫，然後完成最後的划動。

蒂爾妮爾號帶著鮮紅熱量的衝角，猛烈撞上準備開始旋轉的巨龜那跟背部比起來柔軟許多的側腹，並深深刺了進去。

一瞬間的寂靜之後，從牠背上龜殼的各處噴出幾道白色水蒸汽。最後巨大身軀整個膨脹，籠罩在藍光當中——爆散開來。

我一邊抬頭看著金錢與普通掉寶，以及獲得最後一擊獎勵的顯示，一邊想著……結果又幹出這種事了嗎？

從船頭站起來的亞絲娜，邊把細劍收回左腰的劍鞘裡邊以奇怪的眼神看著我。

「……抱……抱歉。忽然往前突進，但那是因為烏龜好像要發動什麼恐怖的攻擊……」

「是沒關係啦……但你說的這個位置，指的是什麼？」

那……那當然是船夫，不對，貢多利耶雷的位置嘍。

雖然不知道這樣的藉口能不能矇混過關，但趁著亞絲娜沒有追究下去，我就迅速把船移動到卡魯戴拉湖入口處。

穿越明明打倒了練功區魔王，卻還是有人板著臉，有人鼓起臉頰，有人臭著臉的龍騎士與解放隊成員身邊，朝對我們豎起大拇指的艾基爾等人揮了揮手後就離開了湖泊。直接在溪谷中前進一陣子後，應該就能到達「下一個村莊」，也就是名為烏斯科的小村莊才對。

「話……話說回來……」

我對著不知道正想些什麼的亞絲娜背部這麼搭話，隔了一會兒後她才有所反應。

「咦……怎……怎麼了？」

「沒有啦，不是什麼大不了的事……只是覺得這一層城鎮之間的移動不太輕鬆。之前幾層都可直接衝過道路，但這裡就只能游泳或者划船……」

「嗯……說得也是。河裡面偶爾還會有怪物出現……雖然說想觀光的人應該到羅畢亞就很滿足了，但像亞魯戈小姐的話，不知道是怎麼移動的喔？」

Tilnel

「這麼說起來，我想這次連那個傢伙可能也無法離開主街區了……」

「不能太小看我喲，桐仔。」

「沒有啦，我沒小看妳啊……等等，嗚喔哇啊！」

突然從側面傳來熟悉，但是在這裡不可能聽見的聲音，讓我差點從船上掉到河裡。結果操槳的動作也因此出錯，讓貢多拉劇烈搖晃起來。坐在前席的亞絲娜也在急忙取得平衡後，才一臉驚訝地回過頭來。

在船的左側，以跟蒂爾妮爾號相同速度移動的，無疑就是「老鼠」亞魯戈了。

她並不是在游泳。也不是乘坐貢多拉。

她就像隻水黽一樣，在水面咻咻滑行著。

「那……那是什麼？難道妳拜入風魔忍軍那群以『在下』自稱的傢伙門下了嗎？」

「喵哈哈，怎麼可能。我在主街區找到好東西啦。」

她一邊「咻～～～」一聲光用左腳滑行，一邊高舉起右腳讓我看見。平常穿著靴子的她，這時光溜溜的腳上套著的拖鞋，裝置了看起來非常輕的木製浮板。看來那是能在水面行走的道具。

「有……有賣那種東西嗎！這樣就不用如此辛苦造船了……」

「但意想不到的是，這裝備要求的ＡＧＩ相當高，而且使用時還必須全力減輕裝備重量。

再加上稍微失去平衡就會整個人翻倒。所以絕對不可能在這種狀態下戰鬥啦。」

「這……這樣啊……不過妳看起來不像是減少裝備了……」

就我側目觀察之下，亞魯戈身上穿的是平常那一件兜帽斗篷。看起來實在不像經過輕量化了。

「老鼠」動著臉頰上的三根鬍鬚嘻嘻笑了起來。

「看起來是這樣嗎？說不定我斗篷底下沒有任何裝備喲。」

「…………這……這樣啊。」

我忍不住想側眼進行確認，但被從前席傳來的具貫穿屬性的視線照射，讓我急忙別過頭去。

亞魯戈再次發出帶有含意的笑聲，亞絲娜則是在乾咳了一下後對她搭話道：

「那個，亞魯戈小姐。要不要搭我們的船到下一個村子去？反正還有一個空位。」

「喔，真不好意思。那我就恭敬不如從命了。」

剛回答完，「老鼠」就輕輕搭上貢多拉，坐在亞絲娜後面的真皮椅子上。結果兩名女性玩家立刻開始竊竊私語。

……真是的，兩人座其實可以坐三個人這件事應該一開始就要說啊，老爺爺！

我一邊在心裡呼喚著羅摩羅老人，一邊加快了貢多拉的速度。

如果說主街區羅畢亞是「水之都」的話，那麼烏斯科應該就是「漂浮的村莊」了。

以類似輕木般的圓木作為浮體的十幾間小屋與道路、廣場就浮在牛軛湖中央，隨著毫無間斷的漣漪搖晃而發出摩擦聲。跟封測時期沒有任何特點的寂寥小村莊比起來，現在的模樣絕對比較有風情。長時間停留在此的話，感覺似乎會有點暈船。

說起來，搭乘交通工具時的暈眩是因為三半規管受到刺激的緣故，直接對腦傳送「搖晃感」可能不會造成暈眩就是了。現在想起來，不只是我和亞絲娜，就連其他前線組玩家們也都沒有因為搭乘貢多拉而暈船的現象。

把蒂爾妮爾號停在村子角落的船埠，並確實繫上纜繩的我們，就先往位於村子正中央的唯一一間餐廳前進。雖然太陽還高掛在天空，但為了慶祝練功區魔王攻略成功而小酌一番應該是沒關係吧。

走在前面的亞魯戈，從斗篷的下襬可以看見將浮板拖鞋脫掉後的光腳，這時我一邊全力將視線移開，一邊在木板漂浮通道上行走，不久後前方就出現一棟充滿熱帶氣息的餐廳。面向湖面的露天平台上，目前當然還看不見其他玩家的身影。

坐到正中央的特等席，向穿著暴露服裝的NPC女服務生點了飲料與輕食後，我就把身體靠在藤椅的椅背上大大地伸了個懶腰。

「呼～……這樣終於結束第四層的一半攻略了……」

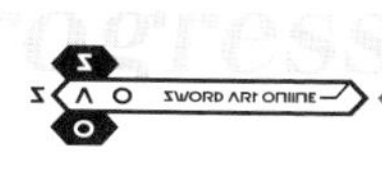

「雖然你說了終於，但來到第四層其實才不過三天而已喲。跟第二層、第三層比起來，速度已經相當快了。」

立刻被亞絲娜這麼指責的我，不由得發出「咦～？」一聲。

「是這樣嗎……？我記得來到第四層是十二月二十一日，所以二十二、二十三、二十四……啊，真的耶……」

「喂喂，你還沒到有老人痴呆症的年紀吧，桐仔。」

由於這次換成亞魯戈吐嘈了我，於是我便咧嘴笑著回答：

「等等，這可不一定喔。說不定現實世界裡，我是個退休後興趣是玩ＭＭＯＲＰＧ的老爺爺呢。」

「那就不能叫你桐仔，要叫你桐爺了。」

「……對不起，饒了我吧……」

在進行這種毫無緊張感的對話當中，倒在大雞尾酒杯裡的鮮豔飲料就被送了上來。互相碰了一下酒杯，大口把帶有荔枝香味的冰涼果汁喝完一半後，才再次長長呼出一口氣。

雖然浮現在這裡吃完輕食後，今天就直接到隔壁的旅館去睡覺的想法，但終究沒能這麼做。我搖了搖頭，轉換了心情開口說：

「再過一陣子，ＤＫＢ和ＡＬＳ也會追上來吧，在那之前我們得先接下這個村子能接的所有任務，然後選擇看起來比較簡單的來進行……」

主街區羅畢亞的「往日的船匠」以外的單發任務，昨天已經趁著其他公會在造船期間全部解決掉了。我們也因此而賺了不少經驗值，但因為已經超過適切值相當多，還是差了一點經驗值才能升級。只要能解決這個村莊的兩三個任務應該就沒問題了，所以希望能在睡覺前先升級——這算是一名遊戲玩家基於正常欲求的發言。

但亞絲娜和亞魯戈稍微面面相覷之後，就依序開口表示：

「雖然不知道艾基爾先生他們要怎麼做，但大公會的成員們今天好像都會回主街區。」

「所以沒有必要急著進行這個村子的任務喲，桐仔。」

「咦……？他們回主街區去了嗎？因為還有任務沒完成的緣故？」

兩個人不知道為什麼以微妙的視線看著因為驚訝而眨眼的我。

「……桐人果然沒被邀請嗎？」

「……………什麼沒被邀請？」

「……沒有啦，不用感到沮喪喲，桐仔。因為我們也像這樣陪在你身邊啦。」

「…………我為什麼要沮喪？」

「欸，你剛才說今天是幾月幾號？」

「咦……十二月……二十四日不是嗎？」

隨口回答完後，覺得不對勁的我就皺起眉頭。話說回來，幾天前好像曾經想到過這一天似乎是什麼日子。十二月二十四日……說起來是二十五日的前一天，也就是，沒錯，什麼夜的……

「咦……不……不會是聖誕什麼之類的吧……？因為這樣，DKB和ALS都回到主街區去了？應該說，難道這就是他們急著要攻略練功區魔王的原因？」

感到愕然的我這麼問完，兩名女性玩家就以很尷尬的表情點了點頭。

接著亞絲娜所說的，簡直就是驚天動地的一句話。

「嗯。那個，今天晚上，兩個公會一起辦了一個名為聖誕節壯行會的活動。」

「……什……一……一起聚辦……那些傢伙……怎……怎……」

我「怎麼回事啊啊啊啊啊」的狂叫變成聲爆撕裂湖面，讓烏斯科村產生了震度7的搖晃。

之後才聽說，剛才提到的「聖誕節壯行會」，是在二十四日傍晚五點開始於第四層主街區羅畢亞的轉移門廣場裡舉行，它是一個免費參加而且可以盡情吃喝的超大方活動。

雖然沒有使用公告欄或者散發傳單來通知（有的話應該就連我也會注意到吧），但在口耳相傳之下也有將近兩百名除了前線組以外的玩家們參加，因為是第一次由玩家主導的大規模活動，以及天氣參數的不規則變動，讓整場活動辦得相當成功。除了主辦單位準備的料理之外，還有商人玩家們推出的各種食物攤販，令人驚訝的是其中竟然還有掛出武器修理招牌的新人鐵匠女孩。

活動原本是來自於ＡＬＳ這一方的提案，在討論如何活用進行任務之間累積下來的大量螃蟹肉、蝦肉以及熊肉當中，就出現了這樣的點子。之所以會用聖誕壯行會這樣的名義好好款待一般玩家，打的如意算盤除了可以提高公會評價之外，也同時可以招募新的入會者——但是，察覺這一點的ＤＫＢ也想舉辦同樣類型的活動來與其對抗，結果在搶奪轉移門廣場的使用權當中，兩大公會就做出共同舉辦的妥協，這就是事情的經過了。

「……哎，那些傢伙願意共同舉辦活動是很令人高興啦……但是壯行會這個名字應該不太對吧……那是激勵要參加比賽或者到新環境去的人所舉辦的活動吧……要去迷宮區進行攻略的一方主辦壯行會，好像有點太厚臉皮了……」

當我小口啜著荔枝果汁在雞蛋裡頭挑著骨頭時，亞絲娜就露出有些同情又感到有趣的表情，然後以平常不會出現的溫柔聲音說：

「桐人也是前線組的一員，所以好像也有人說要約你去參加壯行會喔。但是ＡＬＳ的一部分人表達了為什麼要請那個總是搶走ＬＡ獎勵的傢伙免費吃喝的意見，所以最後做出了不用刻意邀請你的結論。」

「……順便問一下，亞絲娜小姐是從誰那裡聽到這件事的？」

「樓層魔王攻略會議的時候，DKB的席娃達先生告訴我的。還有他也要我跟桐人說聲不好意思。」

「……這樣啊。」

「他說只有我的話，就可以去參加。」

「……是這樣啊～」

「其他人也傳了一堆即時訊息給我。」

「……這樣啊～～」

「順帶一提，艾基爾先生他們也說雖然要回主街區，但那是因為還有許多任務沒有解，所以不參加壯行會。所以你不用這樣鬧彆扭啦。」

「我……我才沒鬧彆扭呢！獨行玩家跟聖誕節完全扯不上關係啦！」

「……這樣啊～～～原來你還當自己是獨行玩家嗎？」

亞魯戈默默聽著我和亞絲娜的這些對話，忽然間發出咿嘻嘻嘻的奇妙笑聲。

「……怎……怎樣啦？」

「沒有啦，沒什麼事喲。那麼，我也差不多該回主街區去了。」

由於她話剛說完就輕巧地從椅子上站起來，嚇了一跳的我便問道：

「咦……要回去了？既然這麼早就要走，為什麼還要特別跑到這個村子來？」

「當然是為了收集任務以及商店販賣的道具檔案。而且我也想到壯行會看看啊。那再見了，桐仔。」

簡短地揮了一下手後，她就又帶著滿臉笑容加了一句：

「哎呀，差點忘了。Merry Christmas。」

「Merry Christmas，亞魯戈小姐。路上小心喔。」

對這麼打招呼的亞絲娜以及……

「Me……Merry Chma。」

對說出這種感覺不太正確縮寫的我再次揮了揮手回禮後，情報販子一瞬間就消失不見了。

過了一會兒，亞絲娜才丟出一句：

「……亞魯戈小姐才是應該第一個被邀請去參加聖誕同樂會的人。」

「說得也是，而且還要給她最高級的ＶＩＰ待遇。」

我點了點頭，一口氣把果汁喝乾。

亞魯戈現在應該為了把情報放在下一本攻略冊上，在烏斯科村裡收集數間商店與任務ＮＰＣ的情報吧。亞魯戈就是用這種在圈內踏實地努力，甚至不惜在圈外進行危險活動的情報魂，默默地支持著死亡遊戲的攻略。

但是，即使是隸屬於兩大公會的玩家，也有不少人對「老鼠」亞魯戈這個名字表現出厭惡感。製作與販賣讓每個人都得到很大幫助的攻略冊，也因為她是封測玩家而被認為做出這種貢獻是理所當然的事。

當然也不能否定，亞魯戈那能賣的情報一定不會留著，而且還絕對不會打折的露骨行事方針也是她被討厭的原因。假如有人想知道今天我們和亞魯戈之間的對話內容，她應該也會出售。因此在跟亞魯戈談話時，就連自認為是她朋友的我，都必須先過濾過發言才行。

我不知道她為什麼寧願遭受罵名也要貫徹這樣的方針。但就連這樣的理由，想買的話應該也能買得到吧。雖然她一定會開出天價就是了，我在內心深處發誓有一天一定要把它買下來，並將空雞尾酒杯放到桌上。

「那麼……接下來要做什……」

隨口說到這裡之後，我才想起一件必須先確認的事情。

「啊，等等，在這之前……如果妳也想去的話，不用在意我沒關係喔。」

下一個瞬間，暫定搭檔就露出無法理解的表情，於是我又說了一句：

「也就是，那個……亞絲娜已經被邀請去參加主街區的聖誕節壯行會了，如果是因為在意我的話，那真的不用這麼客氣……」

「什麼嘛，是這件事嗎？」

一句話直接就把我的建議丟到一邊去的亞絲娜，以鼻子冷哼了一聲後就又繼續表示：

「我才要說不用在意我呢。我打從一開始就沒打算要去了。我不喜歡那種盛大的派對。」

「這……這樣啊。那麼……呃……」

到晚上前先解決兩三個這個村子的任務，讓等級往上升一級吧。

在我具體說出這個行動方案前，就先閉上了嘴巴。

雖然我自己對聖誕夜這個節日沒有太多的感情，但不代表亞絲娜也跟我一樣。而且她似乎確實知道今天是什麼日子——除了是劍技高超的細劍使外，她同時也是一名年輕的女孩子。應該是啦。

「……嗯，要在這裡辦辦看嗎？」

「辦什麼？」

「就是，那個……像聖誕晚會般的活動。」

結果細劍使認真地看著我的臉，眉間附近也透露出正在模擬幾個回答的氣息。

最後她選擇的是把頭別到一邊去這個選項。

「不……不用做這種事也沒關係啦。我什麼都沒準備……而且，在這種像熱帶村子一樣的地方，也沒有聖誕節的氣氛吧。」

我想天氣控制系統應該不可能聽見她這樣的抱怨才對。

但忽然間，原本充滿整個練功區的午後陽光就變淡了。上層閃爍著藍色光輝的底部，這時變成模糊的淡灰色。吹過湖面的冷風晃動著亞絲娜的長髮。

「……咦，不會吧……」

這樣的呢喃聲，讓我順著搭檔的視線看去。

結果就看見從陰沉雲層當中無聲落下的小白點。

我以戴著皮革手套的左手，接下乘著風胡亂闖進露天平台的那個東西。小白粒將些許寒氣傳遞到我手掌上後，就鬆軟地融化並消失。

接著又看到一粒，再一粒白點。最後變成數也數不盡的白點從天空飛落。

「……是雪嗎……」

我茫然這麼呢喃。目前的確是十二月，但至今為止艾恩葛朗特裡從來沒有下過雪。甚至根本沒感受過跟冬天一樣的寒冷。

在被囚禁到死亡遊戲前看過的ＳＡＯ介紹報導裡，我記得有會在不同樓層中重現現實世界季節的內容。但也不代表第四層就是這樣。我想這場雪，應該是聖誕節限定的，所謂的「天候事件」吧。

周圍漂浮在湖上的小屋，那帶有南國風情的乾稻草屋頂，立刻染上一片白色。ＮＰＣ的小孩子們一邊發出歡呼聲一邊從旁邊的道路跑過去。

茫然眺望著南方小島轉變成雪國的我，耳朵聽見了參雜著嘆息的沙啞聲音。

「真是的，搞什麼嘛…………」

把視線拉回來後，發現亞絲娜正睜大雙眼仰望著不斷落下的白雪。我無法從她的表情看出她內心的想法。

但至少從她淡棕色眼睛裡不斷有小白光流下的模樣實在相當美麗，所以我忍不住看得入迷了。一陣子後可能是注意到我的視線了吧，亞絲娜眨了幾次眼睛後才小聲說：

「…………虧我刻意不去想聖誕節的事，從主街區逃到這裡來了，這樣實在太狡猾了。」

「咦……妳說刻意不去想……等一下喔，我記得……」

我以指尖按著左右兩邊的太陽穴，把大約兩週前的對話從記憶深處拉出來。

「……在攻略第二層迷宮區的時候，妳好像說過聖誕節的時候說不定會下雪對吧？」

結果亞絲娜就像有點害羞般嘛起了嘴唇。

「這種小事，虧你記得這麼清楚……那個時候我可能是這麼說了，但在這種狀況下，根本不是享受聖誕節的時候吧。有時間辦派對的話倒不如拿來提升一點攻略的進度，說起來呢，你就算到了今天也什麼都沒說不是嗎？」

「咦？什麼都沒說……要說什麼啊……？」

一這麼問的瞬間，我就被狠狠瞪了一眼。

「想辦聖誕晚會的話，不在幾天前先說就沒辦法準備了吧。反過來說，到了當天都沒有任何表示的話，就只能判斷沒有這種意思了不是嗎？」

「咦？要準備……」

我好不容易才把「什麼？」兩個字吞了下去。因為這根本不用問。聖誕晚會的三大必須要素，就是烤雞、蛋糕以及交換用的禮物了。前面兩樣應該可以在NPC商店裡弄到，但禮物就沒辦法了。

當然我的道具欄裡也沒有任何可以送給亞絲娜的別緻禮物，所以在這種狀態下提案要辦聖誕晚會實在是太輕率了。

等等，說不定翻遍道具欄的話，就可以找到意想不到的逸品……雖然不死心地閃過這種念頭，但這樣就沒意義了。幾分鐘前，亞絲娜所說的「什麼都沒準備」，指的應該是聖誕節禮物，以她完美主義的性格，絕對不會願意接受隨便拿道具欄裡多出來的道具來交換禮物吧。

說起來呢，仔細推敲剛才所說的話後，就能很清楚了解亞絲娜之所以想逃離主街區的盛大派對，告訴自己遊戲攻略比聖誕節重要，完全是因為我什麼都沒表示的緣故。

「…………是我不好。抱歉。」

當思緒想到這裡的瞬間，我就自然地這麼道歉。

「咦……也……也不用道歉啦。」

我對露出驚訝表情的亞絲娜深深低下頭，繼續表示：

「沒有啦，明明在第二層已經提到過聖誕節的話題，來到這一層後卻忘記了，連我自己都覺得很誇張。其實像今天這種時候，稍微從攻略裡脫身也沒關係的啊……」

「……怎麼覺得，有點不太像你啊。」

聽見這帶著苦笑的聲音後，我就畏畏縮縮地抬起頭來。結果亞絲娜以似乎不怎麼生氣的表情，輕輕對我聳了聳肩。

「其實呢，如果真的很想辦聖誕晚會的話，我自己提議就好啦。但我也沒有這麼做，所以你不用道歉。光是能像這樣看見下雪的景色就很滿足了。」

這句話讓我又看了一下村子的模樣。不停靜靜飄落的雪，不知不覺間就已經累積了五公分左右，看起來簡直就像是這個烏斯科村都發出微弱白光一樣。

雖然這的確是能引發旅行情趣的光景，但如果艾恩葛朗特全部都在下雪的話，應該還有更美的雪景才對。比如說主街區羅畢亞的繁華街道應該更能襯托出這一片雪景，或者是被深邃森林包圍的第三層主街區茲姆福特、位於岩山當中的第二層主街區烏魯巴斯，甚至是第一層的起始的城鎮，雪景應該都相當有看頭吧。

但是，使用轉移門就能簡單到達的這些城市，現在距離都太遙遠了。從這裡要回到第四層主街區，就必須在直徑將近十公里的樓層移動將近五公里左右的距離，而且轉移門廣場上應該

充滿了準備聖誕節壯行會的ＤＫＢ與ＡＬＳ成員吧。事到如今，實在沒辦法大剌剌地出現在那裡。

再來就只有在這個第四層裡，尋找出某個適合白色聖誕節的地點了……

當我想到這裡時，腦海裡就浮現出某個景色。

那是封測時期曾經到訪過的地點。高高聳立在一大片只有砂子與岩石的荒野裡，充滿灰塵的建築物。但是目前第四層當中，應該不存在乾燥荒野這樣的地形了。而且……沒錯，那個地方一定——

「………那個，亞絲娜……」

「什麼事？」

我甩開猶豫，對微微歪著頭的搭檔說出這樣的提案。

「雖然不是有形的物體……但我想送妳一個禮物作為賠罪……」

「…………」

大大的眼睛緊盯著我一陣子後，亞絲娜才小聲回答：

「……嗯，要送我當然好啊。不過，別期待我能回禮喔。」

在被雪覆蓋住的烏斯科村進行消耗品的補給，也順便接下了任務之後，我們就在不停落下的雪中再次開始以蒂爾妮爾號移動。

如果是跟現實世界裡一樣，就會發生寒冷、視野惡劣、雪積在船裡面等等嚴重的情形，但這裡只有視界稍微受到阻礙，航行倒是沒有任何問題。接近傍晚時就橫越牛軛湖，來到成為水路的河流往南方前進。

不知道是因為聖誕夜，還是因為下雪太冷了，河川上面完全沒有怪物的氣息。我就趁機加快了速度，就像在平靜的水面滑行般持續往前航行。

最後遠方終於可以看見一座灰色巨塔隱隱約約地出現。一直延伸到上層底部的巨塔，是聳立在第四層最南邊的迷宮塔。雖然還距離三公里以上，但還是有種隱藏在最上層的樓層魔王正不斷朝我散發出壓迫感的感覺。

「……你不會是想到那裡去吧？」

由於座位上的亞絲娜回頭這麼詢問，我便急忙搖了搖頭。

「不……不是啦，我們的目的地是這邊。」

我一邊這麼說，一邊選擇了在前方分岔的河川中往東南方前進的那一條。

不久後，聳立在左右兩側的高大斷崖，顏色開始一點一點地改變。類似黑色玄武岩般的表面刻劃著綿密的纖細平行線，簡直就像是雕刻的作品。藉由叫出來的全體地圖與封測時期的記憶，在面臨不斷出現的岔路時選擇往左或者往右。

離開烏斯科村後過了一個小時左右。開始變成微暗的溪谷前方，就被一片全白的牆壁擋住了。

「等等，沒路了喔！」

亞絲娜指著前方這麼大叫，但我划動船槳的雙手卻更加用力。

「別擔心，那裡就是目的地！」

「但……但是，完全看不到前方啊。如果有山壁的話……」

「沒問題啦！只是普通的霧而已……不對，它們並不普通。」

對著露出懷疑表情的亞絲娜咧嘴一笑後，蒂爾妮爾號就衝進全白的濃霧當中。

這時立刻就連坐在前方僅僅兩公尺處的亞絲娜背影都變得有些模糊。我用力吸了一口氣，感覺濕冷的空氣深處，帶有清爽的森林芳香。

「啊……！這陣霧，難道是……！」

就在聽見這道叫聲的瞬間——

濃霧像是騙人般消散，視界一口氣變得開闊。

這裡是一座比和雙頭古巨龜作戰時的卡魯戴拉湖大了好幾倍的圓形湖泊。降下來的雪將水面的大部分染成白色。我以將船槳拉上水面的狀態讓船停下來，任由它藉著慣性往前進。

蒂爾妮爾號就這樣在白銀世界裡靜靜滑行，最後前方出現了一道漆黑的剪影。

屹立在湖面中央的，是一座外表雄偉壯麗的城堡……不對，應該說是城塞。從被厚厚積雪蓋住的大屋頂上，凸出四根高度各不相同的尖塔，其尖端還掛著三角旗幟。浮現在漆黑布料上的，是角笛與彎刀交叉的紋章。

「……那是……黑暗精靈的旗子……？」

亞絲娜這麼大叫的聲音，因為包含著驚訝與期待而顯得有些沙啞。

我原本就知道這個地點存在黑暗精靈的城塞。

封測時期來到這個地方後就再次開始精靈戰爭活動任務，跟第三層一樣在獲得幾個連續的小任務之後，就前往突破一個較大的迷宮，接著就要再等到下一層了。

但正式營運後的情形，已經和我的記憶有了很大的差異。墮落精靈與主街區的水運公會聯手，購買了大量木材。還有指揮這場作戰的諾爾札將軍的存在。這一切在封測時期全都沒有出現過。

因此我便想盡可能收集完所有可能有關聯的情報後才到這座城塞來。但是仔細一想後，就發現既然來到樓層的第四天就迅速突破練功區魔王的巢穴，那麼開始攻略迷宮區的時期也會比第二層第三層時快上許多才對。目前在進行精靈戰爭任務的玩家裡面，最前線組的成員大概就只有我和亞絲娜而已，所以要是過於拖拖拉拉的話，很可能會被兩大公會拋下。

——這樣的理由，可能單純也只是藉口罷了。我只是想讓搭檔看看這副景色。

「…………好漂亮……」

亞絲娜抬頭看著逐漸靠近的積雪城塞這麼呢喃著。

「比在現實世界裡看過的任何城堡都要漂亮。」

「……妳指的是某知名遊樂園的？還是歐洲附近真正的城堡……？」

雖然畏畏縮縮地這麼問道，但亞絲娜只是露出燦爛笑容，沒有告訴我答案。

城堡雖然是奇幻系RPG固定會出現的場景，但現在回想起來，這可能是艾恩葛朗特裡首次出現的，符合城堡形象的城堡。雖然建築物的外表本身和封測時期沒有兩樣，但周圍是極乾燥的荒地還是清澈的湖水，確實給人的印象完全不同。如果是在細雪紛飛的聖誕夜那就更不用說了。

黑暗精靈陣營的城塞，牆壁是由泛白石頭堆積起來，陡峭的屋頂是在灰色的石板上鋪滿稻草。從無數的拱窗透出橘色光芒，和夜晚藍色的微暗營造出鮮明的對比。建築物周圍和陸地完全分離，由正門筆直往前延伸的棧橋旁，停著幾艘十人座的黑色貢多拉。

我在掛於棧橋前端綻放藍光的油燈引導之下，讓蒂爾妮爾號滑進空著的位置。目前還沒有觸動警報或者衛兵跑過來的模樣。

收起船槳，跳上石頭堆積起來的棧橋後，我就以熟練的手法接過搭檔拋過來的纜繩，把船固定在青銅製的繫船柱上。先伸手扶亞絲娜下船，接著走到大棧橋中央抬頭往上看。

雖然還離正門相當遠，但城塞已經以雄壯威武的容貌迎接著我們。到最高的尖塔頂端應該有五十公尺左右吧。這是不輸給聳立在第三層主街區那棵猴麵包樹的規模。

當我入迷地看著左右延伸的大屋頂，以及窗戶透出的橘色光芒映照著無數屋簷上的積雪這種幻想般景色時，就聽見旁邊傳來細微的聲音。

「……謝謝，這是份很棒的禮物。」

「哎……哎呀……聽見妳這麼說，也不枉我把船划到靠近樓層邊緣的地方來了……」

說到這裡我就先閉上嘴巴，稍微瞄了旁邊一眼，然後咧嘴一笑。

「不過這禮物還只給了一半而已。」

「咦……？」

我輕輕推著微微歪著頭的亞絲娜背部，讓她和我一起往前走。因為是稍微思考一下就能想到的事情，所以要讓搭檔嚇一跳的話就得快點行事了。

棧橋前方聳立著以厚厚鐵板將烏亮寬大木板栓住的巨大正門，兩側則有以精靈來說算是高大的重武裝衛兵守衛著。抬頭瞄了一下他們高舉著的，有著驚人長度的斧槍後，我才下定決心走了過去。

來到離大門剩下五公尺左右的距離時……

「停下來！」

右側的士兵就這麼大叫……

「這裡不是人族能夠進入的地方！」

左側的士兵接著這麼叫完後，兩個人就同時高聲交叉斧槍。

一邊在內心對於這跟封測時期相同的台詞感到安心，一邊從腰包裡拿出事先實體化的物體，將其高高舉起。

「我的名字是桐人！想要覲見城主！」

——雖然應該不需要這樣的開場白，但我把它當作營造氣氛的一環，壓抑下害羞的心情後還是開口這麼大聲表示。

我對兩名重裝衛兵提出的是蓋著與城塞旗子同樣印章的封蠟捲軸——看見第三層的黑暗精靈野營地司令官給我的介紹信後，他們就喀鏘一聲將斧槍恢復成垂直。

下一刻，巨大的正門就發出轟轟巨響往左右兩邊打開。我呼一聲鬆了口氣，催促了亞絲娜後自己也踏進城內。

下一個瞬間——

「哇啊…………！」

搭檔口中就發出這樣的歡呼聲。

城塞的前庭以宛如一幅名畫般的美景來歡迎我們。覆蓋著粉雪的盆栽與樹籬、鑄鐵柵欄在油燈的燈光照耀下發出閃閃光芒。雖然沒有任何足跡的通道深處可以看見城館的大門，但景色實在美到讓人猶豫是不是該踏上去。

但在背後的門再次關上時，我就踏出了腳步。一邊踏上像威化餅般乾脆的假想白雪一邊穿越前庭，來到了正面入口。

如果和封測時期相同，從這個時候開始我們應該已經可以在城裡自由行動了。大食堂與各種商店，以及變成小迷宮的地下室等地都很值得探險，但我已經決定一開始的目的地了。

打開大門，進入裡面後，亞絲娜又嘆了一口氣。

在鋪了紅色絨毯的主大廳中央，大理石噴水池正晃動著閃亮的水面。其深處是一座大樓梯，左右兩側則有寬敞的通道。乘著四處都能聽見的小提琴音色像滑行般行走的，是早已司空見慣的黑暗精靈NPC們。但是和第三層的野營地不同，帶有武裝的人相當少。

「……好像沒有其他玩家……」

如此呢喃的亞絲娜，馬上像是能夠理解般點了點頭。

「也難怪啦。進入這座湖前通過的濃霧，應該就是在那裡切換成暫時性地圖了吧？」

「真是明察秋毫。這邊絕對不會遇見我們之外的玩家，所以要大笑大叫還是盡情唱歌都是妳的自由喔。」

「我……我才不會做那種事呢。倒是，我們快點到處看看吧。」

噘起來的嘴唇立刻變成笑容，接著亞絲娜就用力拉著我右手的袖子。

「是可以啦，但我已經決定一開始的目的地了。往這邊。」

我回拉她兜帽斗篷的衣角，開始往通道右邊前進。

黑暗精靈的城塞，名為「約費爾城」的此處，構造是由宛如三合院形的宅邸連結起四座大小不同的塔。基本上，城塞右側的房間是駐屯此地的士兵，左側的房間則是屬於城主一族與僕人們，不過我的目標是被城館圍住的中庭。

一邊和士兵擦身而過一邊在通道上走了一陣子，最後在盡頭處往左轉。靠近正面的小門之後，靜靜地把它打開。

再次來到外面的我們，眼前看見的是雖然不像前庭那樣金碧輝煌，但是帶有某種神祕氣息的地點。長有黑色小花的荊棘樹籬像迷宮一樣擋住去路，讓人沒辦法看見前方。

我們就在油燈藍白色光芒照明下，走在積雪的石板路上。仔細一看，就發現通道中央微微殘留著某個人的足跡。和亞絲娜面面相覷之後，我們就追著快下被降雪掩蓋過去的足跡。

穿越荊棘迷宮的前方，是一座被雄偉針葉樹包圍的美麗庭園。

樹的周圍交互設置著煉瓦疊起的花壇與青銅長椅。因為往外擴張的枝葉擋住了降雪，讓庭園從入口處的地面就看不見足跡了。

但是，也不需要再追蹤足跡了。

佇立當場的我和亞絲娜視線前方，有一道纖細的人影靜靜地坐在一張長椅上。

雖然從我們所站的位置幾乎只能看見剪影，但根本不需要靠近去確認長相，也不用畏畏縮縮地朝對方搭話，甚至不用聚焦視線讓顏色浮標浮現出來。

因為像被吸引過去一樣往前跨出一步的瞬間，注意到我們的人影一從長椅上站起來，就用宛如突進系劍技一般的速度跳過花壇往我們這裡跑過來。

發出「嘶咚」的細微聲音降落在我們眼前地面的某個人，用力張開雙臂後，同時把我和亞絲娜抱了過去。

「桐人！亞絲娜！」

耳邊響起清晰又懷念的聲音。

我一邊承受著用上所有精英等級ＳＴＲ的強力擁抱攻擊，一邊開口說道：

「好久不見了，基滋梅爾。」

7

我被解放之後，亞絲娜還是和黑暗精靈的女性騎士互相擁抱了五秒鐘以上。

身體好不容易分開之後，亞絲娜就用右手指尖擦拭眼角，然後浮現純粹的笑容。

「……雖然相信很快就能再見面……但像這樣真的再會了，還是覺得很高興。」

亞絲娜的話讓基滋梅爾笑著點了點頭。

「我也是。就算通過『靈樹』來到這座城塞，感覺還是一直想著你們的事情喔。」

感觸良多般如此呢喃著的黑暗精靈騎士，散發出來的氣息似乎跟以前有點不一樣，而我也馬上就發現原因了。包裹她纖細身體的就只有一件深紫色長禮服，鎧甲、軍刀以及披風都沒有穿戴在身上。

在第三層的野營地時，明明除了在自己的帳篷之外都是全副武裝的啊……我茫然這麼想著，結果視線從亞絲娜那邊移到我身上的基滋梅爾，依然帶著笑容對我說：

「不過真虧你們知道我在這裡，你們兩個都是第一次到這座城塞來吧？」

「噢……嗯……——就有種妳會在這裡的感覺。」

我只能這麼回答，不過其實是因為封測時期我不知道為什麼就對這個地方印象特別深的關係。當時不存在荊棘迷宮，只是在充滿灰塵的石板地面中央佇立了一棵枯樹，感覺似乎有什麼古怪卻又沒有任何東西，結果反而變成留下記憶的主要因素。

我的回答讓基滋梅爾笑得更加燦爛，她隨即又抬頭看著在頭上擴散枝葉的高大針葉樹。

「……這種杜松樹上，可以取得我妹妹喜歡的精油。可能是因為這樣吧，我忍不住就來到這裡……」

「這樣啊……」

我也抬頭看著大樹，然後從鼻子吸進充滿肺部的空氣。結果確實可以感受到有一股清涼感的木頭香氣。

「這是杜松……也就是刺柏對吧。」

聞了相同香氣的亞絲娜，隨即展露了自己博學的一面。

「我們的世界裡，除了製藥之外，它也被拿來做為酒類的調味喔。」

「哦，是這樣嗎？找一天也想來試試看呢……不論如何——你們兩個人來得好。看來是順利突破『天柱之塔』的守護獸了吧。」

「嗯，多虧了野營地的司令官告訴我們要小心毒素。」

我的話讓基滋梅爾深深點了點頭。

「嗯，他確實是值得信賴的男人。雖然我也很想早點跟停留在第三層的先遣部隊會合，但是……」

她稍微低頭看了一下自己身上的禮服，輕輕皺起眉頭。但馬上就恢復笑容，拍了一下亞絲娜的背。

「那我們回城裡去吧。一路划船到這裡的話，肚子應該餓了吧？」

「嗯，好餓喔。」

這麼回答完，亞絲娜就和基滋梅爾並肩往前走，我一邊從後面追了上去……

——划船的人是我耶。

一邊忍不住在內心這麼呢喃。

約費爾城的大食堂和記憶中一樣，位於城塞的西翼二樓。

打開門後，就有讓人食指大動的香氣與談笑聲，加上沉穩的弦樂器音樂流出來。這一切都比封測時期升級了不少，讓我忍不住在房間裡左顧右盼。

循規蹈矩地在配置好的餐桌前用晚餐的，幾乎全是穿著皮革鎧甲的士兵們，不過也能看到身穿長袍，怎麼看都像是魔法師的集團以及年幼的孩子們。但我記得沒錯的話——設定上應該是浮遊城誕生時，所有魔法的力量就消失了。

可能是注意到我看著長袍集團的視線了吧，朝空桌走去的基滋梅爾把臉靠過來輕聲說：

「他們是侍奉聖大樹的神官。為了監督祕鑰回收任務，從第九層的王城被派遣到這裡。」

「神官……」

雖然在腦到中搜尋這在艾恩葛朗特不常聽見的單字，但封測時期也不記得曾聽過這個名詞。之後再好好調查他們是怎麼樣的人吧——把這件事記在心裡的筆記本上後，這次換成亞絲娜小聲問道：

「那些小孩是？」

「噢，是城主的小孩。全都是好孩子喔……」

一邊微笑一邊這麼回答的基滋梅爾，帶領我們來到深處的桌子前。

NPC的女僕——當然是黑暗精靈——送上來的，是從湯品、前菜開始的豪華套餐料理。而且主菜還是烤雞，而這也讓我和亞絲娜面面相覷。

雖然認為精靈應該沒有慶祝聖誕節的習俗，但擺出富有過節氣息的料理，說不定也是活動的一環吧。

雖說再怎麼樣也不可能會出現蛋糕，不過藉由從旁邊的大窗戶眺望中庭覆蓋著白雪的杜松，也充分享受了聖誕節的氣氛。

用餐中的主題環繞在作為第四層特徵的水路，基滋梅爾特別有興趣的，是從往返階梯到主街區之間以游泳圈游泳，以及為了入手造船素材而與火焰熊作戰的事情。

在對話當中隨口詢問的結果，得知黑暗精靈果然也不會砍伐活生生的樹木，但理由與其說是被禁忌束縛，倒不如說是因為尊敬老樹的心情。和心不甘情不願地遵守規則的墮落精靈完全不同。

幸好使用因為怪物爆衝而撞斷的木材是在可以接受的範圍。這時我心裡一邊想著「執著於高級木材是正確選擇！」，一邊把甜點的水果吃完。

晚餐後我們就被帶到城塞東翼四樓的軍官用房間。想到封測時期住的是二樓的士兵用十人房，就覺得真是大大地升等了。但房間是所謂的總統套房，也就是共用客廳連接兩間寢室。這也就是說——

「逗留在城裡的這段期間，就使用這間房間吧。」

在基滋梅爾催促下走入客廳的瞬間……

「哇啊，好漂亮的房間……！」

亞絲娜就這麼叫著跑到深處的大窗戶前面，然後才注意到存在兩邊牆壁上的門。雖然左右交互眺望了一陣子才以微妙的表情回頭，但還是沒辦法說出希望房間能分開而露出忸忸怩怩的態度。

雖然也可以由我來拜託基滋梅爾，但當我因為害怕被降等到樓下的十人房而無法開口時，基滋梅爾已經先表示：

「我就住在左邊的房間。有什麼事情的話不用客氣，盡量來找我沒關係。你們應該累了，今天就好好休息吧。」

關上門後，細微的腳步聲就逐漸遠去。

「…………………………」

被留在豪華總統套房的我和亞絲娜，就這樣默默看著對方一陣子。

「……算了，也不是第一次發生這種事情了。」

由於亞絲娜先對我這麼說道，心想那真是太好了的我就不停點著頭。

「……而且以攻略為最優先的話，這也是無可避免的事。」

點頭、點頭。

「……不過，有件事我要說在前面。」

點頭？

「再次和基滋梅爾相遇，是你的聖誕禮物對吧？我真的覺得很高興。謝謝你。」

我最後再次點了一下頭，然後以含糊的聲音回答：

「啊～嗯，哪裡，不客氣……雖然由我來說好像有點奇怪，但能見到她真的太好了。只不過她看起來好像有點沒精神就是了……」

「嗯……」

我的話讓亞絲娜的思考突然間由總統套房轉移到基滋梅爾的現狀，接著就以有點擔心的表情點了點頭。

「那件禮服雖然很適合基滋梅爾，但她似乎不是自願做那種打扮。為什麼沒有穿鎧甲呢？」

「也沒有佩劍啊……可能是因為非自願的狀況而留在這座城塞裡吧。詢問的話，不知道她會不會告訴我們理由……」

我邊說邊看往黑暗精靈騎士應該在裡頭的隔壁房間。

雖然沒有和亞絲娜聊過這件事，但基滋梅爾果然是和其他NPC不同。比如說船匠羅摩羅老人好了，他雖然很自然地和我以及亞絲娜對答，但那是因為我們注意不去提到與造船任務毫無關係的事情。不過基滋梅爾光是我剛才抬頭看著中庭的那棵大樹，就主動說出喜歡那棵樹的理由。這樣的行動已經完全脫離「只對設定在應答模式裡的言語有正確反應」的NPC對話能力了。

然而要是說到基滋梅爾是不是打從一開始就是特別的存在，這我也無法確定。在第三層的「迷霧森林」首次遇見她時，基滋梅爾曾看著我和亞絲娜這麼說道：「不要來打擾我們！快點離開！」——這句話跟在封測時期登場後不久就死亡的她所說的台詞是一字不差。

一定會和森林精靈同歸於盡的任務情節，因為某種理由被改寫。那個瞬間，基滋梅爾身上發生了「某件事」，讓她再也不是普通的NPC了。被賦予超出NPC範疇的記憶與思考能力，結果就是讓她轉生成高等的AI……是這麼一回事嗎？

如果這個推測正確的話，就又會產生新的謎團。改變基滋梅爾的是現實世界的遊戲管理員呢，還是控制SAO的遊戲系統——

正式營運後，SAO就變成前所未聞的大事件的舞台，這時擁有遊戲管理員權限者就只有茅場晶彥一個人。雖然不知道他現在在哪裡做著什麼事，但實在不認為他有親自應對一名NPC發生異常的時間，而且也想像不出他特別把這名NPC轉變成AI的理由。

另一方面，我也對遊戲系統是否能進行如此高水準的判斷感到懷疑。如果是這樣的話，那麼運作這個世界的系統，就已經超越單純的程式……變成具備人工智慧等級的自律性了……

依然瞪著西側灰泥牆陷入沉思的我，耳朵聽見了感到奇怪的聲音。

「……喂。我說桐人……」

「咦？啊……抱……抱歉，妳說什麼？」

「我什麼都還沒說啦。」

在窗邊雙手抱胸的亞絲娜，以視線指著左右兩邊的門繼續說道：

「你想睡哪間寢室？」

「我……我都可以。」

「那我就用這邊這間嘍。」

細劍使如此宣言並指著東側的門，我一臉認真地眺望她所指著的門後，忽然注意到客廳裡除了通往寢室的門之外還有兩扇小門。一扇是通往浴室，另一扇似乎是衣櫥，而鄰接浴室的就是東側的寢室。如果我睡在一牆之隔的地方，她可能就無法安心地入浴了吧。

當然我也沒有異議。說著「請用請用」滿口答應之後，忽然想到某件事的我又加了一句：

「但是，我記得城裡的三樓應該有一座超大的浴場喔。」

「…………超大？」

「嗯，超大。」

「…………男浴池和女浴池分開？」

「嗯……這個嘛……嗯……？」

記憶當中，三合院形的城館三樓的西端應該有一座大浴場。但是不是男女分開就無法確定了。因為封測時期，我只有如果有時間悠閒地泡澡，倒不如拿來多幹掉一隻怪物的想法。

「……抱歉，這方面我就不清楚了……」

我一邊舉起雙手一邊這麼回答後，亞絲娜就輕輕嘆息了一聲。

「雖然有不祥的預感，不過就一起過去看看吧。」

「一起……我也要去嗎？」

「因為我不知道在哪裡啊。」

雖然覺得那裡又不是什麼迷宮，用口頭說明應該就足夠了，但被對方用這種不由分說的口氣堅決斷言後，我也只剩下點頭同意的選項了。

離開分配給我們的總統套房，從城館中央的大樓梯下到三樓。一邊壓抑想要打開走廊上所有門的衝動一邊走過去，最後來到西翼深處。

結果前方就出現跟我記憶一樣形狀的拱門。以該處為分界點，鋪著紅色絨毯的地板變成白色大理石磁磚。對大浴場沒有消失感到鬆了口氣的我穿越拱門，順著通道往右轉。

通道馬上就到終點，左邊牆壁上再次出現拱門型入口。可以聽見深處傳過來水的回音。和亞絲娜面面相覷，接著同時往裡面一望，就發現該處已經是豪華的脫衣處。也就是說——

「……浴場好像沒有分開耶。」

我乾咳了一聲才回答搭檔的話。

「是……是啊，不過第三層的野營地裡也只有一間浴室而已。或許精靈基本上都是混浴吧。」

——實際上，可能是因為檔案大小的問題。

我在腦裡加了這麼一句話，然後迅速往後退。

「那……那麼，我用房間裡的浴室就好，亞絲娜就用這裡的吧。那等一下見嘍……」

一邊這麼說一邊往後退的瞬間，大衣的衣領就被迅速被抓住。畏畏縮縮地再次回過頭去，就發現細劍使露出某種複雜的表情，將眼睛往上瞪著我看。

「嗚～」

思考了一陣子這樣的沉吟到底代表什麼意思之後，我才終於想起來。到野營地的帳篷浴室洗澡時，好像也曾經發生過類似的事情。

記得當時是為了擔心男性黑暗精靈士兵進去的亞絲娜，我在入口處負責把風的工作。也就是說這次她也要求我做同樣的事情——應該是這樣吧。

「但是這個浴場如此寬敞，從這裡很難立刻通知裡面的人吧。而且更不可能要NPC別進去……」

「嗚～」

再次沉吟了一聲後，亞絲娜才以十分依依不捨的表情窺看著脫衣處。

目前浴場內是沒有其他人在的樣子，但不知道這樣的狀態會持續到什麼時候。看來這次就連浴室狂熱愛好者的亞絲娜小姐都只能放棄了。我心裡雖然這麼想，但是……

「嗚～………啊，對了！」

像是忽然想起什麼的細劍使小姐，衝進脫衣處後就坐在裡面幾張籐椅的其中一張上。一打開視窗，就不斷將道具實體化。

大理石製的長桌上立刻有重物掉落的聲音並堆積在上面，一看之下發現是各種顏色的布料以及裝有裁縫道具的小箱子。

不知道她究竟想做什麼而歪著頭的我，也跟著穿過大理石拱門。

這裡光是脫衣處就已經相當寬敞了。地板與牆壁都貼了白色磁磚，天花板還吊著閃亮的水晶燈，角落則放了一盆很大的盆栽。雖然當然不會有吹風機與按摩椅，但中央的桌子上放著裝有冰水的水壺與玻璃杯，甚至準備了幾種不同的水果。

我摘下一粒麝香葡萄般的水果，把它丟進嘴裡，注視著亞絲娜的作業。

從取出的道具種類來看，就知道她準備以由「卡雷斯·歐的水晶瓶」放回技能格子的裁縫技能製作什麼東西吧。

現在想起來，這可能是我第一次看見利用裁縫技能製作道具的現場。亞絲娜從小山般的布料裡選出沒有花紋的純白布匹，接著又從箱子裡拿出大型的剪刀。

她點了一下剪刀，從出現的視窗選擇想製作的道具。然後把剪刀放在布上——發出「咻鏘！」的清脆聲音將布裁斷。結果整塊布就像被打鐵鎚子敲打的鑄塊一樣發光並改變形狀。最後出現的是有著同樣形狀的兩片布料零件。

把剪刀放回箱子的亞絲娜，把兩片布料零件重疊起來，就開始拿銀針沿著邊緣縫了起來。

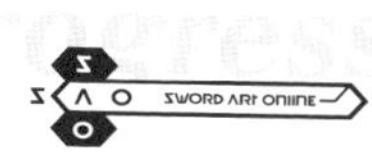

這個作業，應該是相當於打鐵技能裡敲打鑄塊的程序吧。她以出乎意料之外熟練的手法，迅速結束縫合作業。

結果布料再次發光，從扁扁的平面形狀得到了衣服的厚度。最後出現的是一件無庸置疑的連身泳裝。

「完成了！」

亞絲娜似乎相當滿足般高舉起泳裝，而我則是戰戰兢兢地問道：

「那個……妳難道要穿那件泳裝進去洗澡……？」

「不行嗎？這也不是什麼違規的行為吧。還是說我穿泳裝進去洗澡，對你會有什麼不方便嗎？」

「完全沒有。」

我誇張地左右搖著頭。確實以這座城塞的巨大浴池來說，即使在泳裝裝備狀態下也可以享受游泳池的氣氛。應該說，實際上會很有趣吧。

我必須承認，就連對於在艾恩葛朗特的入浴本身沒有什麼執著的我，這次也那麼一點點羨慕之意。但我手邊的泳裝，就只有那件巴蘭將軍的ＬＡ獎勵所入手的深紅牛頭圖案四角褲而已，在沒有緊急事態的情況下，我對穿上那件褲子有很大的抵抗感。

當我側眼看著擁有裁縫技能的搭檔很高興地放在身體上比劃的樸素連身泳裝，然後發出唔唔唔的煩悶聲音時——

稍微將視線移到我身上的亞絲娜，一瞬間露出某種恐怖氣息的笑容，接著就若無其事地說道：

「話說回來，我好像沒有回禮給桐人耶。」

「咦……不……不用這麼客氣啦。也不是送了什麼實質的禮物。」

「不會啊，比送商店賣的道具什麼的還要好上幾倍呢。所以我得好好回禮才行。難得今天是聖誕夜嘛。」

「這……這樣啊，如果妳要送的話，那不論什麼我都會心懷感謝地收下……」

異常的溫柔發言以及微笑讓我不由得保持警戒，並這麼回答她。結果亞絲娜再次坐到藤椅上，這次從布料的小山裡拉出全黑的一塊布。

用剪刀剪出比剛才小很多的布塊，然後用針縫合。一瞬間的閃光消失後，亞絲娜雙手上就拿著一件我喜歡的全黑衝浪褲。

「喔……喔喔，很好看耶。」

這樣的話就不怕在別人面前穿上它了。我懷著感激之意準備往前一步，但亞絲娜迅速舉起右手來制止了我的行動。

她又用這隻手從布料小山裡拿起一塊鮮豔橘色碎布。一瞬間結束設定→裁剪→縫製這三道

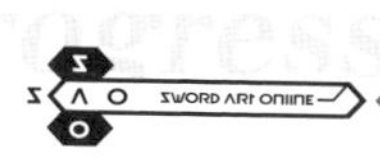

程序，衝浪褲立刻再次發光。

但是看起來似乎沒有任何改變。這時亞絲娜才對著感到狐疑的我露出滿足的笑容，然後把雙手高舉的黑色衝浪褲翻面給我看。

「…………這……這是什麼啊啊啊！」

我大叫的理由是因為泳褲的屁股部分多了閃閃發亮的火焰橘色熊型貼布。

但是……

「來，這送給你。聖誕快樂。」

對方都笑著把它遞出來了，我也只能道謝把它收下了。

是要選鮮紅布料上有牛頭圖案，還是全黑布料上有橘熊圖案的泳褲呢？

丟下面對這究極選擇而煩惱不已的我，亞絲娜換上自己製作的白色連身泳裝，當她一推開脫衣處內部一片滿是霧氣的玻璃門，就發出不輸給初次見到水都羅畢亞景象時的歡呼聲。

雙手依然拿著衝浪褲的我也迅速移動，從亞絲娜身後往前窺看。下一個瞬間，我便發出「唔喔……」的聲音。

浴場的面積應該和封測時期相同，但是外觀已經有了大幅度的升級。

鋪設在地板上的磁磚是有透明感的象牙白。深處的浴池似乎是由包圍湖泊的玄武岩打造而成，呈現有著纖細橫條紋的亮黑色。而且尺寸就跟小有規模的泳池差不多大。

從設置在牆壁上的黃金噴水口發出「嘩啦啦……」的聲音並有大量熱水流出，越過了浴池的邊緣不停溢到地板的磁磚上。而且鄰接浴池的西側與南側牆壁是一整面的玻璃，可以眺望紛飛的白雪與廣大湖面。以入浴的時間來說現在可能還太早了吧，這時候看不見任何先到的精靈在裡面。

「我先進去了！」

這麼大叫的亞絲娜，光著腳啪噠啪噠地踩著磁磚，朝著大浴池跑去。我目送她大大敞開的泳裝背面離開，然後也忙著在入口處踏著腳。交互瞪著右手的紅色四角褲與左手的黑色衝浪褲，在無計可施的情況下打開裝備人偶。

按下兩次全解除按鍵，在變成空欄的內褲處設定好黑色衝浪褲。將紅色四角褲丟進道具欄裡，就衝刺追著跑在前面的搭檔。

我一個大跳躍超過停在浴池前面的亞絲娜──

率先跳進浴池，「嘩啦！」一聲激起超大水柱的我，耳朵就聽見了「噗呀啊！」的悲鳴。

幾分鐘後。

好不容易不再生氣的亞絲娜，從浴池的西南角落一邊往下看著夜晚的湖泊一邊說道：

「好壯觀……浴池的熱水和湖泊的水面融合在一起，簡直就像飄浮在天空一樣……」

聽她這麼一說，就發現看起來的確是這樣。當我茫然凝視著這幅絕佳的風景時，又再次聽見亞絲娜的聲音。

「像這種看起來像跟海或者湖連結的游泳池，就叫作『無邊際（Infinity Edge）』泳池喔。國外的度假飯店經常有這種泳池。」

「這樣啊……感覺好像劍技的名稱喔。」

聽見我沒有任何雅趣的評語後，搭檔就發出竊笑。

「真的耶。很像短劍類會有的劍技。」

「不是吧，我覺得是細劍耶。」

表面上雖然像這樣進行著很平靜的對話，但其實我為了把視線固定在湖面已經是費盡心力了。

其實這也不能怪我。因為短短一公尺的左邊，就有一名穿著白色連身泳裝的女孩子，低著頭伸直了腳緩緩上下打著水。不論我怎麼挖掘已經變得相當遙遠的現實世界記憶，也絕對沒有和女孩子兩個人一起泡在溫水游泳池裡的經驗。

可能是在這種充滿浮遊感的光景催化之下吧，我就這樣一邊被強烈的非現實感侵襲，一邊毫無意義地數著玻璃窗外飛散的雪花——

這時遙遠後方傳來喀恰的開門聲。

亞絲娜迅速把嘴角以下的身體都泡進水裡，而我則是轉過身體，注視著大浴場的出入口。

雖然不停冒起的蒸汽後方有一道纖細的剪影靠近，但看不出是男是女。持續讓視線聚焦，終於有黃色浮標出現時，耳朵就聽見熟悉又沉穩的女性聲音。

「桐人、亞絲娜，你們果然在這裡嗎？」

——什麼嘛，原來是基滋梅爾啊。

就在我放鬆肩膀力道的瞬間——

亞絲娜的右手就以閃電般的速度伸出來，緊緊抓住我的頭之後，以無法抵抗的力量把我按到水裡。同時自己跳出浴池，朝著基滋梅爾跑去。

想著「到底在搞什麼啊」的我把一半的臉浮出水面，就看見水蒸汽後面似乎在阻擋基滋梅爾的亞絲娜身影。雖然聽不出她們小聲在說些什麼，但一下子之後就不知道為什麼一起回到脫衣處去了。

當我正在猶豫是不是也要回去，還是繼續留在這裡待機時門又再次打開，兩個人一起走了回來。亞絲娜一臉若無其事地往這裡靠近，她身上還是穿著白色連身泳裝。而走在後面半步的基滋梅爾，褐色皮膚上則是穿了一件紫色比基尼。

這時我終於了解亞絲娜從浴池裡衝出去的理由了。亞絲娜是去說服以完全無裝備狀態進入浴場的基滋梅爾，然後讓她穿上自己製作的泳裝吧。

跟著亞絲娜泡進熱水裡的黑暗精靈，來到我身邊後就坐到浴池邊緣說：

「桐人也穿著內褲……不對，是穿著『泳裝』嗎？人族還真是有著不可思議的習慣呢。」

「是……是啊。」

簡短地這麼回答完，基滋梅爾嘴角就露出淡淡的笑容。

「但是，在野營地的浴室裡，我記得桐人也……」

「哎……哎呀，話說回來這個浴場真是大啊！」

我以這樣的叫聲蓋過基滋梅爾危險的發言，在承受並無視亞絲娜懷疑視線的情況下繼續說道：

「第四層的城塞就這麼大的話，那第九層女王陛下的城堡裡，浴場的規模一定更加了不起吧！」

「那還用說嗎？那邊的浴場蓋在比這裡還要高的地方，是一座能眺望整個第九層的豪華浴場喔。」

基滋梅爾點完頭後，亞絲娜原本不高興的陰沉視線瞬間變成愛作夢的少女。而被那種眼神注視的基滋梅爾卻露出了有些遺憾的表情。

「但是那座浴場只有貴族的文官以及女王親自敘任的高級騎士才能使用。很可惜的，身為人族的你們應該很難進到那裡吧……」

「這樣啊……但是這個浴池也很棒呢。甚至讓我想一直在這座城塞裡生活。」

亞絲娜的回答雖然再度讓黑暗精靈騎士露出笑容，但她馬上就伏下了長睫毛。然後一邊以左手撈起透明的熱水，一邊微微搖了搖頭。

「很高興妳能喜歡這座城塞……但還是別在這裡待太久比較好。」

「咦……為什麼……？」

「正如妳所見，這座約費爾城的四周圍被湖水與斷崖包圍著，可以說是難攻易守的堡壘。從古至今，不只是哥布林和半獸人，聽說就連森林精靈的大軍都無法攻進來。」

基滋梅爾說到這裡就停了下來，我則是從浴池裡往上看著她的臉問道：

「那不是很好嗎？在第三層費盡苦心才奪回的『翡翠祕鑰』，現在就被保管在這座城塞裡面吧？」

「嗯……但正因為難攻易守，這座城塞的駐守部隊已經變得相當鬆懈。雖說曾經數度擊退森林精靈，但那是因為在陸地築城的他們幾乎沒有船的緣故。單方面占盡優勢的勝利，贏再多場也無法磨練技術與心靈。」

一聽見她帶了些許焦躁的發言，我的腦袋角落就覺得有什麼地方不對勁，但是又沒辦法想起來。

基滋梅爾以修長的右腳輕輕踢了一下水面，就又以混雜著嘆息的聲音繼續說：

「……再加上神官們竟然說出因為很刺耳，所以在城塞內不要穿金屬鎧甲這樣的話。有那種傢伙在此橫行，也難怪城塞裡的氣氛會如此鬆懈。」

「所以妳才一直穿著禮服嗎？」

亞絲娜的呢喃讓騎士露出苦笑並點了點頭。

「不適合我吧？」

「沒這回事。但是……還是穿自己喜歡的衣服比較好吧。這樣我們要是穿板甲的話說不定會挨罵呢。」

「應該會吧，但我認為沒有必要嘗試。」

「嗯，我知道了。」

我茫然望著一起發出竊笑，看起來簡直像姊妹的兩個人，拚命想要拔出卡在腦袋裡的刺。

很久以前，沒有船隻的森林精靈想攻下這座難攻易守的約費爾城時，是如何把大軍送過來的呢？雖然應該不可能，不過如果是用「游泳圈果實」的話，我還真有點想看看那種光景。

但這也就表示，只要森林精靈獲得足夠的船隻，城的防守就會陷入危機了。只不過，森林精靈也有「無法砍伐活生生的樹木」這樣的禁忌，所以不太可能製造大量船隻才對………

「————啊！」

這時阻礙思考的尖刺終於脫落，讓我忍不住大叫出聲。嘩啦一聲濺起水花後站起身子，緊貼在背後的玻璃窗上往下看著包圍城堡的湖泊。

因為降雪而覆蓋了一層薄冰，即使到了夜晚也還發出微光的湖泊，目前還沒有任何異變。但是現在這個瞬間，樓層的另一側也還在製造著足以輸送大軍渡過這個湖面的大量船隻。沒錯——就是在墮落精靈的祕密基地裡。

「你……你怎麼了，桐人？」

我在亞絲娜的呼喚下再次迅速回頭。

「亞……亞絲娜，今天是二十四日對吧？」

「那還用說嗎？」

我迅速對亞絲娜省略了「今天是聖誕夜啊」的發言點了點頭。

我記得在墮落精靈的基地裡，竊聽諾爾札將軍與艾鐸工頭的對話是在兩天前……也就是二十二日。那個時候，他們說了「五天後開始作戰」。也就是二十七日……距離今天的三天之後。

結束這樣的計算後，我就重新轉向基滋梅爾，沒時間欣賞她光艷動人的比基尼裝扮，直接開口說：

「不……不得了了，基滋梅爾。說不定，不對是一定，三天後森林精靈的大軍會來進攻這座城塞。」

結果黑暗精靈騎士就輕輕皺起秀眉。

「剛才也說過了吧，桐人。森林精靈們手邊沒有什麼船，也沒辦法使用靈樹從上層運過來。如果想游泳上陸，只會被我們的軍船擊潰而已。」

「但是……」

就在我一瞬間猶豫著該從哪裡說明起時，亞絲娜已經先用沙啞的聲音說：

「啊……！難……難道說那些墮落精靈，攻擊的目標不是羅畢亞……而是這裡……？」

「妳說什麼……你們在這層看見墮落精靈了嗎？」

我和亞絲娜同時對將腰部從浴池邊緣抬起的基滋梅爾點了點頭，然後交互將事情的起源——從在羅畢亞發現可疑的運輸船開始跟她說明。

花了整整十分鐘將一切說明完的瞬間，就傳出任務進行的效果音，接著在自動打開的記錄視窗裡出現「往日的船匠」任務的第三部分結束的顯示。也就是說，記錄裡頭「適當的人」指的是黑暗精靈陣營的某個人嗎……而對我們來說就是基滋梅爾了。

追加了不少經驗值後，我升上了第17級，亞絲娜也來到了第16級，但現在根本沒有時間感到高興。因為迅速站起來的基滋梅爾已經用尖銳的聲音大叫：

「不能繼續待在這裡了！你們兩個人跟我來！」

連忙換好衣服的我們，被帶到封測時期我幾乎沒有進去過的城塞的五樓。

從中央樓梯爬上去後就在右邊的大門前，站著兩名武裝衛兵。但靠著奔馳在前面的精英騎士基滋梅爾的威名，根本沒有被確認身分就順利通過了。

大門後面是一間相當寬敞的辦公室。但是所有窗戶的窗簾都被拉上，讓空間籠罩在不自然的黑暗當中。我一邊注意著不被絨毛長度比走廊長了許多的地毯絆倒，一邊橫越房間。最後在安置於深處的一張厚重桌子前停下腳步。

寬度應該有三公尺左右的桌子，是由磨得相當光滑的黑檀木製成。因為精靈只能加工自然倒下的樹木，所以這張桌子在精靈世界應該是極為珍貴的物品吧。我一邊這麼想，一邊凝眼注視著坐在桌子後方一張大椅子上的人影。

桌上放了一盞油燈，搖搖晃晃地照耀著尚未寫完的資料與墨水瓶，不過油燈的光芒不知道為什麼照不到桌子深處。持續凝視著籠罩在濃密黑暗下的剪影後，終於只有顏色浮標鮮明地浮現出來。

「Yofilis：Dark Elven Viscount」——Viscount是什麼意思啊？

就在我歪著腦袋的期間，基滋梅爾已經結束黑暗精靈式將右拳放在左胸並且點頭的敬禮，隨即開口表示：

「城主約費利斯閣下，抱歉在辦公的時候打擾您。因為有要事必須向您報告，才會來到這裡。」

隔了一會兒，從黑暗裡有聲音這麼回答：

「在聽取報告之前，先告訴我為什麼有兩個人族跟著妳吧，騎士基滋梅爾？」

那是沒有什麼抑揚頓挫，同時可以感覺到青春與年老的聲音。而且還無法立刻分辨是男是女。

「是……」

在基滋梅爾再次低下頭的時間點，我立刻往前走了一步。

以同樣的動作敬完禮後，就恭恭敬敬地把從腰包裡拉出來的捲軸越過桌子遞了過去。

結果從暗處伸出來的纖細左手就把捲軸接了過去。光是用手指一摸就讓封蠟蒸發，羊皮紙立刻輕飄飄地打開。

「……唔，原來如此，是幫忙回收第一祕鑰的兩名功勞者嗎？那就沒辦法把你們丟去餵湖裡的魚了。」

說完這不知道是開玩笑還是認真的發言，這名叫作約費利斯閣下的精靈就把捲軸收到桌子的抽屜裡。

——不還給我嗎？這樣我們在城裡就沒有身分證明啦！

剛感到著急時，閣下就從同一個抽屜裡抓出某樣小小的東西，像是要我接下般把手伸了過來。急忙用雙手做成碗的形狀把手伸出去後，就有兩只戒指滾到我手裡面。它們是細緻的銀製品，印章部分刻著熟悉的角笛與彎刀。

「把它帶在身上吧，這樣今後留斯拉的士兵就不會追問你們的身分。當然，是在你們沒有背叛我們的前提之下。」

再次對隨口就對我們施加壓力的約費利斯閣下深深鞠躬，我就退到了亞絲娜身邊。

拿到的兩只戒指完全一模一樣。把其中一只交給搭檔後，我就把剩下來的一只戴到左手食指上。玩家的虛擬角色雖然有十根手指，但很可惜的是SAO裡一隻手只能裝備一只戒指。右手上已經戴了第三層的任務報酬，也就是能讓STR加1的戒指，所以已經用掉戒指的裝備格子了。

我一邊壓抑著叫出剛收到的戒指屬性視窗來確認其性能的衝動，一邊豎起耳朵聽著約費利斯與基滋梅爾的對話。

「那麼，基滋梅爾啊。妳有什麼要向我報告的呢？」

「是的。這是人族的劍士桐人與亞絲娜帶來的情報……我們的仇敵，墮落精靈的諾爾札將軍已經降到第四層來了。」

下一個瞬間——

城主依然從暗處伸出的右手就用指尖猛然敲了一下黑檀木桌子。

「…………哦？這的確是不可忽視的情報。」

這應該是事先寫進活動任務裡的事件對話吧，但我還是有種房間裡的溫度下降了兩三度的感覺，也悄悄地發了一下抖。

「那個惡棍這次又有什麼毒計了？」

「這個……看來墮落精靈已經正式和森林精靈聯手了。」

說出這樣的開場白後，基滋梅爾就把我們在浴場裡告訴她的情報做出適切的概要，呈報給約費利斯。

像是墮落精靈的基地正在製造大量船隻。

這些船將讓渡給森林精靈，而他們也將在三天後進攻這座約費爾城。

以及他們的目標無疑就是這座城塞所保管的「翡翠祕鑰」——

「原來如此……知道墮落精靈們建造的船隻數量嗎？」

被約費利斯這麼一問，基滋梅爾就瞄了我一眼。我急忙大叫「是……是的！」，然後回憶堆積在地下倉庫的那一大堆木箱。

老實說，我根本不知道分解一個木箱能變成多少木材，也不知道造一艘船需要多少木材。但是在倉庫的強制事件當中，我和亞絲娜可以硬擠在同一個箱子裡。那一定是給我們的提示。

把事情想得單純一點的話，就當一個木箱可以造出一艘兩人座的小型船好了。而要造出停泊在這座城塞的棧橋上那種十人座大型船的話，就需要五個木箱。倉庫裡頭至少堆了五十個木箱，所以——

「……我想最少也會建造十艘十人座的船。」

下一刻，約費爾城的右手再次喀喀地敲打桌面。

「唔，目前這座城塞總共配置了八艘十人座的船。所以是用數量優於我們的船隻發動攻擊嗎？」

「閣下。雖然不是質疑城內士兵的實力……但為了慎重起見，還是把第一祕鑰和封印在第四層裡的第二祕鑰一起送到上層去，您覺得如何呢？」

即使聽見基滋梅爾的建議，城主也沒有馬上回答。

他又喀喀地敲了一陣桌子，才終於以冷靜的聲音回答：

「……騎士基滋梅爾的提案也有道理。無論如何都不能再讓祕鑰被奪走了。但是——我們留斯拉之民原本的任務，是為了不讓六把祕鑰聚集在同一個地方，而把它們分別放置在六層來加以守護。把第一和第二祕鑰往上層送的話，第五層就會有三把祕鑰了。我不是很喜歡這種狀況……」

他的話讓基滋梅爾沉默地點了點頭。

這時，至今為止都沒有開口的亞絲娜打破了沉悶的沉默。

「那個，城主大人。六把祕鑰聚集起來的話會發生什麼事情呢？」

細劍使依然如此直接的問題，讓我不由得整個人僵住，但這也是我想知道的情報。封測時期從頭到尾都只有尋找、追尋祕鑰而已，這些最根本的設定從來沒有呈現在玩家面前過。

首先回過頭來的是基滋梅爾，她以有點慌張的口氣說：

「亞絲娜，這個……」

說到這裡，城主從黑暗中伸出來的手就打斷了她。

「沒關係，基滋梅爾。由我來說明吧。只不過——人族的劍士啊，我沒辦法回答妳現在的問題。因為就連從『大地切斷』前就一直是約費利斯子爵家主人的我，都只知道一部分的祕鑰傳說而已。能夠知道所有故事的，就只有我們的女王陛下一個人……不對…………」

在這裡稍微中斷發言的約費利斯，發出了真切到讓人很難相信是活動任務劇情的沉鬱嘆息聲。

「根據情況不同，說不定就連陛下都不知道真正的實情。」

「約費利斯閣下，這個……」

像是要對發出僵硬聲音的基滋梅爾謝罪一樣，城主輕輕抬起右手。

「抱歉，是我失言了……人族的劍士啊，我能告訴你們的就只有這些。我們留斯拉之民，相信六把祕鑰聚集在一起，聖堂之門打開的那個時候，這座浮遊城艾恩葛朗特就會面臨毀滅性的結局。另一方面，從千年前的遠古就一直和我們征戰的森林精靈……卡雷斯・歐的人民，則是以不同的形式來解釋傳說。他們認為打開聖堂的話，艾恩葛朗特所有樓層將再次回歸大地，精靈也能取回強大的魔法力量。」

「咦…………！」

不只是亞絲娜，就連我也從嘴裡發出驚訝的聲音。

艾恩葛朗特將回歸大地。

以現實世界的ＶＲＭＭＯ玩家──桐人的身分來看，無論如何都會覺得這是絕對不可能發生的事。因為最大直徑達到十公里的樓層堆疊了高達一百層的艾恩葛朗特，光是這樣已經需要龐大的檔案容量了。無論怎麼想，都不可能重新準備讓這一百層樓全部平放都還有其他空間的地圖。因為開始死亡遊戲之後，營運公司ＡＲＧＵＳ的營運就全部停止，伺服器已經在警察單位的管理之下了。

這樣的話，就表示森林精靈的傳說是錯誤，只有黑暗精靈的傳說才是正確的嘍？

不對，這似乎也說不通。雖然不知道「毀滅性的結局」具體上是什麼樣的現象，但假設是艾恩葛朗特全體崩壞，生活在內部的ＮＰＣ與玩家全滅的話，站在森林精靈那一邊進行活動任務的玩家，就是主動殺掉包含自己在內的所有玩家了。實在無法相信身為遊戲管理者的茅場晶彥，會希望在連第十層都尚未到達的階段，就發生這種因為錯誤情報而讓死亡遊戲的舞台整個毀滅的結局。

說起來精靈戰爭活動任務，應該是有多少玩家或小隊參加，就準備了多少種結局才對。我不認為光是一名最快完成活動任務的玩家，就能決定艾恩葛朗特全體的命運，而且如果出現同時完成森林精靈這一方與黑暗精靈這一方任務的玩家，結局就會產生矛盾了。

什麼毀滅性結局啦回歸啦的，一定都只是炒熱劇情的關鍵字而已，不論任務有什麼發展，實際上對艾恩葛朗特都不會有任何的影響吧。

藉由剎那間的思考得到這樣的結論後，我就準備放鬆肩膀的力道，結果亞絲娜在這時候輕輕拉了一下我右邊的袖子。

「欸，桐人。我記得那個墮落精靈的將軍……好像也說過聖堂打開之後會怎麼樣吧？」

「咦？聽妳這麼一說……好像真有這麼回事……」

我拚命挖掘記憶，成功地重播了諾爾札將軍說過的話。由於這可能也是應該告訴基滋梅爾與約費利斯的情報，所以我就畏畏縮縮地對桌子深處的黑暗說道：

「……那個，城主大人。諾爾札將軍還這麼說了。他好像是說……墮落精靈入手所有祕鑰，打開聖堂的門後，就能讓人族最大的魔法消失……」

「…………人族的魔法……？」

以懷疑的聲音重複一遍的約費利斯，這時候將放在桌面上的右手翻轉過來。

「基滋梅爾，妳知道人族的魔法是什麼嗎？」

「是的……雖然遠遠不及精靈族，但人族也還殘留幾個古老的法術。我知道的大概只有，能把裝備和道具收進薄薄書本裡的『幻書之術』，以及能瞬時把書信傳遞到遠方的『遠書之術』……」

前者是選單視窗，後者則是即時訊息吧。要是說到玩家所能使用的，類似魔法的現象，我大概也只能想到這兩種。

「嗯，聽起來雖然很方便……」

可能是思考事情時的習慣吧，城主再次一邊以指尖敲打桌面一邊開口說道：

「但很難想像那個諾爾札會為了從人族身上奪走那種程度的法術，就和森林精靈聯手。」

或許對能使用數種法術的精靈來說，這些只是「那種程度」的法術，但叫不出選單視窗可是一件很嚴重的事情。不過另一方面，我也認為不可能會發生這種事情。因為叫不出選單的RPG，就跟沒有龍頭與踏板的自行車一樣——應該啦。

幾秒鐘後，約費利斯就像是已經回歸事件對話的主題一樣，開始以沉穩的口氣表示：

「……不論如何，為了慎重起見，還是先回收封印在這層裡的『琉璃祕鑰』比較好。但是城塞裡的士兵又必須為森林精靈的襲擊做準備——人族的劍士們啊，你們可以協助騎士基滋梅爾，完成回收第二祕鑰的任務嗎？」

當城主這麼問時，黑暗深處就出現金色的「！」符號。看來這個任務ＮＰＣ標誌，就只有我和亞絲娜看得見。我一邊想著「這也是人族的魔法嗎」，一邊一瞬間和亞絲娜面面相覷，然後同時點了點頭。

「好的，請讓我們幫忙吧。」

如此回答完，符號就變成「？」符號。就這樣，第四層的活動任務終於要正式開始了。

對城主深深行了個禮的基滋梅爾，把身體重新轉向我們後就露出燦爛的笑容。

「雖然是重要又危險的任務，但真的很高興能再次跟你們並肩作戰。萬事拜託了，亞絲娜、桐人。」

「我才要拜託妳呢！」「多多指教嘍，基滋梅爾！」

氣勢十足地這麼喊完，視界左上就浮現第三名小隊成員的ＨＰ條與名字。

離開城主約費利斯的居室，從衛兵視界中離開的瞬間，我就舉起雙手大大伸了個懶腰。

「嗚嗚～～～嗯，好緊張喔……」

「呵呵，也難怪你會這樣。因為城主閣下即使是在黑暗精靈當中，也是最為長壽的精靈之一。其實連我也有點緊張呢。」

「什麼嘛，原來基滋梅爾也是嗎？……話說回來，基滋梅爾妳現在幾歲啦？」

雖然是隨口提出的問題，但立刻就被走在左邊的亞絲娜用手肘撞了一下，而右邊的基滋梅爾則是乾咳了一聲。

「桐人。我雖然不太清楚人族的習慣，但在精靈族之間，當面詢問人家的年齡是不禮貌的行為。」

「是……是這樣啊，真對不起。」

「嗯，我只能說跟約費利斯閣下比起來，我還算相當年輕。」

「我……我了解了。話說回來……明明有那麼了不起的城主大人，城裡的士兵還這麼鬆懈，然後神官還能擺出一副了不起的模樣，還真有點不可思議耶。」

我一邊走下樓梯一邊小聲地這麼表示，結果基滋梅爾就露出複雜的表情點了點頭。

「嗯……這是有理由的。約費利斯閣下罹患了某種難症。因此沒辦法出現在有光線的地方。他已經有很長一段時間都關在那間房間裡了，甚至幾乎所有的士兵都沒有拜見過他的容貌……」

「生病……？精靈也會生病嗎？」

「精靈雖然長壽，但不是與疾病無緣……神官們就是趁著閣下無法外出，才會這樣目中無人地在此作威作福。明明一旦開戰的話，根本派不上任何用場。真的很讓人困擾……」

輕輕搖了搖頭的基滋梅爾，在四樓自己的房間前面停下來後，就轉換口氣與表情這麼說：

「總而言之，很感謝你們兩個帶來這麼重要的情報。今天已經很晚了，明天早上再開始任務吧。你們兩個不要熬夜，要好好地休息喔。」

「我會的。」

「晚安，基滋梅爾。」

我們也跟她打完招呼後，騎士就邊微笑邊點頭，然後消失在自己的房間裡。雖然好不容易增加的ＨＰ條又隨著寂寞的效果音消失，但明天再次會合的話，她應該就會再度加入小隊了。

我和亞絲娜在走廊移動了十公尺左右，回到隔壁的總統套房。

叫出視窗來確認時間，發現不知不覺已經超過晚上十點了。窗戶外面依然不停下著雪，前庭的樹木已經全部變成白色。

就這樣和亞絲娜並排在客廳正中央持續眺望了一陣子夜景之後，我忽然想起某件事而舉起左手。接著以右手手指輕點了一下在左手食指上發光的銀戒指。顯示在浮現出來的屬性視窗上的道具名稱是「留斯拉之認證」。

「魔術效果是……哦，ＡＧＩ加１……而且還能稍微提升技能熟練度的上升率嗎？很不錯的效果耶。」

「這樣啊……」

這麼呢喃並看向我左手的亞絲娜，不知道為什麼就緊皺起眉頭。

接著也低頭看著自己的左手，不知為何忽然滿臉通紅，然後迅速用右手觸碰左手。看來是要變更裝備戒指的手指，只是不知道為什麼要這麼慌張就是了。

「……怎……怎麼了嗎……？」

「沒什麼啦！」

既然對方如此堅決地表示，我也無法追究下去，只能用力點了點頭。

「那麼，我差不多該睡了……啊，對了，在睡覺前，有件事情想先問妳一下。」

「……什……什麼事？」

「是關於剛才城主的名字，妳知道Bi……Biscount是什麼意思嗎？」

一聽見我充滿求知欲的問題，亞絲娜就露出有點微妙的表情，然後才「唉──────」一聲長長地嘆了口氣。

「…………是Viscount。」

「咦？」

「我說是Viscount，不是Biscount。意思是『子爵』。基滋梅爾不是也稱呼他為子爵閣下嗎？」

「啊，是……是這樣啊。順便問一下……子爵有多偉大啊……？」

「一般來說，從上面排下來是公爵、侯爵、伯爵、子爵、男爵。雖然不知道黑暗精靈的貴族制度是怎麼樣就是了。」

「了……了解了。謝謝妳的解說。那麼，嗯……明天稍微早一點，早上六點在這裡集合可以嗎……？」

亞絲娜默默點頭同意了我的提議。

「那就這麼決定了……晚安……」

雖然在意搭檔忽然臉紅又忽然變得冷漠的理由，但認為睡一覺之後應該就能恢復的我，隨即準備窩進西側的寢室。

但是當我打開門時，就被搭檔從後面叫住了。

「桐人。」

「……是……是的。」

一回過頭，就看見依然站在房間中央的細劍使做了個稍微縮起肩膀的動作，然後眼睛往上看著我說：

「那個……雖然在去浴場之前也說過了，不過今天真的很謝謝你。比在現實世界度過的聖誕夜還要快樂，真的很棒喔。」

「…………」

出乎意料之外的發言，讓我完全不知道該如何反應才好。

幾秒鐘後，從我嘴裡說出來的是有點不痛不癢，但又好像有些重要的問題。

「……妳在現實世界都是怎麼過聖誕節？」

「嗯……」

亞絲娜一邊用靴子的前端鑽著厚厚的地毯，一邊隨著淡淡的笑容回答：

「通常會接到『要舉行聖誕派對，所以乖乖待在家』的指示，但最後爸媽都很晚回家，所以自己一個人吃完蛋糕就結束了……每年大概都是這樣吧。」

「哦……這樣啊……」

雖然覺得只能如此附和的自己實在很沒用，但是也沒有什麼能夠拿來爆料的精彩逸聞。因為我這兩年來也是處於早早就結束與家人的派對，然後跑去網路遊戲裡參加聖誕節活動的狀態。

「……嗯，妳能喜歡真是太好了。既然要慶祝，如果可以準備蛋糕就更好了。」

以模糊的聲音唯唯諾諾地這麼說完後，亞絲娜嘴角露出來的微笑就變得明顯一些。

「說得也是。不過……那就保留到明年的聖誕節吧。」

「……也好。」

「那我也要睡了。晚安。」

「晚安。」

目送亞絲娜消失在另一側的寢室之後，我就進到自己房間並把門關上。

雖然不像客廳那樣，但房間也相當寬敞。中央放著一張雙人床，牆邊有可以作為外部道具欄的衣櫃，甚至還配置了身為男性的我根本用不到的三面鏡梳妝台。

解除了大衣、靴子、護胸等裝備，我就重重地躺到床上。

「…………明年的聖誕節嗎……」

亞絲娜或許是隨口說說，但這句話其實帶有相當沉重的含意。這款死亡遊戲開始到今天是第四十八天了。每個樓層攻略天數的明細是第一層二十八天，第二層十天，第三層七天。這個第四層，才花了三天就已經到達中間地點。

雖然順利地縮短日數讓人產生不少信心，但這樣的速度應該是極限了。今後如果每一層的攻略時間也大概都是一週的話，要突破接下來的九十六層所需要的時間，簡單計算一下就有六百七十二天——大概是一年十個月。

也就是說，明年的聖誕節也幾乎確定會被囚禁在這座浮遊城裡。雖然不清楚亞絲娜是不是已經考慮到這些事情了，但是光想到目前眺望的天花板上堆疊著的樓層數量，我就好像快被壓力給擊潰了。

雖說等級已經到達相當安全的範圍，但ＭＭＯＲＰＧ沒有所謂絕對安全地帶存在。不小心讓大量強力怪物湊在一起、為了回復異常狀態而慌了手腳，或者單純在數十公尺高的地方腳步一個踉蹌。光是這樣就足以讓HP歸零，而現實世界躺在床上的我，腦袋也會被NERvGear破壞。桐人／桐谷和人這個人類，就會像水底的泡影一樣，簡簡單單就從兩個世界裡消失。

當然，也有停留在第一層起始的城鎮裡這樣的選擇。但是四十八天前的那個時候，我就像是被什麼東西追趕一樣衝出圈內，直奔到下一個村莊裡。和最初的搭檔短彎刀使克萊因分開……不對，應該說是捨棄SAO初學者的他之前，我曾經這麼說過。

——為了在這個世界裡存活下來，我們得拚命強化自己才行。MMORPG這種東西就是玩家之間的資源搶奪戰。搶到越多系統所提供有限的金錢、道具以及經驗值的人才能變強。

我不認為這種想法錯了。我之能夠活到今天，也是因為活用封測玩家，不對，應該說是封弊者的知識與經驗來持續有效率地取得金錢、經驗值以及稀有道具的緣故。也曾數次遭遇等級少1級，或者武裝的強化值少1就可能喪生的場面。

但那也是我選擇了離開安全的圈內，選擇了親自攻略死亡遊戲這條路的關係。

為什麼我要這麼做呢？

在第一層的托爾巴納剛認識亞絲娜時，她說過的話又重新在耳朵深處響起。

——與其躲在起始城鎮的旅館裡慢慢等死，我到最後的瞬間都想要保持自我。就算因為輸給怪物而喪生，我也絕對不想敗給這個遊戲……或者應該說是這個世界。

這是帶著危險、勇敢以及乾脆的，相當符合亞絲娜個性的動機。但是，我不認為自己心中也有同樣的情感。

龍騎士旅團的凜德、艾恩葛朗特解放隊的牙王，以及在第一層的樓層魔王攻略戰裡喪生的原封測玩家迪亞貝爾又是如何呢？當真正的死亡被放到天秤上時，一定是有某種大過於它的理由，才會讓他們踏足到危險的圈外吧……

當我往上看著黑暗的天花板，任由思緒天馬行空般奔馳時——

旁邊的客廳裡，傳出了對面寢室打開房門的細微聲響。

我茫然想著亞絲娜可能又要進去洗澡吧，並一直躺在床上。但是，門打開的聲音就此停住，隔了好幾分鐘都沒聽見再有開門的聲音。也就是說亞絲娜沒有從客廳到浴室或者走廊上，甚至也沒有回到自己的寢室。

「…………」

又豎起耳朵十秒鐘左右，我才躡手躡腳下了床鋪。光著腳在地毯上走到門旁邊，悄悄轉動黃銅門把，把門拉開一條縫。

客廳的燈被關上了。但是，從窗外照射進來的雪地反光，讓房間整體浮現出單色的陰影。

緩緩移動視線的我，隨即在放置於這一側的牆邊大沙發上，看見一道抱住雙腳膝蓋的剪影。

雖然一瞬間猶豫了一下，但最後還是把門完全打開，跨足進入客廳當中。亞絲娜這時應該已經注意到我才對，但穿著白色束腰外衣的她還是低著頭一動也不動。

不知道為什麼躡手躡腳的我走到沙發旁邊，停下腳步後對她問道：

「…………睡不著嗎？」

隔了一會兒，小小的頭才終於輕輕點了一下。又經過幾秒的沉默，她才丟出這麼一句話：

「……房間和床鋪，好像都太寬敞了……」

「……真的是這樣。我封測時期用來登出的二樓十人房，可是擠滿了上下鋪的床呢。」

我一邊這麼回應，一邊坐到沙發另一邊。

如果有這種時候能迅速變出甘甜熱牛奶的玩家技能的話……腦袋裡雖然這麼想，但是我的道具欄裡沒有牛奶，這裡也沒有瓦斯爐。於是我只能以平常不會做的事情來取代——也就是直接說出心中沒有根據的推測。

「是想到明年的事情嗎？」

結果蹲在距離我一．五公尺處的亞絲娜，身體立刻震動了一下。

她像是要把額頭貼在抱住的膝蓋上一樣，再次點了點頭。過了一陣子，房間裡就流出極細微的呢喃聲。

「我到目前為止，都刻意不去想遙遠的未來會發生什麼事。我對自己說，只要盡全力在當天的攻略上就好。這就等於是逃避面對自己的未來對吧。像是剩下多少樓層、距離脫離這裡還有多少時間等等……還有在這之前，我根本是逃避面對自己能在這個世界活多久這件事。但是，在自己的房間裡看著外面，不知道為什麼……感情就湧上來了…………」

亞絲娜抱住膝蓋的雙手忽然開始用力。

「……我想活到明年的聖誕節，再次看見艾恩葛朗特下雪。」

那是幾乎無聲，但是又帶著痛切心情的獨白。

雖然覺得必須說些什麼，但是我的嘴巴就像被糨糊黏住了一樣僵硬，也沒辦法張開。

在明年的聖誕節前，妳一定不會死的……不對，應該說妳一定會活到這款死亡遊戲被完全攻略的那一天。

即使很想對她這麼說，但我又要去哪裡找出能說這種話的根據呢？

亞絲娜的戰鬥技術在最前線組當中也是鶴立雞群，裝備的性能也相當突出，這些都是無庸置疑的事實。但正如我剛才對自己所說的一樣，這個世界只要發生一次失誤或者有任何的不走運，ＨＰ很容易就會歸零。所以實在沒辦法隨便說出「絕對不會死」這種連自己都無法相信的安慰台詞。

當差不多快搞不清楚究竟沉默了多久時，我終於從虛擬角色的喉嚨裡擠出沙啞的聲音：

「…………抱歉。我沒辦法說什麼。現在的我，也沒有能對妳說些什麼的實力……」

亞絲娜恐怕是首次說出對死亡遊戲的恐懼以及對未來的希望，但我卻只能說出這種話，覺得自己實在很丟臉的我，為了逃回房間而站了起來。

但是在通過蹲在沙發右端的亞絲娜前面時，迅速伸出來的手就抓住了我襯衫的衣角。然後以無法抵抗的力道拉著我再次坐回她的身邊。

「那變強就好啦。」

出乎意料之外的話，讓我屏住呼吸。

「你要變強啊。強到哪一天能對我……對像我這樣感到害怕的人說不用擔心。」

「…………」

我再次不知道該如何回話，只能把視線落到自己的雙手上。

要提升多少等級，才能夠對別人說出這樣的話？我覺得，只有二十或三十是絕對不夠的。

說起來，亞絲娜所說的變強指的是這種事情嗎……當我被困在這些平常從未考慮過的問題裡面時——

依然抱著膝蓋的亞絲娜，身體忽然往左傾，把小小的頭靠在我的右肩上。

「現在什麼都不用說也沒關係，但是在我睡著前，就一直待在這裡不要動。」

「咦……嗯……嗯，是沒關係啦……」

好不容易這麼回答，亞絲娜就帶著淡淡的微笑閉上了眼睛。

不到一分鐘，我就聽見真的很細微的鼻息。既然要求是「睡著之前」，這時候讓亞絲娜躺在沙發上，然後我回到自己的房間去應該也不要緊了，但要離開淺眠的她又不把她吵醒可以說是比登天還難。

結果這就等於要待到她睡醒吧……我一邊這麼想，一邊放鬆肩膀的力道，把身體靠到椅背上。

變強。

那是跑出起始的城鎮……或者說逃離之前，我自己曾經說過的話。我就在沒有任何明確動機，像是被什麼東西催促一樣，比其他玩家更早提升等級，獲得新武器，只是一味地追求著強化自己。

亞絲娜算是給了這樣的我動機嗎？為了在下一次她……或者其他玩家對我表明內心的恐懼前，能夠說出「不要緊，你不會死的」而變強。我可以有這樣的想法嗎……

忽然間，靠在我身上的亞絲娜輕輕抖了一下。雖然不像是醒過來了，但應該是在睡眠中感到寒冷吧。只穿一件單薄的束腰外衣，在下雪的夜晚確實很難熬。

這個時候，如果有迅速變出一張溫暖毛毯的玩家技能的話……雖然這麼想，但可惜的是我的道具欄裡——

「…………啊。」

小聲這麼呢喃後，我就悄悄打開視窗。移動到道具欄標籤，選擇某樣道具並將它實體化。

輕輕落在雙手上的，是帶著銀色的薄薄紡織品——在墮落精靈的地下水路幫了我們大忙的「阿爾基羅的薄布」。既然能夠覆蓋一整艘貢多拉，用來代替毛毯應該綽綽有餘才對。雖然耐久值剩下不多，但幸好在周圍沒有水面的地方使用的話似乎就不會消耗。

把攤開的薄布裹在身上後，房間裡的寒氣迅速遠離。這時舒服的睡意也偷偷跑進來我的腦袋中心取代了寒氣。

操縱還沒關上的視窗，把起床鬧鐘設定在五點三十分後，我也閉上了眼睛。

天亮之後的十二月二十五日，以及二十六日，就在我們就為了城主約費利斯子爵委託的「琉璃祕鑰」任務而四處奔走當中，轉眼間就過去了。

雖然是難易度絕對不算低的任務，但是我和亞絲娜除了各加了1級之外，還有精英騎士基滋梅爾依然可靠到嚇人的實力幫助，所以根本沒遇見什麼太危險的苦戰。第一天雖然因為以連續為前提的任務而東奔西跑，但到了第二天下午就成功衝進封印祕鑰的浸水迷宮。打倒因為濕氣而全身出現銅鏽的無頭騎士型魔王，獲得發出水藍光芒的第二祕鑰之後，這次就沒有再被戴黑面具的墮落精靈襲擊，晚餐前便順利回到約費爾城。

向城主報告完成任務，獲得大量報酬後一走出房間，就看見走廊西側盡頭附近的大窗戶已經染上漂亮的晚霞色彩。在鮮紅光芒籠罩下，我全力伸了個懶腰。

「……嗚嗚～～嗯……這樣總算是按照預定回收第二祕鑰了。城主大人把它收到椅子後面的小房間裡了，第一祕鑰也應該放在那邊吧……」

有一半是自言自語地提出這樣的疑問，結果從禮服換回久違騎士鎧甲的基滋梅爾就回答了我的問題：

「正是如此。也就是說，被森林精靈們攻上城塞五樓的話，祕鑰就很有可能會被他們奪走。雖說約費利斯閣下是細劍的高手，但也不能讓罹病的閣下親自參予戰鬥……」

「別擔心啦，基滋梅爾。別說是五樓了，連棧橋都不會讓他們爬上來。」

充滿自信地如此宣言的，正是這兩天裡展現驚人活力與怪物奮戰的亞絲娜。自從第三層之後再次與基滋梅爾共同戰鬥似乎讓她非常高興。

「不論敵人的船來十艘還是二十艘，我都會把它們全部擊沉！」

「哈哈，真是可靠。」

基滋梅爾邊笑邊輕拍亞絲娜的背，接著再次把視線移到我身上。

「……桐人、亞絲娜。之所以短短兩天就能從封印的迷宮裡回收琉璃祕鑰，除了你們自身的力量之外，你們那艘船的高性能也幫了很大的忙。而最讓我高興的是，你們用我妹妹的名字幫那艘美麗的船命名……」

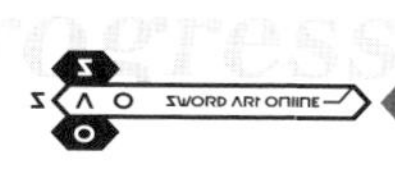

騎士說到這裡就先中斷發言，走到附近的窗戶前面。

從朝北的窗戶，往下就能看見約費爾城的前庭、城門，以及從城門筆直往前延伸的大棧橋。棧橋的左右兩邊停泊著八隻塗成黑色的大型貢多拉，以及一艘白色小型貢多拉——也就是我們的蒂爾妮爾號，全都隨著細浪晃動著。

「……妹妹她從小就喜歡玩水。在第九層的某個城市裡，她經常和我一起搭乘遊覽用的小船。看見蒂爾妮爾號，就會浮現已經遺忘的回憶……」

基滋梅爾像在緬懷過去般這麼說道，這時亞絲娜輕輕地靠到她右邊。

我一邊看著兩個人在左側夕陽照耀下閃閃發光的頭髮，一邊這麼想著。

基滋梅爾的雙胞胎妹妹，也就是名為蒂爾妮爾的黑暗精靈藥師，以ＮＰＣ身分真實存在於這座艾恩葛朗特的可能性相當低。因為ＳＡＯ是在短短五十天前才開始正式營運。某種意義上來說，基滋梅爾等黑暗精靈族，以及與他們敵對的森林精靈族，都是在那個瞬間才誕生。因此蒂爾妮爾只不過是賦予基滋梅爾的「設定」上的記憶（檔案）而已。

但是，每當基滋梅爾訴說關於蒂爾妮爾的回憶，在伺服器某處的檔案就會被更新，變得更加強大且詳細。就算她只是存在於設定上的女性，總有一天這些回憶會變成確定的事實。我就是有這樣的感覺。

站在基滋梅爾左側的我輕咳了一聲後，說出在進行祕鑰任務之間與亞絲娜商量的事情：

「那個……基滋梅爾。有件事要拜託妳。」

「只要在我的能力範圍內，我一定幫忙。」

「嗯……我們的『幻書之術』沒辦法收納像船這麼大的東西，但也沒辦法扛著船爬上『天柱之塔』。所以在到接下來的第五層時，就必須把蒂爾妮爾號放在第四層的某個地方。」

接下來就換成亞絲娜對默默聽著我說話的黑暗精靈騎士表示：

「所以呢，基滋梅爾。我和桐人在爬上第五層之前，想把蒂爾妮爾號寄放在妳這裡。如果可以讓我們停泊在約費爾城的棧橋，我們就很感謝了……」

我和亞絲娜昨天晚上花了時間討論能不能真的這麼做。因為如果拜託系統上辦不到的事情，可能會給基滋梅爾的AI無謂的負擔。

通常是沒辦法把道具讓渡給NPC。在第三層的洞窟裡撿到黑暗精靈騎士的徽章時，本來想交給基滋梅爾，但她也是告訴我「由你來交給司令吧」。前天亞絲娜讓基滋梅爾穿上的紫色泳裝，也是在脫衣處就還給她了。

但是，如果只是把船繫在棧橋上，就不需要轉移所有權。只要基滋梅爾在心情上願意幫忙保管蒂爾妮爾號……而她也可以經常眺望那艘船來回憶亡故的妹妹，這樣就可以了。雖然會有不知如何從這座城塞移動到迷宮塔的問題，但真的沒辦法的話也還有游泳圈可以利用。

當我吞著口水等待基滋梅爾的回答時，騎士就讓鎧甲發出「鏘」一聲，再次轉身面向窗戶。

一陣子後，平靜——但是內含的感情讓人絕對無法相信是NPC的聲音才傳了出來。

「…………當然願意，我當然願意了。我會負起責任保管你們重要的船。但是，有件事情希望你們要答應我。」

「什麼事呢，基滋梅爾？」

「當哪一天你們再度到這座城塞來時，再讓我搭乘蒂爾妮爾號吧。」

這次輪到我和亞絲娜異口同聲地大叫：「那是當然了！」

8

「桐人！從左邊過來了！」

亞絲娜尖銳的聲音讓我一邊咬緊牙關，一邊用力把船槳往左邊倒。

蒂爾妮爾號因為是小型船所以能夠迅速地迴轉，但還是有其極限在。在高速時的迴轉半徑是船體的兩倍，也就是十五公尺左右，因此操縱船隻時必須經常要料敵機先。

「唔喔喔喔……！」

我一邊發出低吼一邊划動倒到極限的船槳。視界的角落，可以看見一艘茶色粗獷的大型船猛然衝過來。雖然被大量濺起的水花擋住而看不見，但是船首裝備了巨大衝角，要是側腹直接被撞到的話，就算是只使用高級素材所以擁有高耐久值的蒂爾妮爾號也不可能全身而退。

站在大型船船頭的森林精靈士兵，手上拿著長約三公尺左右的長槍。

「交給我吧！」

站在船中央部位的基滋梅爾大叫，接著揮落右手的軍刀。瞄準我刺過來的長槍槍尖，就被神速的一斬砍斷了。

相信基滋梅爾而持續划動船槳的行動終於有了回報，蒂爾妮爾號在千鈞一髮之際躲開敵人的衝角，從大型船的左舷脫離現場。

雖然敵船也開始迴旋，但一旦進入搶奪船尾位置的狀態，就是我們占優勢。在互相不停旋轉當中，就看見他們毫無防備的船尾。

「亞絲娜、基滋梅爾，要衝過去嘍！」

「知道了！」

「了解！」

蹲下來的兩個人剛牢牢抓住舷側，我就全力往前突進。裝置在蒂爾妮爾號船首的「焰獸的衝角」，直接擊中堅固的森林精靈船隻唯一弱點的船尾。火熱的衝角貫穿船尾薄薄木板的同時，周圍的水都被蒸發並引起一場小小的爆炸，敵船的後半部也被華麗地炸掉。

當我利用爆炸的壓力讓蒂爾妮爾號後退的期間，敵船瞬間進水，然後由船尾開始沉沒。乘坐在上面的十一名士兵都被拋到湖面上，嘴裡叫喚了一陣子後，就都一窩蜂地游泳離開了。

「好，第二艘了！」

當我痛快地大叫時，負責搜敵的亞絲娜也大喊：

「左後方出現敵船！船尾正對著我們，是攻擊的大好時機！」

「了……了解了！」

我把重新握好的船槳換成倒向右邊。

十二月二十七日，星期二。正如墮落精靈將軍諾爾札口中所說的「五天後」這個時間點，滿載著森林精靈的船隊就在正午時分出現在包圍約費爾城的湖面上。

而在他們出現的三個小時前，黑暗精靈的斥侯兵就已經傳來情報，所以我們也做好迎擊的萬全準備，但是看見在激烈吹動角笛的聲音中出現的敵人船隊時，還是有一道寒氣閃過我的背部。因為敵船的數量，遠遠超出我「大概十艘」的估計，竟然有十六艘之多。

數量是配置在約費爾城的黑暗精靈船的兩倍。也就是說，就算雙方陣營的船擁有相同的戰鬥能力，蒂爾妮爾號也必須得擊沉八艘船。

沒想到會在浮遊城艾恩葛朗特經歷的大規模水上戰鬥，簡直就像古代希臘的海戰那樣，由面對面的茶色與黑色船隊同時突進這樣的型態揭開序幕。最初的激烈衝突中，森林精靈有兩艘，黑暗精靈這邊則有一艘船被衝角撞破洞後沉默。這樣就變成敵軍十四艘，而我軍僅剩七艘的情況了。

但是游擊隊的蒂爾妮爾號，沒有必要規規矩矩地陪他們玩正面衝突的遊戲。我訂定的作戰計畫是模仿薩拉米灣海戰，由側面展開的奇襲攻擊。

當然，在純粹是圓形的湖泊裡，根本沒有隱藏船隻的地點。但我們可是有前幾天也發揮毛毯功能的「阿爾基羅的薄布」。剩下來的一點耐久值，也在亞絲娜利用裁縫技能並發揮強大耐

性下，一點一點地修補回來了。

蓋上薄布後連人帶船一起躲在主戰場東側的我們，看準最初激烈衝突後雙方陣營的船停下來的時機開始突進，順利地擊沉對方一艘船。之後就變成了混戰，到了剛才擊沉了第二艘，所以森林精靈這一邊——應該還剩下十二艘船。

「基滋梅爾，數一下還存活在戰場上的船隻數量！」

專心划著船槳的我一這麼大叫，短短兩秒鐘就得到回答。

「我軍還有六艘，敵軍有十二艘！」

「嗚咿……」

雖然敵人的數量正如我所計算，但我方似乎也很快又被擊沉一艘。

森林精靈軍搭乘的船由於是從分解的木箱趕工組裝而成，所以成了船首與船尾都稜角分明的醜劣船隻。跟黑暗精靈軍優美的貢多拉相比不但速度不及，動作也不甚靈活，但堅固的程度則占上風。

再加上正如基滋梅爾所擔心的，黑暗精靈士兵們的訓練程度與士氣都比不上敵軍。也有幾艘進入併行狀態而開始白刃戰的船隻，但是被砍下水的士兵則是黑暗精靈這邊較多。

「卡雷斯·歐的勇敢士兵們啊！」

站在高掛綠底上印著金色盾牌與直劍旗幟的旗艦中央，似乎是敵軍指揮官的一名高大騎士，這時以響徹整座湖面的聲音大叫：

「讓卑劣的黑暗精靈全都變成湖裡的亡魂吧！他們和人族聯手，建造為了攻下我們城堡的船隻！幸好他們的企圖被識破，船變成了我們的東西！所以絕對不能錯過這個機會！」

…………什麼？

我一邊全力划動船槳一邊皺起眉頭。

剛才敵人的指揮官……好像說了黑暗精靈和人族聯手吧？他的意思也就是，森林精靈奪走了黑暗精靈要人族製造的船嘍？就我所知，那並不是事實。至少現在森林精靈們搭乘的船應該是由墮落精靈所製造，而我推測……那是因為森林精靈委託他們造船。

「桐人，被發現了！」

亞絲娜的聲音把我的意識拉回眼前的戰場。

我們看準的森林精靈船操槳手，一邊瞪著我們一邊準備讓船往右迴轉。我將前進方向往左調整，然後看準時機往右邊急速迴轉。接著一面預測十秒鐘後敵人船尾會出現的位置，一面拚命划動船槳。

亞絲娜以肉眼難見的二連擊掃開往由敵船往這邊刺過來的兩柄長槍，下一個瞬間蒂爾妮爾號的衝角就貫穿敵船右後部，基滋梅爾這時候迅速拉住因為衝擊而差點往前倒的亞絲娜。

再次發生水蒸汽爆發，敵船遭到破壞的情況。這樣的話——

「第三艘了……！」

我不再注意紛紛落水的敵兵，開始尋找下一個目標。

在成為主戰場的湖泊北部，黑暗精靈這一方一直處於劣勢。為了阻止敵人入侵城塞，殘存的六艘船艦排成一橫排與敵船進行白刃戰，但掉落到湖面的士兵數量明顯是黑暗精靈比較多。

另一方面，森林精靈則還有十一艘船健在，而且其中三艘已經繞過主戰場，從西側靠近城塞的大棧橋了。

「糟糕了……」

在基滋梅爾呢喃的同時，位於黑暗精靈船隊中央的指揮官也面向我們這邊，一邊舉起彎刀一邊怒吼著：

「那邊的小船！別在那裡拖拖拉拉的，快去阻止敵人的特遣隊啊！」

「什……什麼態度嘛！」

也難怪亞絲娜會如此憤慨。那個指揮官在備戰時就一直傲慢地說著「我沒指望你們能提供戰力」以及「不要礙了正規士兵們的事」這樣的話。

但這時候也只能遵從他的指示了。城門前面僅僅留下六名衛兵，要是被搭乘在三艘船上共三十名森林精靈上岸的話，門很容易就會被攻破了吧。

「可惡，只能上了嗎……！」

我低聲沉吟了一下，接著猛然划動船槳。雖然不由得會有「早知如此就應該多提升一點ＳＴＲ」的想法，但這如果是在現實世界的話，我的雙臂應該老早之前就累積了一大堆乳酸，陷入無法動彈的狀態了吧。

敵人的特遣隊目前是三艘橫向排在一起，而且船尾正對著我們。應該可以從正後方突擊其中一艘的船尾將它擊沉，但問題是接下來該怎麼辦。要讓衝角發揮威力，就需要幾乎是最快速度的加速。我不認為敵人會讓我們有先後退然後再次發動突擊的機會。

這個時候，站在前面的基滋梅爾像是看穿我的猶豫般回過頭來。

「不要緊，桐人。往正中央的船衝過去！」

「了……了解！」

我也只能這麼回答。我看準中央的敵船，稍微調整路線。對方站在船尾的槍兵也已經注意到我們，但是完全沒有停止往城塞突進的意思。

「衝……衝啊————！」

一邊喊著跟電影或動畫裡進行敢死特攻的主角一樣的台詞，一邊最後一次划動船槳。和數分鐘前同樣，亞絲娜防禦了敵兵的槍之後，衝角就貫穿了平坦的船尾。

第四艘船瞬間被轟沉，坐在船上的士兵們紛紛以蛙式退避。我一邊看著他們離開，一邊準備讓船隻後退——但是……

剩下來的兩隻從左右兩邊急速靠近，直接把蒂爾妮爾號緊夾起來。

表示在基滋梅爾的ＨＰ條更下方的蒂爾妮爾號耐久值被削減了百分之五左右。而且傷害不是就此停止，還一點一點地持續減少。這是因為兩艘船的操槳手，像是要把我們壓扁一樣把槳往側面倒並拚命划動。

加上船尾的槍兵更將銳利的槍尖對準我們往下刺過來。我雖然急忙抽出背後的劍把長槍彈回去，但這樣下去情況只會越來越糟糕。

這個時候，基滋梅爾以冷靜的聲音說：

「亞絲娜、桐人，跳到右邊的船去把操槳手打到湖裡！左邊的船就交給我了！」

「嗚咿？」

雖然因為出乎意料之外的指示而發出這樣的聲音，但要脫離這個險境的確只有這個辦法了。和亞絲娜迅速交換一個眼神，豁出去的我就跳上了右側的敵船。

「骯髒的臭人族！」

森林精靈的槍兵雖然在眼前發出怒吼，但長達三公尺的水戰用長槍，在近身戰時可以說是無用武之地。我沒有任何假動作就忽然發動單發劍技「斜斬」，將敵人轟飛到船外。左側裝備了珍貴精靈絲綢斗篷的亞絲娜，也以二連突刺技「平行刺擊」技壓另一名槍兵。

提到森林精靈，在第三層初期對戰的恐怖強敵「森林精靈．聖騎士」可以說令人印象深刻，但那個騎士也跟基滋梅爾一樣，是高等級的精英Ｍｏｂ。另一方面，乘船的「森林精靈・槍兵」與「森林精靈・劍兵」們就只有第四層標準等級的能力而已。我到了這個時候才意識到，一對一的話不用過於恐懼。

但當然還是不能夠大意。因為船與船之間的戰鬥，船體將會吸收傷害值，一旦開始白刃戰，減少的就是我們的ＨＰ了。即使處身於宛如故事場景般的大規模活動戰鬥當中，也不能忘記這個世界是冷酷死亡遊戲的大前提。

亞絲娜以迅雷般連續攻擊的擊退效果將槍兵推到船外後，待在後面的劍兵立刻往前補上。

「不用硬是要把他們打倒！把這傢伙當成人牆，別讓後面的傢伙繼續靠近！」

一邊對搭檔做出這樣的指示，我自己也一邊擋住士兵襲擊過來的劍。目標的操槳手——專有名詞「森林精靈・槳手」就在這個士兵後面。

墮落精靈謹製的大型木造船雖然是十人座，但是甲板只有兩個人並列的寬度。我和亞絲娜肩並著肩作戰的話，後方的敵人就沒辦法攻擊到我們。這就是ＶＲ遊戲裡會出現的搶位要素，像這次這種狹小空間的戰鬥，敵人的身體除了可以變成防壁外，也可以變成障礙物。

聽見我的話後，亞絲娜的動作就切換成以防禦為主，但我在到達槳手之前必須先排除眼前的劍兵才行。

由於能力值有相當大的差距，所以就算強攻來削除對方的ＨＰ也不是什麼難事。但到了這

個時候，我已經發現自己內心存在對殺害森林精靈士兵這種行為的忌諱。現在回想起來，即使開始這場水上戰鬥，我也只有把敵兵打落到水裡，連一個人都沒有殺害過。

不對，其實這樣的猶豫不是最近才產生的。在第三層的活動任務進行到中段時，我們就被賦予入侵森林精靈的營區奪取機密命令書的任務，而為了完全避免戰鬥的我便嘗試以潛入來完成任務。那個時候我應該也有同樣的想法。不但我自己不想做出趁森林精靈睡眠時發動襲擊將他們全滅的行為，也不想讓亞絲娜與基滋梅爾這麼做。

這大概是毫無意義的感傷吧。我和亞絲娜在「翡翠祕鑰」任務的一開始就已經殺了森林精靈騎士，而基滋梅爾最愛的妹妹蒂爾妮爾也已經被森林精靈的獵鷹師殺害。這時候殺不殺眼前的士兵對於任務的進行應該不會有任何影響。但是──

「卑鄙的人族！」

擁有白色肌膚與淡色頭髮，臉上還殘留著稚氣的──不過設定上的年齡一定遠超過我──士兵直率的斬擊，被我用韌煉之劍＋8擋了下來。就算經過完全強化，也差不多快到抵擋的界限了，這時我用早已相當稱手的愛劍可靠的重量與堅硬度確實將對方的劍刃彈了回去。接著以左腳使出迴旋踢來轟擊陷入踉蹌狀態的敵兵右側腹。帶著藍白色特效光的一擊，是體術技能的單發水平踢擊，招式名叫作「水月」。

「嗚哇啊啊！」

視界右端捕捉到被踢飛並發出悲鳴，最後掉入遠方湖面的士兵身影，我便迅速往前衝去。雖然左邊就有敵兵，但亞絲娜確實地拖住了他而且徹底進行防禦，所以應該不會朝我攻擊才對。

眼前可以看見為了壓垮蒂爾妮爾號而把槳整個往旁邊倒，拚命划動的槳手。

「抱歉，到此為止了！」

剛叫完，我的韌煉之劍就一擊將船槳砍斷，順便把非武裝的槳手往後方踢飛。不去注意周圍的士兵因為遭受牽連而各自倒下的模樣，換成以拳頭的打擊技「閃打」將正和亞絲娜交戰的劍兵推下船。

「要回去嘍！」

大叫完就和亞絲娜一起跳回後方的蒂爾妮爾號上，這時基滋梅爾也正好回到船上。她應付的敵兵怎麼樣了呢……抬頭往左側的大型船看去，就發現上面竟然已經一個人都不剩了。

這時基滋梅爾以稀鬆平常的表情對啞然的我說：

「全部被我打到湖裡，槳也被我破壞掉了。」

我急忙把視線移到周圍的水面上，發現確實有許多士兵嘩啦嘩啦地打著水花。看來這場戰鬥是被賦予落水士兵就得從戰場撤退的規則系統，不久後所有人就游泳朝著北方而去。

右邊的船上雖然還留著五六個人，但已經無法移動船隻。把劍放回背上後就握住蒂爾妮爾號的船槳，從敵船中間脫身而出移動到能看見主戰場的位置。

這樣黑暗精靈這邊可以行動的船就有六艘，而森林精靈則還有八艘。數量上已經有了相當的均衡，而且雙方士兵一直進行著白刃戰，所以我方的船應該還能撐一陣子才對。

「很好……在再次開始衝角戰之前，先把敵人的旗艦擊沉吧！」

以壓低的聲音向亞絲娜與基滋梅爾這麼叫道，接著我便讓蒂爾妮爾號往右邊回頭。

距離成為主戰場的大棧橋大概一百公尺左右的水域，殘存的六艘黑暗精靈船，與數量相同的森林精靈船排成東西向的長列，士兵們就在船緣互相緊靠的船上揮刀相向。雖然黑暗精靈這一方明顯屈居下風，但應該還能支撐一陣子。

森林精靈這方剩下來的兩艘船布陣在船列後方，其中一艘的旗艦船首，可以看見穿著銀色鎧甲，白色披風隨風飄盪的指揮官用力在胸前交叉著雙臂。即使三隻特遣部隊遭到無力化，他似乎也完全不在意我們。

如果是確定己方已經獲得勝利，就有可能可以趁著這個機會從側面成功發動奇襲。

「亞絲娜、基滋梅爾，再用那個吧。」

剛對她們搭話完，我就取出疊在船尾的「阿爾基羅的薄布」。雖然不知道再次使用同樣的方法能不能發揮效果，但已經沒有比這個更好的方法了。三個人以攤開的布罩住蒂爾妮爾號後裡面就籠罩在黑暗當中，不久後就能透過薄布矇矓看見外面的模樣。

「……要慢慢靠近嘍……」

我一邊這麼呢喃，一邊悄悄划動船槳。因為速度太快的話布很可能會脫落，所以我慎重但盡可能快速地朝敵人旗艦前進。

再靠近二十公尺左右就把布收回來開始突進。一邊做這樣的打算，一邊一點、一點地往前進——

但是……

就在距離目標地點剩下五公尺的時候，森林精靈的指揮官就高聲拔出左腰的劍。

「糟糕……！」

「被發現了嗎……？」

我和亞絲娜的身體整個僵住，基滋梅爾則是警覺地把手放到軍刀刀柄上。但是指揮官手中長劍迅速指向的目標，並非潛伏中的蒂爾妮爾號。

「就是現在！一號船、二號船，開始突擊！五號船、六號船，快點開道！」

湖面傳出震耳的雷聲。下一刻，正在進行白刃戰的六艘森林精靈船當中，正中央的兩艘迅速往左右兩邊分開。

出現在後面的，是包含旗艦在內的兩艘暴露出毫無防備側腹的黑暗精靈船隻——

「糟糕……！」

我一這麼叫完，就急著把阿爾基羅的薄布從船上拉下來，捲成一團後塞到船尾。在我這麼做的時候，森林精靈方的兩艘船，已經迅速朝自軍船隻所製造出來的空間突進。

「等一下～～！」

我一邊聽著亞絲娜憤怒的叫聲，一邊猛然划動船槳。蒂爾妮爾號雖然已經激起白浪往前猛衝，但是離搶得先機的森林精靈旗艦還有二十公尺以上的距離。

「這樣是趕不及的……」

基滋梅爾冷靜地做出這樣的評論後，過了兩秒左右——

森林精靈旗艦粗獷的衝角，就隨著轟然巨響貫穿黑暗精靈旗艦的優美船體中央。

遲了一瞬間，敵人的二號艦也劇烈地撞上另一隻黑暗精靈船。腹部被開了個大洞的兩艘船，立刻浸水並沉沒。

「可……可惡啊啊啊————！」

雖然以雄渾的聲量發出怨嘆的叫聲，但黑暗精靈的指揮官還是被湖水吞沒了。一看之下，至今為止落水的黑暗精靈士兵就在主戰場周圍無所事事地立泳著。雖然不像森林精靈他們一樣會游到其他地方去，但這場活動戰鬥的規則似乎是已經落水的士兵就不能再參加戰鬥。

森林精靈指揮官雖然以看準時機的突擊，漂亮地擊沉黑暗精靈這方的旗艦與另一隻船，但沒有就此打住，而是再次高舉起長劍。

「一號船、二號船，前進！兩船的士兵準備登陸！」

「咿咿………」

我的口中發出這樣的呻吟。雖然用盡吃奶的力氣划動船槳，但在蒂爾妮爾號追上之前，敵人的兩艘船艦就通過船列被打開的縫隙，前進到主戰場後方。他們和城塞的大棧橋之間這時候已經沒有任何阻礙。

「可惡，我們也衝進那個縫隙吧！」

雖然應該不是對我這樣的宣言產生反應，但剛才為了讓旗艦通過而暫時退避的森林精靈船艦，已經再次為了填上船列的縫隙而開始移動。即使船列的縫隙越來越小，這時候也沒辦法回頭了。

「唔喔喔喔！」

隨著吼叫聲，以百分之一百二十的力量死命划著槳。蒂爾妮爾號的船首插進了僅剩下一點的縫隙當中。

敵船的龍骨與蒂爾妮爾號的左右舷側碰撞，傳出令人厭惡的「喀哩」聲。視界左上角原本還有八成左右的耐久值現在只剩下七成了。但是，我和亞絲娜以挑戰氣力與體力的極限所收集起來的高級素材，以及羅摩羅老人的巧手所建造出來的蒂爾妮爾號，直接把遠大於它的兩艘十人座船艦往左右兩邊推開，打開了眼前的道路。

「穿過去了！」

「加油啊，桐人！」

在亞絲娜與基滋梅爾如此大叫的聲音下回復體力，我隨即再次專心地划動船槳。重新開始加速的蒂爾妮爾號，以及在前方航行的兩隻敵船之間約有五十公尺的距離。能不能追上他們——老實說相當微妙。

數十秒後，我的擔心就變成了現實。在追到距離二十公尺左右時，兩艘敵船已經與大棧橋接舷了。

為了鼓舞士氣而發出「嗚喔喔喔喔——」的聲音，包含指揮官在內的二十名士兵立刻跳到棧橋上。集合起來往前跑去的森林精靈前方，僅僅就只有看守城門的六名黑暗精靈士兵而已。雖然也有乾脆躲到城塞裡去的想法，但外表看起來堅固的城門，在這種狀況之下應該撐不了多久就會被攻破。

「基滋梅爾，神官他們沒辦法幫助我們嗎？他們不是會用許多魔法……不對，不是會用許多法術嗎？」

感覺到危機的亞絲娜回頭這麼問道，但基滋梅爾只是輕輕搖了搖頭。

「很可惜，駐留在城塞裡的神官們，只是完全沒有戰鬥經驗的官吏。現在應該躲在地下的密室裡發抖吧。」

「怎麼這樣………」

取代咬緊嘴唇的亞絲娜，換成一直全力划動船槳的我丟出其他問題：

「城主的小孩子們呢？也和神官們一起躲在地下嗎？」

「……這就不知道了……因為從古至今，約費爾城的城門從來沒有被攻破過。我也想不到子爵閣下會做出什麼樣的判斷。」

「這……這樣啊……」

差點就忘記了，如果我和亞絲娜按照正規的順序進行精靈戰爭活動任務的話，基滋梅爾應該不會在這個現場才對。所以她和其他士兵不同，在活動戰爭裡沒有被賦予任何「角色」，也因此以才能跟我們一起自由行動。

但是約費利斯子爵又是如何呢？

雖然身為細劍高手，卻因為罹病而無法承受強光照射，即使白天也只能躲在完全黑暗的居室當中——原本以為這樣的設定對這次的事件沒有影響。因為我和亞絲娜都深信，只要讓森林精靈上陸，這場戰鬥就只能以敗北收場了。

但是實際上，現在已經有二十名士兵到達棧橋了，戰爭還是沒有結束。後方剩下來的四艘黑暗精靈船，為了不讓敵人繼續突破而持續奮戰著，前方防守城門的六名衛兵也果敢地架起長槍。

也就是說，一定還殘留能夠顛覆這種艱困戰況的方法。

雖然沒有任何根據，但我認為那個「方法」正是在城主約費利斯身上。因為他實在有太多謎團了。多到即使出現為了解決這些謎團的長篇連續任務也一點都不奇怪的地步。

「——亞絲娜、基滋梅爾！」

整理好瞬時的思緒後，我就對伙伴們大叫。

「要搶身到森林精靈前面了！」

「知道了！」「交給你了！」

一邊聽著立刻回傳的兩道回答，一邊在棧橋側面航行。追過排著隊形前進中的敵兵，讓蒂爾妮爾號來到城門附近就緊急煞車停了下來。來不及丟下船錨，就直接跳上棧橋。

我方的六名槍兵橫向排成一列在城門前面鞏固防守。也就是說，大棧橋有這樣的寬度。敵人也同樣組成三列每排六個人的陣形，最後面則是身為指揮官的白騎士以及一名穿戴著披風，似乎是副官的劍士。我凝視著擺出同樣的長劍與小型盾牌，迅速往這邊逼近的士兵們，讓頭上的顏色浮標出現。

表示出來的顏色浮標，顏色比至今為止作戰過的劍兵與槍兵還要紅。名字是「森林精靈・輕裝戰士」，似乎也比較強一點。看來旗艦與二號艦的士兵們，等級比其他船還要高。

另一方面，我方衛兵的專有名詞是「黑暗精靈・守門兵」。雖然不知道跟輕裝戰士比起來哪一邊的能力較強，但在數量上絕對居於劣勢。我們三個人在棧橋上橫排也無法占住所有空間，之後守門兵們一定會被多出三倍的森林精靈突破。再加上後方的主戰場應該也支撐不了多久吧。減少成四艘的船列一旦崩潰，敵人的增援就會到棧橋上來。

是要相信應該有辦法撐過去而在此戰鬥。

還是遵從自己毫無根據的直覺？

斬斷瞬間的猶豫，我對著兩名伙伴大叫：

「兩位，在這裡幫忙撐個五分鐘！」

「桐人你呢？」

面對露出一臉擔心表情的亞絲娜，我迅速點了點頭。

「別擔心，我只是去叫援軍而已。但是，妳們也不用勉強。覺得危險的話，不要猶豫就直接逃走吧！」

同時迅速拍了一下兩個人的肩膀，我接著就從中間穿過去往後方急奔。朝著排成一排擋住所有空間的黑暗精靈以及他們後面的城門，高舉起左手食指上閃閃發光的印章戒指（證明）。

「讓我通過吧！」

留斯拉的紋章立刻發揮靈驗的效果，除了槍兵正中央出現縫隙外，城門同時也發出沉重的聲音打開了一些。划船時靠的是ＳＴＲ，但現在是發揮所有ＡＧＩ的力量通過城門，一邊聽著

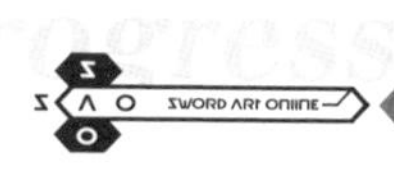

背後門再次關閉的聲音一邊穿越前庭。

推開城館的正門衝進去後，裡面是一片寂靜。看來不只是神官們，連女僕和貴族們也都躲在某個地方了。

這下子要是連城主大人都早就已經避難的話，我的行動就完全是白費工夫。但現在也只能相信自己繼續往前跑了。我沒有停下腳步，爬上入口大廳深處的大樓梯朝著最上層前進。

到達城塞的五樓時，和亞絲娜他們約好的五分鐘很快地已經過了一分鐘了。把身體往右傾，直角轉彎後盡頭的大門就映入眼簾，但看不見到昨天為止都在此防守的衛兵。甩開不祥預感，在房門前緊急煞車並大叫：

「城主閣下，打擾了！」

結果經過感覺相當漫長的幾秒鐘之後，那道不可思議的聲音就響了起來。

「進來吧。」

我迅速把門拉開，進到廣大的辦公室裡面。

裡面的照明依然只有深處桌上的一盞小油燈而已，連腳邊都看不太清楚。但是這裡已經是為了報告任務而來過好幾次的地點，所以我快速橫越房間移動到桌子前面。

雖然相信直覺一口氣衝到這裡，但一時之間卻不知道該說什麼。說起來，城主並非像基滋梅爾那樣是經過高度ＡＩ化的ＮＰＣ。不說出符合他資料庫的發言，應該就不會有所反應……

我雖然這麼想……

「看來戰況是我方屈居劣勢。」

但在開口之前，油燈後方的黑暗就對我丟出了沉穩的聲音。我馬上點了點頭，開始說明狀況：

「是……是的。我方的船，包含旗艦在內已經有四艘沉沒了，目前敵人的部隊已經上了棧橋。」

「這樣啊……那麼敵人爬上這裡也只是時間的問題了。」

「……這樣下去的話，再過二十……不對，十五分鐘，應該就會攻上來了。」

「這樣的話，我就在此等待敵人吧。人族的劍士啊，感謝你至今為止的幫忙。你就跟伙伴一起離開這座城塞吧。」

這時已經過了兩分鐘。要遵守和亞絲娜她們的約定，再過兩分鐘就一定得離開房間回到城門前面。

緊握雙拳捏碎湧起的焦躁感後，我又繼續說：

「黑暗精靈軍打從一開始在士氣上就輸給森林精靈軍了。我認為理由一定是因為真正的指揮官不在戰場上的緣故。」

「哦？你說真正的指揮官，指的是什麼人呢？」

「就是你啊，城主大人。」

我太過於直率的發言，感覺似乎讓城主露出淡淡的苦笑——不過應該只是我想太多。

從黑暗深處伸出的右手手指，在黑檀木桌子上喀喀敲了兩下。

「……現在說這種話也沒有用了。年輕人族的你可能無法理解，但持續一直戰鬥下去的話，總有一天會面臨失敗。如果今天就是約費爾城陷落，而我也命喪於敵劍之下的日子，那這也是聖大樹的指示。我們留斯拉之民就只能接受這樣的命運。」

從黑暗當中響起的聲音，帶著的濃厚達觀念頭，實在讓人很難相信這全是事先決定好的台詞。

我緩緩打開緊握的雙手——然後再次用盡所有的力量握起拳頭。

「城主大人。你的士兵們還在戰鬥！他們一定還在等待主人的聲音……我聽基滋梅爾說過你生病的事情了。但是，與其這樣在黑暗中等死，倒不如到外面去，至少也要跟那些士兵說一句話吧！」

心裡想著應該只是白費力氣的我如此懇求著。

我一定是錯過了與城主生病相關的任務。只要完成那個任務，就能治好無法照射強光的怪病，取代那個只會賣弄威風大喊大叫的黑暗精靈騎士，由城主本人親自指揮這場作戰了吧——

正如我所預料，等了幾秒鐘城主還是沒有反應。

經過三分鐘時，我了解到自己的直覺是個錯誤，於是為了離開房間而將右腳往後退了一步。

但是──

「人族的年輕人啊，回答我一個問題。」

隨著突然說出的發言，黑暗深處浮現出金色的「？」符號。有某個任務發生了。

這時有一道無色透明但帶有強烈力量的視線貫穿吞下一大口口水的我。

「你為什麼不幫助卡雷斯．歐的人民，選擇幫助留斯拉之民呢？」

這是個太過於簡單，卻也因此而無法馬上回答的問題。

因為選擇了進行黑暗精靈這邊的活動任務。這樣的回答，不可能是這個問題的答案。

在第三層開始「翡翠祕鑰」任務時，我和亞絲娜幾乎沒有討論就決定幫助黑暗精靈騎士，也就是基滋梅爾了。這是因為我在封測時期就是這麼做。真要追問的話，老實說沒有甚麼特別的理由。

「一開始……沒有什麼明確的理由。」

在沒有任何算計與確信的情況下，我直接把自己的思考轉換成發言。

「但是，現在不一樣了。我和亞絲娜都喜歡基滋梅爾。所以我想守護基滋梅爾喜愛的黑暗精靈們與這個國度。」

漫長的沉默再次充滿辦公室的黑暗。

之後——真的是很久很久之後我才知道。控制Sword Art Online刀劍神域這個世界的程式，具備了觀察玩家感情與心理狀態的機能。也就是說如果我為了阿訣約費利斯子爵而說謊的話，就會被系統識破，任務很可能就會因此失敗。

聽到這件事後亞絲娜便這麼表示。她帶著淡淡的笑容說：「幸好桐人老實地回答，因為你從以前就很不會說謊了。」

在馬上就要經過四分鐘的時候，黃金的任務符號無聲地消失了。雖然沒有響起完成任務的效果音，但取而代之的是城主至今為止所發出的聲音裡，最為強而有力的聲響。

「我判斷你所說的是實話。這樣我也得以實話來回答你才行。年輕的劍士啊，你從基滋梅爾那裡聽見的，關於我生病的事情…………」

椅子發出細微的「嘰」一聲。接著是輕微的腳步聲響起，對方繞過桌子來到我身邊。先是聞到一陣淡淡的森林香氣，接著是隱含笑意的聲音。

「那是騙人的。」

「…………啥？」

「跟我來吧。」

腳步聲遠去，北側牆壁的某處傳出「咚」一聲。充滿房間的黑暗被大白天的光線貫穿。在形成長方形的純白光線中，浮現出一道略長的頭髮隨北風飄揚的纖細身影。

看來外壁有一道暗門。但這裡是城塞的五樓。距離地面應該有十五公尺的高度。再怎麼樣也不可能直接跳下去——

當我這麼想的下一個瞬間，城主的模樣就忽然消失了。我急忙跑到開口處，往下一看就發現從牆壁有突出五十公分左右的窗簷，而窗簷又呈階梯狀一路延伸到一樓玄關附近。城主就是從那裡輕快地跳下去。

從五樓一看見地面，背部就一陣發冷，但剩下來的時間已經不到一分鐘。從關上的正門外面，可以聽見大量武器的金屬聲與劍技的效果音。依然表示在視界左上角的亞絲娜與基滋梅爾的HP條，都已經減少了兩成以上。

「……這點高度算什麼！」

我這麼鼓勵自己，然後踏到開口處正下方的窗簷上。再來就只要連續跳到這些每層樓之間有一公尺半落差的窗簷就可以下樓了。跳躍距離本身，跟在羅畢亞模仿源義經跳過八艘船那樣挑戰跳過兩艘貢多拉時還要短。

晚城主十秒鐘左右來到地面上的我，立刻鬆了一大口氣。

緊接著，我立刻重新抬頭看著左手邊高大的約費利斯子爵。

他的服裝看起來就很像貴族，除了有許多金銀色混編絲線與鈕釦的洛可可風禮服大衣與背心外，還有到膝蓋下方的褲子與白緊身褲。胸口則有帶著許多褶襉的白領帶。長長的黑髮綁在後腦勺，腰間掛著比一般細劍還要細上一輪的細劍。

城主舉起戴著白手套的右手後，就用手指撫摸著從我這邊看不見的臉龐左側。接下來，在看見整個身體往我這裡轉的城主臉龐的瞬間，我就暫時忘記心中的焦急而瞪大了眼睛。

感覺比基滋梅爾稍微年長一些的端正容貌上，有一道呈一直線的傷痕。從髮際通過左眼一直延伸到下巴的傷痕，應該是由銳利的刀刃所造成。

帶著綠光的灰色單眼往下看著我的約費利斯，以黑暗精靈來說膚色算淡的臉頰諷刺地扭曲起來並說道：

「這道傷痕是在我有許多懊悔的生涯當中最大的恥辱。為了不讓污名延續到繼承我子爵家的孩子身上，已經有很長一段時間躲藏在黑暗當中了……但是真沒有到會有讓人族看見這道傷痕的一天。」

「啊……對……對不起。」

雖然我急忙把視線移開，但城主隨即發出短笑。

「不用道歉。我可能因為太想隱藏恥辱而重複了不少愚蠢的舉動。那麼……我們走吧。到我的士兵們和你的朋友們作戰的地方去。」

略短的靴子踩出響亮的腳步聲，城主就這樣快步走近關著的城門。他一邊走就一邊舉起右手，大喊了一聲「開門！」。

巨大的門緩緩開始打開的同時，表示在視界右下方的副視窗，時間也剛好來到約定好的五分鐘。

進攻棧橋的森林精靈士兵，雖然包含指揮官與副官在內已經從十八人減少到十人左右，但守門的黑暗精靈槍兵也從六人減半變成三人了。雖然亞絲娜與基滋梅爾為了彌補這個空隙而奮戰不懈，但是曲刀類的軍刀也就算了，以突刺技為主體的細劍在橫向的攻擊範圍上還是有其極限。

才剛這麼想，一名森林精靈士兵就快要穿越橫列的空隙。我急忙拔劍迎擊該名士兵。在武器互抵的情況下埋頭將對方推回去，一來到亞絲娜身邊就簡短地大叫：

「抱歉，回來晚了一點！」

「我們這邊沒問題！但是船那邊就……」

她的話讓我把視線移到遠方的主戰場上，隨即發現四艘黑貢多拉雖然健在，但每艘船上都只剩下三四名士兵。那道防禦線被突破的話，大棧橋上就會湧入不下五十名的敵兵。

「桐人你那邊怎麼樣？」

我一瞬間不知道該怎麼回答這個問題。但結果也什麼都不用說了。因為後方有一道吹過湖面的強風般聲音清澈地傳遍現場。

「我是留斯拉的騎士，同時也是約費爾城的城主雷修雷恩‧賽得‧約費利斯！」

下一個瞬間，在亞絲娜另一邊的基滋梅爾立刻猛烈地呼出一口氣。但是她沒有回過頭來，還是持續戰鬥著。

「鏘嘰——！」的鮮明刀鳴，應該是約費利斯拔出腰間細劍的聲音吧。接著再次傳出說話聲。

「留斯拉的士兵們啊！我現在要為長久不在現場向你們道歉，並且希望你們能夠幫忙！這場戰爭關係著王國的未來！為了女王陛下，為了家人和朋友，請你們再次站起來和我一起戰鬥吧！」

剎那間，所有武器碰撞聲與喊叫全都中斷，整座湖包圍在寂靜當中。

打破這種寂靜的，是像從樓層底部深處湧上一樣的，具有壓倒性聲量的吼叫聲。

還留在船上的士兵就不用說了，連掉進湖裡正在立泳的士兵們都舉起劍或者拳頭大聲叫著。平靜的湖面產生多重波紋，融合成一道大浪後就呈同心圓狀往外擴散。

聽見這突然發出的勇猛叫聲，我就反射性往視界左上角一看，結果發現我和亞絲娜以及基滋梅爾的ＨＰ條上出現了幾種圖像。

劍朝上的印記是「ＡＴＫ上昇」支援效果。盾牌朝上的印記則是「ＤＥＦ上昇」支援效果。黃色爆炸圖案是「擊退效果上昇」。四葉幸運草則是「幸運判定獎勵」支援效果。

如果所有黑暗精靈士兵都附加了這些支援效果，那麼約費利斯子爵的威名就真的太恐怖了，但現在一秒鐘都不能浪費效果時間。

「喔喔！」

我隨著喊叫聲發動劍技「平面斬」，以經過強化的擊退效果將眼前的士兵轟進湖面。亞絲娜和基滋梅爾也轟飛眼前的敵人，把戰線往前推進。

「不要害怕！就算多了城主一個人，還是我們占優勢！」

如此大叫的，是站在後方的森林精靈指揮官。拔出大口長劍的他，隨即將其往前方揮落。結果眼前剩下來的六名敵兵，橫向排成一直線後立刻以同樣的動作將劍舉在上段。鋼鐵製的劍刃帶著淡藍色光芒。他們似乎是看準時機準備同時使出劍技——「垂直斬」。即使是基本的單發劍技，多重且同時的劍技爆發力還是相當恐怖。

為了與其對抗，我們也得使出同樣的攻擊才行，但是排在一起的六個人，我的武器是單手直劍，亞絲娜是細劍，基滋梅爾是軍刀而剩下來的三名士兵則是長槍，可以說完全沒有一致性。不同的劍技要配合時機可以說是難如登天。

就在這個時候——

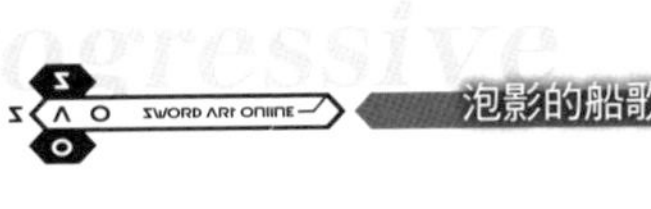

「往左右避開！」

從後方傳來這樣的聲音，不對，應該說是命令。

無法反抗的魄力讓我的身體自己動了起來。我、亞絲娜和一名士兵往右，基滋梅爾和兩名士兵則往左邊退避到棧橋的最邊緣處。

眼前的敵兵沙一聲往石頭地板踢去。六把長劍劃出藍色平行線襲擊過來。雖然拚命舉起自己的劍，但就算擋下來也會因為站不住而掉進湖裡。

不過我的擔心並沒有實現。

從後方飛過來一把帶著純白光芒的巨大光之長槍。如同彗星一般的光芒，瞬間通過我們讓出來的空隙，與發動劍技當中的六名敵兵正中央接觸——

在炫目閃光與衝擊波當中，六個人全都高高地飛舞在空中。

敵兵們一邊在空中旋轉一邊被轟飛，最後左右湖面各掉進三個人。光線止歇後，以將身體往前傾到極限，然後手裡細劍筆直刺出這種姿勢站在那裡的，正是原本應該在十多公尺外的城主約費利斯。

「剛才……那是劍技嗎……？」

我只能輕輕地不停點頭來回應亞絲娜的沙啞聲音。

雖然經歷過封測時期，但我還是第一次在艾恩葛朗特看見這個招式。在正式營運前，曾經在官方網站的介紹動畫裡看過特效與技名，但是絕對錯不了。

那是細劍類的最高等突進技「閃光穿刺」。

但是幾乎沒有讓我繼續發呆的時間。因為是最高等劍技，所以也被課以較長硬直時間的城主，已經快被滿臉憤怒的敵人指揮官攻擊了。

「我們上，亞絲娜！」

對搭檔這麼大叫後，我也衝了出去。趕過依然跪著的城主，迎擊猛然衝刺的白騎士。同樣往前突進的敵人副官則由亞絲娜應付。

這一定就是事件戰鬥的最後一戰了。

「給我讓開，人族！」

我以愛劍擋下隨著怒聲砍落的長劍。強烈的衝擊後，手腕立刻感到一陣麻痺。

又快，又重。即使有支援效果，也很難用擊退效果將這名敵人打進湖裡吧。專有名稱是「森林精靈・下級騎士」。雖然他不是擁有比同等級帶的怪物還要高的能力，也就是所謂的精英等級Ｍｏｂ，但光是看見鮮紅的顏色浮標，就知道以單打獨鬥來說是一名難纏的強敵。

但是，這時逃走的話，向城主說的話就會變成謊言。

「我沒辦法讓開！」

這麼回答完後，我就朝著敵人看來裝甲單薄的右側腹發動攻擊。但白騎士也迅速把劍拉回去，輕鬆地以十字型突出的劍鍔擋住我的攻擊。

接著持續了好一陣子我用反彈或者腳步躲開白騎士的斬擊，而我的反擊也被敵人堅固防守擋下來的情況。右側的亞絲娜似乎也無法攻下敵人副將的重武裝「森林精靈．重裝戰士」。但是後方的基滋梅爾與約費利斯卻沒有前來助陣的打算。前方的主戰場上，殘留在雙方船上的士兵們也暫時停下戰鬥，注視著大棧橋的決鬥。

即使進行著驚險的攻防，我的意識角落，還是持續閃爍著關於這場精靈戰爭活動任務的根源性問題。

收集完六把祕鑰，打開「聖堂」之門的時候，浮遊城艾恩葛朗特會出現決定性的毀滅——黑暗精靈的傳說是如此，另一方面森林精靈則相信艾恩葛朗特所有的樓層將會再次回歸大地。不論哪一個，我都不認為會成真。

這樣的話，為什麼撰寫這個活動劇本的製作人員會給予兩精靈族這樣的設定……不對，應該說為什麼會讓他們這麼相信呢？封測時期，祕鑰只不過是小道具，除了收集、被奪走再把它搶回來之外就沒有其他意義了。光是這樣就足以讓活動成立了。但是正式營運之後，為什麼會出現「毀滅」或者「回歸」這種過剩的……無論怎麼想都不可能會實現的設定呢？

不對，說起來，這個劇本真的是由現實世界的工作人員寫出來的嗎……？

就在這種荒唐無稽的疑問閃過我腦袋的時候。我和白騎士在同一個時間點使出斬擊，然後開始持劍互抵。

當我一邊讓劍刃發出摩擦聲，一邊拚命想將壓力反彈回去時——

「……小鬼，人族的你為什麼會為了黑暗精靈而戰？」

從非常符合騎士身分的優美頭盔底下，發出了這樣的疑問。

不到幾分鐘前，城主約費利斯也問過我同樣的問題。但這時候就算說出「因為喜歡基滋梅爾」也無法成為答案吧。感覺這時要求的不是我個人，而是代表進行活動任務的玩家身分所需要的答案。

仔細一想，在脫離名為SAO的死亡遊戲這個前提下，並不需要完成這個任務。就算可以獲得不少經驗值、珂爾以及道具好了，但其他的一次性任務也同樣能獲得報酬，而且只考慮效率的話，無視花時間且重視故事性的任務，在容易湧出怪物的地方定點狩獵還能賺得更多報酬。就是因為知道這一點，公會DKB的凜德與ALS的牙王，才會同意放棄進行到一半的活動任務吧。

但是我，還有亞絲娜，一定都不會想在這裡放棄任務。除了和基滋梅爾約定好了這種個人的理由之外，還有某種相當模糊的動機存在。

在爆散出火花互抵的兩把長劍交接點，傳出「嗶嘰」一聲輕微、尖銳的聲響。

像是被這脆弱的聲音引導一樣，我也大叫了起來。

「這是因為……我認為森林精靈與黑暗精靈的戰爭是一場錯誤！」

我也不知道自己為什麼會說出這樣的話來。說起來，如果這麼想還站在黑暗精靈這邊與森林精靈為敵，根本就是矛盾的行為。但另一方面，我也確信這是我沒有絲毫虛假的真心。

「———別說蠢話了！」

白騎士以鋼鐵般的聲音這麼大吼。

說不定，劇本設定是無論我回答什麼話，他都會有這樣的反應。但是騎士卻迸發出令人吃驚的真實怒氣次大叫：

「從遠古時代，我們卡雷斯・歐的人民就一直在和黑暗精靈的戰鬥當中流了無數的鮮血！這全是為了讓所有生命從這個飄浮在虛空的監牢當中解放出來！我不會讓你這種愚蠢的小鬼阻礙我們崇高的使命！」

從騎士高大的身上，迸發出波動般的物體———這麼感覺的剎那，承受著敵人長劍的韌煉之劍就大大地被彈開了。

「唔喔喔喔！」

白騎士發出渾厚的吼叫聲。我的右耳聽見亞絲娜呼喚我名字的聲音。在城主激勵下獲得的四種支援效果圖樣同時開始閃爍。

「嗚…………！」

我一面咬緊牙根，一面拚命站穩腳步。

敵人高高舉起的長劍，散發出透明的銀色閃光。對方使出了劍技。這是——單手劍三連擊技「銳爪」。

已經來不及用同樣的劍技來抵消，目前身體的姿勢也無法用腳步來避開這一擊。唯一可能的就是用劍把它擋下來。但是，通常的防禦可能在第一擊時劍就會被彈開，然後身體完全被第二、三擊轟中。

我只剩下唯一的選項了。

死命踩穩雙腳的我，把韌煉之劍高舉到頭上。然後用左手支撐住打橫的劍尖附近。這是通稱「2H（Two Hand）格擋」的武器防禦技巧，雖然可以發揮最大的防禦力，卻也因此存在著風險。

銳爪從從正上方轟下來的第一擊，和韌煉之劍劍刃上的稜線部產生劇烈碰撞，讓無數火花降落到我視界當中。在刺耳的巨響裡，我的雙手再次感受到剛才也曾經有過的輕微碎裂感。

2H格擋是以左手撐住自己的劍，所以就不是以劍刃而是用稜線部，也就是劍的腹部來承受敵人的攻擊。這對耐久值的傷害是以劍刃格擋時的一倍以上。而且還有可能在耐久值尚未歸零前劍就折斷，也就是發生「武器破壞」的情況。

——撐下去啊！

我一邊對愛劍這麼祈求，一邊擋下白騎士的第二擊。這次手掌也再度有不祥的感覺。

我的韌煉之劍＋8的強化內容是銳利度＋4，耐久度＋4。耐久值應該比初期狀態高出許多才對。當然我也毫不偷懶地定期性進行保養，來到這層之後也讓主街區和約費爾城的NPC鐵匠修理過它了。

但是，從第一層最初的任務獲得它之後，到今天為止一直毫不留手地使用它也是不爭的事實。雖然沒有使用期間的長度會對耐久度減少產生多少影響的資料，但根據我實際的感受，每當承受白騎士的劍技，劍就會傳過來受到嚴重損傷的手感。

為了保護愛劍，乾脆第三擊用手擋下來，接著退後把一切交給基滋梅爾——這樣的選項也閃過頭腦的角落。

但我還是聚集僅有的骨氣，一直把劍高舉在頭上。

開始水上戰之前，眼前的指揮官曾經這麼說過。他說黑暗精靈和人族聯手，為了攻陷森林精靈的城堡而造船。但是這個企圖失敗了，船也變成森林精靈所有。

這很明顯與事實不符。如果指揮官不是要欺騙部下，那麼就是他自己也相信這個錯誤的情報。那麼是被誰所騙呢？森林精靈的高層嗎，還是墮落精靈呢？

如果是前者的話，那麼表示正如我們一直以來的觀點，森林精靈已經和墮落精靈聯手。但如果是後者的話，就代表森林精靈和黑暗精靈都被墮落精靈耍了。

為了判斷這方面的實情，現在實在沒辦法退後。

「喝啊啊！」

隨著喊叫聲，銳爪的第三擊朝我揮下。

而我則是第三次用韌煉之劍的側腹擋下來。

「喀鏘——！」的撞擊聲響起，劍刃出現小小的缺口。但我的劍還是撐住了。視界左下角的記錄領域裡，流出單手直劍技能的熟練度到達150的訊息。

從封測時期就看到幾乎要烙印在視網膜的劍技詳細清單又在眼睛裡復甦。熟練度到達150時可以使用的技巧有兩種。

「嗚……喔喔！」

我對著陷入技後硬直狀態的白騎士用力踏出右腳。

右手自然動了起來，將愛劍緊貼在身體側面。

水平四連擊技——「水平方陣斬」。

劍身迸發出極為清澈的天空藍光芒。用力往右後方拉的劍劃出一道光線，以深邃的角度砍進敵人胸甲。像是被炫目閃光與衝擊波壓過去一樣，白騎士的上半身整個往後仰。

反彈回來的劍在我的左腰靜止了一下子。接著再次爆出特效光，藉由系統輔助與踢腿的加速力，發動由左到右的第二擊。這次從淺角度橫向掃出去的劍尖，痛擊了敵人的頸甲與左肩。

可能是雖然已經在閃爍但還殘留著的支援效果吧，高大的白騎士整個被彈飛，陷入腳步踉蹌狀態。

我以第二擊的去勢順時針回轉身體，再度把劍擺到左後方。

「嗚……喔！」

一邊大喊，一邊全力用右腳往石頭地板踢去。由銳角揮出發出「咻啪！」一聲的韌煉之劍劍尖，再次直擊敵人胸口，將厚厚的金屬胸甲砍成碎片。斬擊也傷害了肉體，大量飛灑出讓人想起鮮血的粒子。

「咕……嗚！」

白騎士一邊發出呻吟聲，一邊想揮落右手的劍。

但是，我的劍技還沒有停止。水平方陣斬的第四擊，從右邊的正手最終擊，一邊從水平方向擴散劃出正方形的光芒一邊揮了出去。

「喔喔喔喔喔——────！」

可能是意識被加速了吧，我和愛劍一面撕裂密度增加的空氣，一面在空中飛翔。如果在毫無防備下讓這一擊成為擊中心臟的會心一擊，恐怕敵人的HP條會瞬間消失。但是我一邊大叫，一邊稍微修正了劍技的軌道。瞄準的不是敵人的心臟，而是他左手上的鳶型盾。

劍與盾劇烈衝突產生的閃光，讓我的視界覆蓋在一片純白當中。

白色模糊影像中，被強烈衝擊轟飛的騎士身影就這樣急速遠去。

寂靜的世界裡，我再次聽見了那道聲音。

那是「嗶嘰」的細微破碎聲。或者也可以說是離別的聲音。

往左前方揮盡的韌煉之劍＋8，從劍尖往下二十公分左右的地方變成細微的碎片飛散並粉碎，最後像冰一樣在空中融化、消失。

聲音與色彩回復過來的瞬間，首先聽見的是堅硬的金屬聲與盛大的水聲。被轟到十多公尺外的森林精靈．下級騎士，只把原本握在右手上的劍留在棧橋上，人則是掉進了湖水裡。

還不知道他是不是跟其他士兵一樣，一旦落水就再也不能參加戰鬥了。但我沒有確認指揮官的樣子，直接把身體往右轉。

亞絲娜與重裝的副官依然在後方持續激戰。雙方的HP甚至都還沒變成黃色。

我把半毀的韌煉之劍收回背上的劍鞘叫道：

「亞絲娜，切換！」

似乎瞬時察覺我意圖的細劍使，以順暢腳步拉開距離，然後架起右手的騎士細劍＋5。

「呀啊！」

所著吼叫發動的，是單發突刺的「線性攻擊」。這一擊就用力擊中了敵人舉起的圓盾中心。雖然是基本技，但亞絲娜的技能熟練度與武器的性能，再加上猛烈踏步的威力加成與快要消失的支援效果，森林精靈．重裝戰士的巨大身軀這時也整個往後仰。

當然亞絲娜也因為劍技被擋下來而陷入較長的僵直狀態，但我不錯過搭檔幫忙製造出來的一瞬間停滯狀態，直接就朝著副官衝過去。

對他毫無防備的側面，使出一記體術技能的後空翻踢擊「弦月」。重裝戰士吃了有浮空效果的技能後，就一邊發出憤怒與狼狽的叫聲，一邊掉落到棧橋右側的水裡去了。

「嘩啦——」一聲濺起高大的水柱，我用右手擋住水花，凝視著水面。

副官以臉朝上的姿勢往下沉了數十公分後，就放開右手的闊劍與左手的圓盾，划著水浮了上來。以一臉懊悔的表情瞪了這邊一眼後，隨即反轉身子游泳離開。雖然穿著板甲還能游泳實在令人驚訝，但那應該是因為精靈的法術發揮出功效的緣故吧。

這時所有支援效果終於全部消失，我也把感到有些失落的視線移回棧橋上。隨即和從硬直狀態恢復過來往這裡靠近的搭檔輕輕互碰了一下右拳。

查覺明明已經在堅苦的戰役中獲得勝利，但亞絲娜卻還是不見喜色的原因後，我就用右手輕撫愛劍劍柄說道：

「本來就差不多快壽終正寢了……反而要感謝它能夠撐到這種地步呢。」

我以放下來的右手砰一聲拍了一下搭檔的左臂，然後一起眺望大棧橋的頂端。

結果就看見殘存下來的森林精靈船隊的士兵們，不斷棄船跳進湖裡的模樣。最後遵從會合的白騎士與副官的指示，排出長長的隊形往成為湖泊出入口的峽谷游去。

另一方面，在湖面上立泳的黑暗精靈士兵們則爬上大棧橋來整隊，存活下來的四艘貢多拉也回到船埠。雖然不知道最後兩陣營合起來犧牲了幾名士兵，但可以確定的是包含指揮官在內，有相當多的人數是因為落水而脫離戰線。

這樣真的可以嗎？只要考慮到森林精靈可能會再次襲擊城塞，就會覺得先在此斷絕禍根似乎也是不錯的選項。

當我眺望著最後的森林精靈消失在濃霧當中的模樣並這麼想著時，就從後面傳來叫著我名字的熟悉聲音。

「很精彩的一戰啊，桐人。」

我緩緩回過頭去，持續凝視著騎士基滋梅爾露出微笑的臉。

「……這樣，真的可以嗎……」

我伏下視線這麼呢喃。結果走到眼前來的基滋梅爾，隨即用力地拍了拍我的左肩。

「挺起胸膛來。告訴我們森林精靈將發度襲擊，重新撐起居於劣勢的戰局，和敵人指揮官一對一決鬥並且獲勝的都是你啊，桐人。而最重要的，是成功地保住了放在城塞裡的兩把祕鑰。這樣還能再要求什麼呢？」

聽見伴隨著最愛的妹妹被森林精靈殺害這樣的記憶生活下去的基滋梅爾這麼說，我也只能默默點頭。

結果就像是以這個動作作為訊號般，眼前出現通知任務完成的視窗。從第一部分「往日的船匠」連結到第二部分「湖上的城塞」全部結束，我們獲得了大量的經驗值。

帶著複雜的感慨消除視窗之後，亞絲娜就從後面在我耳邊小聲說道：

「我到湖外面去一下，接收亞魯戈小姐的訊息喔。」

「啊……抱歉，麻煩妳了。」

約費爾城與周圍的湖泊是我和亞絲娜專用的隔離地圖，所以和迷宮同樣無法接收來自外部的即時訊息。在這裡生活的期間，早中晚都要到外面去向亞魯戈購買樓層攻略的進度情報，但今天正午時森林精靈的船隊剛好來襲，所以還沒接收白天的訊息。

跳上蒂爾妮爾號的亞絲娜，以有些僵硬的手勢操縱船槳，開始橫渡回歸寂靜的湖面。

在我目送她離開時，換成城主約費利斯的聲音傳進耳朵。

「你的劍真是太可惜了。」

我迅速轉身，不停地搖著頭說：

「不……不會啦，因為是我自己選擇了粗暴的使用方式……」

結果城主那有著明顯傷痕的俊美臉龐就露出笑容這麼說道：

「不把錯推到劍身上的心態很值得讚賞。劍身還剩下一半以上的話，應該可以讓城裡的鐵匠把它修好。」

「嗯～…………」

考慮了一會兒後，我就再次搖了搖頭。

「不用了，我決定熔掉這把劍，製造成新的劍或者是防具。」

「這樣嗎——這樣的話……」

點了點頭的約費利斯，迅速抬起左手。結果就有兩名士兵一起抱著寬度應該有兩公尺的大箱子，從後方的正門搖搖晃晃地小跑步過來。兩名士兵在城主身邊放下看起來十分沉重的箱子後，就敬了個禮並為了加入棧橋前方的隊伍而跑過去。

「那個……這是？」

在感到啞然並如此問道的我面前，約費利斯從懷裡拿出金色的鑰匙——當然不是「祕鑰」——打開大箱子，親自掀開蓋子。下一個瞬間，讓午後陽光增幅數倍的光芒就射進我眼裡。

填滿大箱子的是擦得像鏡子一樣亮的，大大小小、各式各樣的武器防具以及飾品類。更加茫然的我的視界裡，隨即出現選擇任務報酬的對話框。

站起身的約費利斯，一邊微笑一邊說：

「這是約費利斯子爵家代代相傳的寶物。人族的劍士啊，我將贈送你一件寶物作為小小的謝禮，另外再加贈一件寶物來讚揚你的武勇，所以選擇你自己喜歡的物品吧。」

「咦?等等，那個……」

城主的發言可以說一瞬間就把沒有給森林精靈騎士最後一擊的鬱悶趕跑，而我也驚訝地瞪大了眼睛。

「可……可以選兩件嗎?」

「當然了。」

「那麼是我和伙伴各自可以選兩件嗎?」

「當然了。」

「好……好的，真是太感謝了!」

得意忘形的我敬了黑暗精靈式的禮之後，城主旁邊的基滋梅爾也露出了真拿你沒辦法般的笑容。但是也不能怪我有這樣的反應。至今為止，在面臨許多選擇任務報酬的場面時，總是有「唉，如果可以選兩件就好了!」的想法。而這個夢想現在終於實現了，所以光是沒有舉起雙拳大叫「太好了啊啊啊啊!」，我就已經想稱讚自己的自制力了呢。

「那……那麼，我就不客氣了。」

我以震動的指尖，觸碰一長串報酬名單裡的每一個道具來叫出屬性視窗，開始了艾恩葛朗特最高級的享樂行為。

五分鐘後——

——唉，如果可以選三件就好了！

當我在心中這麼大叫並煩悶著不知道該選擇哪一件道具才好時，身邊就傳出了噗通的水聲。原來是回到現場的亞絲娜，把蒂爾妮爾號的船錨拋到水裡去了。我從名單上抬起頭來，對搭檔招著手說：

「喂～亞絲娜，很棒喲！可以選兩件，兩件耶！」

跳上棧橋，往這邊猛衝的亞絲娜，表情不知道為什麼顯得相當嚴肅。但也難怪她會這樣。因為可以選兩件啊。

「而且選兩件不是兩個人兩件，而是一人兩件喔！」

「沒時間在這裡拖拖拉拉了，桐人！」

在靴子鉚釘擦出火花的情況下緊急煞車的亞絲娜，用力抓住我的右肩，深深吸了口氣後就大叫：

「不得了了！稍早之前已經出發了！」

「誰出發了？」

「那還用說嗎！——當然是攻略樓層魔王的聯合部隊啊！」

「什…………」

我「什麼——————！」的狂叫聲，讓基滋梅爾與約費利斯子爵同時眨著眼睛。

「等等……但是根據今天早上的情報，魔王攻略最快也要等到明天下午之後才會開始不是嗎……」

「是沒錯，但今天早上就比預定還要早到達魔王的房間，好像還完成魔王的偵察了，然後便出現既然如此就在最近的村莊進行補給和休息，接著一到下午就開始攻略魔王的意見！」

「……不用跟我說提出這種意見的人是誰。」

我低聲這麼表示，將腦袋裡的第四層地圖叫出來。

這座約費爾城是存在於圓形地圖的右下——也就是東南部。西南部的台地有森林精靈的城堡。而迷宮塔是聳立在兩個城堡之間的中間地點再往下的樓層南端。

距離迷宮區最近的村莊，確實距離迷宮區只有不到幾百公尺的距離。再加上這層的迷宮，構造上算是相當簡單。從村子爬上迷宮塔到達魔王房間，如果已經搜集完地圖，那麼大概只要兩……不對，是一個半小時左右吧。

「知道聯合部隊出發的正確時間嗎？」

聽見我的問題，亞絲那就迅速確認視窗並點了點頭。

「距離現在的五十五分鐘前！」

「這樣已經爬上塔了……嗯——這一層就只能交給那群傢伙了嗎……」

「可能……也只能這樣了吧……」

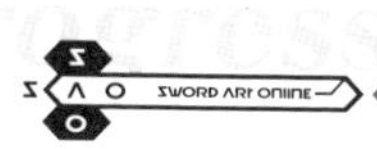

如果是以很快的速度進行戰力強化的DKB與ALS，一定可以在沒有出現犧牲者的情況下，打倒幾乎是首次面對的樓層魔王。我把一抹不安吞到肚子裡頭後，就和亞絲娜互相點了點頭，結果這時候基滋梅爾對我們搭話道：

「桐人、亞絲娜。你們要挑戰『天柱之塔』的守護獸嗎？」

「啊……嗯。但不是我們，而是其他伙伴好像已經爬上那座塔了……」

一這麼回答，騎士的臉色就稍微沉了下來。

「這樣啊。如果是你們兩個人可以信賴的伙伴，就應該不用擔心了……但是，我記得這一層的守護獸……」

騎士說到這裡就停了下來，結果這次換成城主開口表示：

「雖然我們只是從古老的傳說中得知，但聽說潛伏在第四層塔裡的守護獸，似乎擁有一種奇怪的力量。」

「奇怪的力量……？」

我微微歪著自己的頭。

封測時期戰鬥過的樓層魔王，確實是上半身是鷲下半身是馬，也就是所謂的駿鷹。鳥嘴的一擊雖然相當猛烈，但因為是在有屋頂的魔王房間，所以那對令人擔心的翅膀也只能引起強風而已，我不記得曾經陷入苦戰，也不記得牠曾經用過什麼奇怪的力量。

但下一個瞬間，我就再次體會到封測時期的知識早就已經靠不住了。

「這層的守護獸，是被稱為馬頭魚尾怪，也就是前半部是馬後半部是魚的怪物。聽說再怎麼乾燥的土地牠都能讓其湧出水來，讓該地變成一片汪洋。」

如此宣告的約費利斯，最後又加了最重要的一句話：

「據說和守護獸戰鬥者，需要能夠浮在水面上的法術。」

「…………！」

我和亞絲娜同時屏住呼吸。

直接解釋城主的話，就能知道由駿鷹改成馬頭魚尾怪的樓層魔王，擁有讓整間魔王房間浸水的能力。因此需要浮在水面上的手段。但是牙王他們不可能抬著貢多拉爬上迷宮區。說起來，系統上原本就不允許這麼做了。

更恐怖的想像是，魔王房間浸水之後，能夠把水洩出去的洞穴也會被塞住……也就是，房間的出口是不是也會遭到封閉。如果在無法脫離的魔王房間裡被水淹沒，聯合部隊很有可能會全滅。

「得……得快用訊息通知他們！」

亞絲娜這麼叫完就準備跑回蒂爾妮爾號上，我則是急忙叫住了她。

「沒用的，在迷宮區的玩家收不到訊息！」

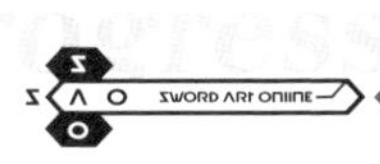

「那該怎麼辦?」

「只能我們直接過去了。幸運的話，有一半的攻略部隊可能還有從往返階梯到主街區時使用的『游泳圈果實』。在他們用那個道具撐著的時候，我們趕到魔王房間去從外面把門打開!」

我特意不說出如果從外面打不開的情形。因為那是過於絕望的推測，我寧願相信在如此下層的魔王房間裡應該還不會有如此致命的陷阱才對。

亞絲娜的反應也相當快。她以做出覺悟的表情點了點頭，隨即轉向基滋梅爾。

「抱歉，基滋梅爾。我們得過去一趟才行。但一定會再回來……」

不過，聽見她這麼說的黑暗精靈騎士，就像要表示妳在說什麼蠢話般聳了聳肩。

「這種時候，人族會說『太見外』了對吧?我當然也跟你們去啊。」

「「咦!」」

我和亞絲娜同時發出驚訝的聲音。

但是這樣的驚訝，在兩秒鐘後就進化成足以媲美天翻地覆的驚愕。

「那麼，我也一起去吧。」

我一邊凝視著若無其事般如此宣言的約費爾城城主，同時也是黑暗精靈子爵的約費利斯閣下臉龐，一邊和亞絲娜大叫了起來。

「「咦咦咦咦咦咦——————！」」

我先拿了身為森林精靈指揮官的白騎士掉落在棧橋上的長劍來代替韌煉之劍＋８，延期了令人期待的報酬選擇之後，隨即和亞絲娜搭乘蒂爾妮爾號之外的黑暗精靈大型貢多拉從湖裡出發。而且除了城主和基滋梅爾之外，還有兩名看起來十分強壯的護衛兵，組成了總共六個人的完整小隊。

由士兵操槳的貢多拉以驚人的速度離開成為閉鎖空間的湖泊後，直接就進入峽谷。偶爾出現的水棲怪物也被巨大衝角一擊粉碎，馬上到達分歧點後，就開始朝南方前進。

每次看見高聳至下一層底部的迷宮塔威容都會被它的氣勢震攝住，但基滋梅爾與約費利斯像是不當一回事般，所以身為人族的代表當然也不能露出害怕的表情。我們也瞬間通過由峽谷終點開始的陸路，立刻來到迷宮區的底部。

在入口處和亞魯戈碰頭，取得地圖檔案。看見黑暗精靈的顏色浮標後連亞魯戈都臉色鐵青，但她還是勇敢地宣布：「我和你們一起去喲！」

進入迷宮塔之後，小隊幾乎沒有停下腳步過。先行經過的攻略聯合部隊幾乎把路上的怪物全都清空了，偶爾遇見的Ｍｏｂ也都被城主大人瞬間幹掉。

可惜的是，約費利斯子爵和基滋梅爾不同，系統上無法加入我們的小隊。如果可以加入的話，就能知道他的等級了。不對——可能不知道比較好。因為按照活動任務的劇情發展，很難保證絕對不會發生我必須得和子爵戰鬥的情形。

最後當我們以前所未見的速度來到魔王房間入口處時，距離從湖泊離開僅僅隔了四十五分鐘而已。也就是說，大概晚了聯合部隊十分鐘左右。

厚重的花崗岩大門緊緊地關著。

這時從兩扇門的縫隙裡，一點一點滲出水來。

「……桐人！」

對亞絲娜的叫聲點了點頭，接著兩個人就朝門衝去。讓基滋梅爾他們與兩名士兵退到我身後，就用雙手握住長了銅鏽的門環，踩穩雙腳以所有的力量拉著門。

但是從結果來看，根本不需如此用力地拉門。勉強才撐住內部巨大壓力的大門，一拉的瞬間就飛快地打開來了。

「喔哇啊！」

這麼大叫的不是我和亞絲娜，也不是四名黑暗精靈和亞魯戈。

從打開的門後面和大量的水一起流出來的光頭巨漢——斧戰士艾基爾，維持趴在通道上的姿勢抬頭看著我，接著僵硬的臉上就咧嘴露出了笑容。

「嗨，你來了嗎？」

「果……果然被水淹沒了嗎？」

我一面抗拒著流出的濁流，一面伸手扶他站起來。雖然艾基爾之後也不斷有玩家被沖出來，但圍住魔王房間前面半圓形大廳的欄杆似乎幫忙把他們擋住了。水直接通過欄杆，流往樓下變成了一道瀑布。

「嗯，看見魔王和攻略冊的外表不同時，我就說過這樣不太妙了……」

抓住另一片門板的亞絲娜對很無奈般搖著頭的艾基爾丟出問題：

「艾基爾先生，有犧牲者嗎？」

「放心吧，還沒有任何人死亡。有個貪心的傢伙，把往返樓梯那邊的樹上所長的游泳圈果實全摘下來塞滿了道具欄……靠那個傢伙提供了所有人的游泳圈，才勉強沒被水淹死。再來就是拚命躲開魔王的攻擊，試著要把門打開，但構造上好像從裡面絕對打不開。」

「這……這樣啊……」

當我們進行這樣的對話時，盈滿魔王房間的水似乎全部流出來了。大廳裡可以看見將近四十名套著泳圈的玩家疊在一起，不停地發出呻吟聲。

依然握著門環的我，悄悄探頭窺看了一下魔王房間內部。

裡面相當寬敞。長方形的房間縱深有五十公尺左右吧。裡面沒有窗戶，地板和牆壁都是灰色花岡岩製。光源只有從裡面幾根柱子尖端所發出來的古怪藍光。

而潮濕的地板中央，可以看見一道巨大的剪影。

正如約費利斯告訴我們的，怪物的前半部是馬，後半部是魚。但是馬前腳的蹄被長有鉤爪的蹼代替，鬃毛變成了觸手不停蠕動著。顯示在顏色浮標上的名字是「馬頭魚尾怪・威茲給」。

魔王發出「噗嚕嚕、噗嚕嚕」的潮濕鳴叫聲，而牠六條ＨＰ條當中，最初的一條已經快要被砍光了。看來聯合攻略部隊在應對意料之外的淹水攻擊之餘，也很有毅力地持續攻擊著牠。

那麼接下來該怎麼辦呢……當我這麼想的時候，就從疊在一起的玩家頂端，傳來旁若無人的高傲聲音。

「你們在搞什麼，要來的話不會早點來啊！」

接著玩家堆成的小山下方則傳出相當痛苦的聲音。

「牙王先生，快點讓上面的人走開！然後下來的人，記得先喝藥水啊！」

「你……你還想繼續打嗎，凜德老兄？」

「那還用說嗎！已經知道牠的攻擊模式了，好不容易才削除一條ＨＰ，怎麼能這樣浪費掉呢！」

「少在那裡說大話了，如果我沒有拿出游泳圈果實，現在所有人早就變成水鬼了！」

「這只代表你獨占了公有財產罷了！你才沒有臉在那裡賣人情！」

——不快點決定要不要打的話，魔王的怒氣值就要消失，ＨＰ也就會回復嘍。

這麼想的我，為了讓兩個公會領袖取得共識而準備開口。

但很幸運地——不知道該不該這麼說——根本沒有這個必要。一看見從我身後走出來的基滋梅爾與約費利斯，不只是牙王和凜德，就連其他地方似乎快要開始吵架的所有聯合部隊成員都不由得安靜了下來。

在他們眼裡顏色浮標應該是超越黑色，變成一片漆黑的黑暗精靈子爵，環視了一下在場所有人並說：

「人族的劍士們啊，想要戰鬥的話現在就馬上站起來。不然的話就保持安靜。不論如何，基於和劍士桐人、劍士亞絲娜的盟約，我都會解決那隻守護獸。」

接著約費利斯就高聲拔出左腰的細劍，筆直地舉了起來。

「以留斯拉的騎士約費利斯之名下令！能夠作戰的人就站起來追隨我！」

氣勢由劍尖呈同心圓狀往外擴散，一接觸到的瞬間，ＨＰ條上就又出現四種支援效果。

沒經過多少時間，聯合部隊的所有人就都站了起來，高舉著手中的武器發出了吼叫聲。

二〇二二年十二月二十七日星期二，下午兩點三十二分。

艾恩葛朗特第四層的樓層魔王「馬頭魚尾怪・威茲給」就被七支小隊共四十人的聯合部

隊，以及一支追加的小隊擊敗了。

雖然魔王的特殊能力「水流注入」是讓廣大房間沉沒在水裡的恐怖技能，但是對應方法其實相當簡單。魔王一使用能力房間的門就會關上，而且從內側絕對打不開，但水壓到達一定程度以上後，從外面一拉就能輕鬆把門打開。我們讓亞魯戈在門外待機，光是重複等到門縫滲出水來就把門打開這樣的程序，就幾乎讓特殊能力無效化了。

不過對約費爾城子爵來說，可能打從一開始就不需要這樣的攻略方法吧。因為他不知道使用什麼樣的法術，在房間浸水之後還是能一臉輕鬆地走在水上，並且持續攻擊著魔王。

9

「……喂，我在想啊……」

一邊爬上通往第五層的螺旋階梯，亞絲娜一邊以莫名覺得擔心的表情說道：

「基滋梅爾和城主大人搭乘來迷宮區時使用的黑色貢多拉回去了，蒂爾妮爾號也留在城塞的棧橋上，這樣我們要怎麼回城裡去啊？」

「嗯～這個嘛……」

我檢討了幾個選項後就回答：

「直接到第五層主街區讓轉移門有效化，然後先利用轉移門回到第四層的羅畢亞，再從那裡移動到約費爾城……大概是這樣吧……」

「咦，但是主街區裡沒有船耶？難道你想用游泳圈游到城塞那裡去？」

「沒有啦，我們乾脆再造一艘船吧。不講究高級材料的話，應該不會花多少時間。」

「嗯，是可以啦……那下一次換你取名字了。」

聽對方這麼一說，我就頓時說不出話來。因為我相當清楚自己沒有命名的品味。

當我加快腳步爬著樓梯，雙手抱胸發出沉吟聲時，亞絲娜再次開口說道：

「……你要繼續用那把劍嗎？」

「咦？啊，沒有啦……」

我放開在胸前交叉的雙臂，摸了一下從右肩突出來的劍柄。捲在劍柄上的皮革已經被使用了一陣子，在和樓層魔王戰鬥的過程中也相當稱手，而且性能也直逼韌煉之劍＋8，但這還是其他的人劍。不對，正確來說是其他ＮＰＣ的劍。

說不定還會在某個地方，再次跟那名白騎士……森林精靈．下級騎士對戰呢。雖然這是不可能的事，但我還是懷著這樣的感慨回答：

「……回到約費爾城後，就利用任務報酬選擇單手直劍，然後把它當成接下來的主要武器。亞絲娜也考慮一下要選什麼比較好喔。因為可以選兩件啊。」

「可以選兩件真的讓你這麼開心？」

露出明顯的苦笑後，亞絲娜才正色表示：

「……城主大人，是個很不可思議的人呢。甚至不惜裝病，一直躲在那種不見天日的房間好幾年……」

「是啊。問基滋梅爾的話，她不知道會不會告訴我們造成那道傷痕的理由……」

「喂喂，不要這樣探人隱私啦。」

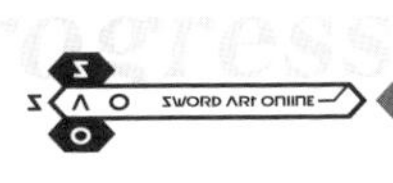

「是……是妳先提出來的吧。」

我們就一邊進行這樣的對話，一邊跑上微暗的螺旋樓梯。

現在回想起來，這已經是第三次和亞絲娜一起從魔王房間移動到下一層了……加上有了數分鐘時間差的第一層的話就是第四次了。雖然是因為每次都被在擊敗魔王後進行掉寶搶奪戰的兩大公會把有效化的工作推到我們頭上，但仔細一想就覺得，要分配到讓聯合部隊所有人都大致上能接受也不是一件輕鬆的工作。

嚴格說起來，我和亞絲娜應該也有擲骰子的權利，但到目前為止都一直謝絕這個權利。除了純粹覺得很麻煩之外，還有另一個理由是——

像是察覺到我的思考一樣，亞絲娜低聲呢喃著：

「但不論受傷的理由是什麼，都無損城主是好人的事實。」

「那是當然啦，他還幫助我們攻略魔王。」

「不只這樣喔。我覺得他在最後攻擊時應該留了手，把最後一擊的獎勵讓給了桐人。」

「……或……或許吧。」

我乾咳了一聲，然後抬頭看著去路。

微暗的前方，終於可以看見成為終點的雙開式大門了。刻劃在上面的浮雕，圖案是跟封測時期相同，還是有所差異呢——

就在這個時候。注意到應該會從右斜後方響起的輕快腳步聲中斷了，於是我也停下腳步。

回頭一看，發現穿著兜帽斗篷的細劍使，像是有話要說一樣抬頭看著這邊。

「……怎……怎麼了？這麼想要ＬＡ獎勵嗎？」

「才不是！」

鼓起臉頰後，亞絲娜就恢復成嚴肅的表情，露出有些猶豫的動作。

最後丟出來的問題，是關於某種意義上來說，亞絲娜表示自己一直不去想的「未來」。

「……喂，你要和我待在一起到什麼時候？」

「…………」

凝視著眨也不眨的淡褐色眼睛一陣子後，我才回答：

「等到妳充分變強，再也不需要我的時候。」

「…………這樣啊。」

低聲這麼說完，亞絲娜的嘴角就露出從深邃水底浮上來的小泡泡般微笑，輕快地跳到下一個階梯上。

我也急忙轉過身體，抬頭看著通往艾恩葛朗特第五層的大門，再次開始往樓梯上層跑去。

泡影的船歌　完

後記

謝謝您閱讀這本隔了整整一年才出版的《Sword Art Online刀劍神域 Progressive》第三集！（註：此指日版出版時間）哎呀，今年也總算往上爬了一層，我也安心多了。明年也按照這樣……不行，我認為差不多要加快攻略速度了……

那麼，本書的副標題是〈泡影的船歌〉，就在這裡進行一些本篇裡沒有提到的解說吧。Barcarole在日文裡被翻譯成「船歌」，指的是曲調如波浪般晃動的古典音樂。至於為什麼會取這樣的標題，當然是因為第四層裡桐人和亞絲娜會乘船的緣故……還真是直接耶！

我從以前就一直想寫乘船在練功區移動的故事了。除了它本來就是RPG裡常見的交通工具之外（玩家擁有自己船隻的MMORPG其實滿少的就是了……），我也很喜歡真正的船。話是這麼說，不過我最近只有搭乘過渡輪而已。數年前迷上釣魚的時候，曾經下定決心買了一艘橡皮艇，在荒川上乘坐後覺得相當舒服，但是準備和收納實在太過麻煩，最後就再也沒有搭乘過了……只不過正式的遊艇不但價格相當恐怖，而且還得花不少遊艇船塢的停泊費用與燃料費。但等哪一天有時間了，我還是會想去考小型船舶的駕照就是了。

有點離題了。正如剛才所說的，第三集的主題是船……錯了，其實是「艾恩葛朗特的風景」。至今為止，在樓層情景的描寫上似乎都有寫流水帳的感覺，這次就真的花了不少篇幅在這方面。如果能讓大家想像出水都羅畢亞，以及約費爾城聳立在湖上的風景，那我就很高興了。嗯，不過也因此而讓樓層魔王攻略戰又變成摘要版就是了，真的很抱歉……

但是，魔王戰如果沒有面臨重大危機的話，就實在沒有什麼可以描寫的地方，每次都（像第二層那樣）差點全滅的話，也會讓人感覺攻略組實在是太遜了一點。不過下一層就是算一個小段落的第五層了，感覺這裡應該會出現比較強一點的魔王！

雖然按照慣例要寫些謝詞，但這次同樣地感謝的謝好像要變成謝罪的謝了……要感謝abec老師，即使只有緊湊到極點的時間，還是完成了比平常更加完美的插畫，當然還有總是誠懇應對我的責任編輯三木先生，真的對不起&謝謝你了！此外還有各位讀者，明年也請大家多多指教嘍！

二〇一四年十一月某日　川原 礫

Kadokawa Fantastic Novels

器的

作!!

絕對的

Reki Kawahara
川原 礫

illustration»Shimeji
插畫◎シメジ

THE ISOLATOR
realization of absolute solitude

《加速世界》《刀劍神域》作者川原礫最新作品!!

以「絕對孤獨」為武器異能奇幻戰鬥大作

被謎樣地球外有機生命體寄生的少年——
空木實用自身的能力「孤獨」當武器，
艱辛地戰勝了人類之敵「紅寶石之眼」。

那一天，「加速者（Accelerator）」由美子邀請他加入「組織」。組織的職責是撲滅會加害人類的「紅寶石之眼」能力者。受到一起戰鬥的請託後，實答應加入，卻要求了某個交換條件。那就是，消除他自身的「存在」。

他不斷追尋著「沒人認識自己」的世界……
懷抱著絕對「孤獨」的少年將何去何從——

「尋求絕對的『孤獨』……
所以我的代號是
『孤獨者』。」
Isolator

Kadokawa Light Novels

eromanga sensei
情色漫畫老師 ③
妹妹和妖精之島
伏見つかさ
插畫◆かんざきひろ
Kadokawa Fantastic Novels

情色漫畫老師 1~3 待續

作者：伏見つかさ　插畫：かんざきひろ

《我的妹妹哪有這麼可愛！》的黃金組合，
獻上全新的兄妹戀愛喜劇！

順利寫完「妹妹小說」的和泉征宗在暢銷作家山田妖精的邀請下，來到她所擁有的南方島嶼。但在集訓中妖精把工作丟到一旁開始玩樂，村征學姊則中了妖精的計謀穿上色色泳裝。征宗初次的執筆集訓結果到底會如何——？

台灣角川

各 NT$220~250/HK$68~75

國家圖書館出版品預行編目資料

Sword Art Online刀劍神域Progressive / 川原礫作；周庭旭譯. -- 初版. -- 臺北市：臺灣角川, 2014.07-

冊；　公分

譯自：ソードアート・オンライン プログレッシブ

ISBN 978-986-366-044-6(第1冊：平裝). --
ISBN 978-986-366-307-2(第2冊：平裝). --
ISBN 978-986-366-604-2(第3冊：平裝)

861.57　　103010682

Kadokawa
Fantastic
Novels

Sword Art Online刀劍神域 Progressive 3

（原著名：ソードアート・オンライン　プログレッシブ3）

2015年8月6日　初版第1刷發行
2022年10月25日　初版第7刷發行

作　　者：川原　礫
插　　畫：abec
日版設計：BEE-PEE
譯　　者：周庭旭

發 行 人：岩崎剛人
總 編 輯：蔡佩芬
副總編輯：朱哲成
美術設計：吳佳昀
印　　務：李明修（主任）、張加恩（主任）、張凱棋

發 行 所：台灣角川股份有限公司
地　　址：104台北市中山區松江路223號3樓
電　　話：（02）2515-3000
傳　　真：（02）2515-0033
網　　址：www.kadokawa.com.tw
劃撥帳戶：台灣角川股份有限公司
劃撥帳號：19487412
法律顧問：有澤法律事務所
製　　版：尚騰印刷事業有限公司
ＩＳＢＮ：978-986-366-604-2